Das Dunkle im Licht

© 2024 Finja Jungclaus
Verlag: BoD · Books on Demand GmbH,
In de Tarpen 42, 22848 Norderstedt
Druck: Libri Plureos GmbH,
Friedensallee 273, 22763 Hamburg
ISBN: 978-3-7597-9632-5

Finja Jungclaus

Das Dunkle im Licht

Das Reich der Li

Diese Geschichte widme ich an alle, die sich
darauf freuen, sie zu lesen.

laylist

Magic Night ~ Caleb Etheridge

The Maids of Galway ~ Seamus Egan

Kingdom Dance ~ Alan Menken

I Want It That Way ~ Backstreet Boys

Love's Just a Feeling (feat. Rooty) ~ Lindsey
Stirling

Sleepwalking ~ Lindsey Stirling

Just the Way You Are ~ Bruno Mars

Century ~ Really Slow Motion

Wars of Faith ~ Adiomachine

I'm Good (Blue) ~ David Guetta & Bebe
Rexha

Age of Discovery ~ Trailerhead

rolog

Liwano

Der Gott des Geschickes

600 Jahre nach der Erschaffung

„Es ist ein Zeichen des Friedens und der Freiheit." *Ihre* liebliche Stimme verklang in Zustimmung. Warum klang ihre Stimme trotz dieser dummen Idee so gut und vertrauenswürdig? Die Stimmen der anderen waren nur leises Genuschel, während *ihre* zu leuchten schien. Keiner war gegen ihr Vorhaben. Außer ich.

Druck baute sich auf.

„Es ist so viel Macht. Sie ist bei uns besser aufgehoben. Wir sollten ihr keinen festen Platz geben." Ich war von der Kraft meiner Stimme selbst überrascht, da in meinem Inneren ein Sturm wütete. Ein Sturm, der von jedem Nicken der anderen nur noch gewaltiger wurde.

„Warum nicht?", fragte der Nächste, der sich *ihrer* Idee angeschlossen hatte, mit leiser Stimme. Mein Blick wanderte zu ihm. Als er ihn erwiderte zuckte er nur mit den Schultern. Das

Bröckeln des Steines rasselte durch die angespannte Luft. Mein Puls beschleunigte sich und am liebsten hätte ich ihm diesen Stein aus der Hand gerissen. Doch das konnte ich nicht tun. Sie waren eindeutig in der Mehrheit. Was würden sie tun, würde ich mich gewaltsam gegen sie wenden? Einsperren? Bestrafen? Vielleicht würden sie mich so unschädlich machen, dass ihr dämlicher Frieden für immer geschützt wäre.

Ich blinzelte. „Wir können nicht kontrollieren, wer sich ihr bemächtigen könnte", argumentierte ich weiter dagegen.

„Er hat Recht." Endlich eine zustimmende Stimme. Hoffnung, auf ein vernünftiges Ende keimte in mir auf. „Wir sollten sie durch einen Zauber schützen. Nur wir sollten unsere Macht freisetzen können."

„Gute Idee", stimmte *sie* zu. Ich schluckte. „Unsere heiligen Tempel können ohnehin nur wir selbst betreten."

„Wie weit sind wir?", plapperte plötzlich der Trottel des Schutzes. Immer war er zu spät. Zugegebenermaßen lag sein Land auch am weitesten entfernt, doch dies spielte jetzt keine Rolle.

„Fast alle haben zugestimmt." *Ihr* Bruder erhob sich. „Nur er hat wie immer was dagegen." Sarkastisch streng sah er mir in die Augen. „Es ist die Wahrheit."

Ich verdrehte die Augen. Jetzt fehlte nur noch, dass er droht seiner Schwester von meiner Liebe zu ihr zu erzählen. Nur ihm hatte ich dieses Geheimnis anvertraut, nachdem er mich etwa hundertmal darauf angesprochen hatte. Ich hatte versucht ihm zu erklären, dass er sich da raus halten sollte, doch er mischte sich wie immer in alles ein.

„Bitte." *Ihre* Augen trafen meine und mein Herz ließ einen Schlag aus. „Es würde uns stärken."

Jedes Mal, wenn ich an *sie* dachte, hatte ich Angst, dass *sie* meine Gedanken erahnen könnte. Doch ihrem flehenden Blick nach zu urteilen tat sie dies nicht. Ich schluckte.

Wie sollte ich jetzt noch nein sagen? *Sie* würde mich nie wieder so ansehen. Mit ihren wunderschönen, ozeanblauen Augen. Mit dem Blick, der um einen kleinen Gefallen bittet. Doch dies war mehr als ein kleiner Gefallen. Es würde die Zukunft ändern. Es war zu ungewiss, was wir damit auslösen würden.

Noch immer bedachte sie mich mit diesem Blick. Ich seufzte und nickte schließlich. „Schön. Wenn so viele von uns meinen, dass dies die beste Entscheidung sei." *Ihr werdet noch sehen, was ihr davon habt,* fügte ich in Gedanken hinzu. *Die mit ihrem ewigen Friedensgetue.*

Also brach ich einen kleinen Brocken von meinem Heiligtum ab und füllte es mit Macht. *Meiner* Macht. Mit der Macht, die auch eigentlich *meine* bleiben sollte. Sie leuchtete auf, pulsierte in meiner leicht zitternden Hand. Golden, wie feines Engelshaar, das sich leise durch die Luft zwirbelten. Eine kaum zu hörende Melodie verfolgte die Fäden, die sich um den Stein wandten und schließlich mit ihm verschmolzen.

Dann gab ich ihn *ihr*. *Ihr* Lächeln erreichte *ihre* Augen. Das war es wohl wert.

Sie reichte meine Macht weiter. Der Schein, der nun von dem Stein ausging, war grell und flutete die Anwesenheit aller als unsere Steinstücke zu Einem gefügt wurden. Damit war es besiegelt.

„Ich schicke sie zu unseren heiligen Stätten", erklang die langsame Stimme *ihrer* Freundin. Damit lösten sich die Steinstücke in dem Schein des Goldes auf.

Ich bereute meine Entscheidung. Warum wurde ich bei *ihr* immer weich? Ja, ich mochte sie, doch warum konnte ich ihr deswegen nichts mehr abschlagen? Das war absolut unfair.

Auf einmal zuckte ein Donnern durch den Himmel und alle erschraken. Dunkles zog sich durch die Wolken.

Was passierte hier? Langsam kam das Unbekannte näher, bis es mich zu berühren drohte. Mein Herzschlag setzte kurz aus, um dann im dreifachen Tempo das Blut durch meine Adern zu pumpen. Mein Mund war staubtrocken. Das Schwarze, das sich aus dem eben noch klaren Himmel gelöst hatte, wandte sich langsam um sich selbst. Als würde alles in Zeitlupe ablaufen. Es ließ uns in Sicherheit wiegen. Ließ uns hoffen, bis es mit einem Schlag angriff.

Ich spürte die kalte Angst, um mich, um *sie*, um alle anderen, die mich plötzlich einnahm.

Das Dunkle, das Böse zog mich nach oben, verschlang mich förmlich. Ich begann zu zittern und verfluchte mein dummes Herz, das seinen Takt für *sie* am Leben hielt. Hätte ich ihr bloß nicht zugestimmt.

Auch die Anderen wurden von unseren kostbaren Böden gezogen. Dann wurde es noch dunkler. Dunkler und schließlich schwarz.

Meine Muskeln entspannten sich. Ich spürte nichts mehr. Keinen Schmerz, keine Angst. Keinen Sauerstoff, was meine Lungen eigentlich hätte zum Brennen bringen müssen. Doch da war kein Brand. Ich atmete nicht, aber mein leises Herz, das gegen meinen Brustkorb klopfte und mich damit mühsam am Leben hielt verweigerte trotzdem nicht seinen Dienst.

Es pulsierte.
Und sollte nie wieder damit aufhören.

Das Dunkle im Licht

Jahrtausende später...

Kapitel 1

Es regnete. Gelangweilt sah ich aus dem Fenster unseres Klassenraums. Langsam formten sich die kleinen Wassertropfen an der glatten Scheibe zu immer Größeren und rannen dann bis zur Fensterbank nach unten. Mrs. Goodwill zeichnete gerade einen steigenden Graphen an die Tafel. Eigentlich mochte ich Mathe, doch es war die letzte Stunde vor den Sommerferien und diese Mathestunde zog, wie ein fades Kaugummi. All das werde ich nach den Ferien sowieso wieder vergessen haben. Warum machte man also Mathe, so kurz vor diesen lang ersehnten freien Wochen?

Mein Blick wanderte zu meiner Linken, wo meine beste Freundin Dee angefangen hatte Schmetterlinge und Alpakas zu zeichnen. Zwischen den Tieren tauchten immer wieder kleine Blumen in allen möglichen Formen auf. Dazu Blätter, die sich auch in dem Fell der Alpakas verteilt hatten. Es wirkte wie ein wunderschöner

Traum, den man immer und immer träumen wollte. Eben Dees Zeichnungen.

Ich stellte meine Ellenbogen auf den Tisch und stützte meinen Kopf ab. Seufzend versuchte ich die Formeln von Mrs. Goodwill zu verstehen. In meinem Kopf verschwammen die Zahlen miteinander, wie das Wasser am Fenster. Merkte sie nicht, dass ihr keiner mehr zuhörte? Ich sah auf die Uhr und im selben Moment erklangt das erlösende Leuten der Schulglocke. Wie ein wildes Tier, das jetzt auf Beutezug ging, packte Mrs. Goodwill ihre Sachen systematisch in ihre große Leder Tasche. Dann hing sie sich diese um und verließ in Rekordzeit den Raum.

„Endlich", stöhnte Dee. „Wozu werde ich das da später in meinem Leben brauchen?" Sie zeigte auf die endlos lange Formel an der Tafel. In der letzten Stunde war dies wahrscheinlich das erste Mal, dass sie ihren Blick nach vorn richtete.

„Wenn du später Mathelehrerin werden willst", sagte ich grinsend, packte meine Sachen ein und stand auf. Schließlich waren jetzt Ferien. Und Ferien bedeuteten sechs Wochen lang keinen Gedanken an die Schule verschwenden zu müssen.

Dee sah zufrieden auf ihre Zeichnung. Sie war auf jedes kleine Gekritzel stolz und rahmte es entweder ein, oder sammelte es in einem riesigen Ordner.

Schließlich stopfte sie ihre Stifte und ihr Werk in ihren viel zu kleinen Rucksack. Dann verließen wir endlich das Klassenzimmer.

Der Regen hatte sich langsam gelegt und wir schlenderten zum Ausgang des Schulgeländes. Mein Blick fiel auf die bunt bepflanzten Blumenkörben, die auf dem gesamten Schulgelände hingen. Glücklich reckten sich die Petunien der blinzelnden Sonne entgegen. Ich liebte diese bunten Gewächse. Sie machten die Schule so viel lebendiger und freundlicher.

„Hey, Jamie", hörte ich im nächsten Moment Finley's Stimme hinter mir. Schnell drehte ich mich um. „Wollen wir uns in den Ferien mal wieder Treffen?"

„Klar, gerne."

Finley war ein guter Freund, den ich schon meine gesamte Kindheit über kannte. Seine hellbraunen Haare fielen ihm etwas verwildert auf die Stirn, was bedeutete, dass er sie bald wieder etwas kürzen wird. Seine Augen hatten in etwa den selben Farbton, wie seine Haare, allerdings blitzen immer, wenn er lachte, kleine helle Sprenkel in ihnen auf. Er war wohl der Schwarm jedes Mädchens an dieser Schule. Außer mir. Finley war wie der Bruder, den ich nie hatte, weshalb wir uns öfters mal trafen, um den neusten Film zu sehen oder einfach durch die Stadt zu schlendern. In letzter Zeit fielen die Besuche wegen der Exams allerdings etwas kürzer aus.

„Nice", antwortete er schließlich auf meine Bestätigung. Dann wandte er sich an meine Freundin. „Gute Reise, Dee."

„Dankeschön." Sie grinste über beide Ohren. Er lächelte ebenfalls, was seine Augen zum Funkeln brachte, und ging dann weiter.

Seine Worte machten mir schmerzlich bewusst, dass ich diese Ferien ohne meine beste Freundin verbringen musste. Sie wird für diese paar Wochen als Au-pair-Mädchen in Deutschland unterwegs sein.

„Was soll ich denn ohne dich machen?", fragte ich Dee nach einigen Sekunden der Stille.

„Du wirst dich zu Tode langweilen und dir spätestens nach drei Tagen überlegen, ob du mir heimlich hinterher reist."

„Ich vermisse dich jetzt schon", gab ich zu.

„Aww. Ich dich auch."

„Wir telefonieren."

„Jedes Wochenende", versicherte sie mir. Dann sah sie zum Schulbus. „Du brauchst dringend einen Freund, Jamie."

Ich verdrehte die Augen.

„Finley scheint dich wirklich zu mögen." Sie wackelte mit den Augenbrauen.

„Finley ist wie ein Bruder", lachte ich und boxte sie leicht in den Arm, denn sie wusste, dass Finley und ich einfach nur Freunde waren. Sie fing ebenfalls an zu lachen, fing sich aber schnell wieder und zeigte dann auf einen Schüler, der einen Jahrgang über uns war.

„Guck, der mit den langen Haaren sieht doch nett aus."

„Ich brauche keinen Freund, Dee", versicherte ich ihr.

„Jaja." Sie ging zu ihrem Fahrrad. Bevor sie aufstieg schloss ich sie in eine feste Umarmung.

„Bis in ein paar Wochen", flüsterte sie. Dann löste sie sich von mir und fuhr los. Ein paar Herzschläge lang sah ich ihr zu, wie sie die Straße hinauffuhr und dabei jede Pfütze – sei sie noch so klein – mitnahm. Inständig musste ich über diese kindliche Angewohnheit meiner Freundin grinsen. Es war typisch Dee, in jeder Situation den Spaß ihres Lebens zu haben.

Ich ging zu Fuß nach Hause und dachte über die vielen freien Stunden nach, die sich mir jetzt boten. Ich könnte Dee wirklich heimlich hinterher reisen. Dann würde ich endlich mal was spannendes erleben. Oder ich überrede Finley dazu mit mir Fallschirmspringen zu gehen. Ich lachte über diese Gedanken, da sowohl er, als auch ich niemals aus einem Flugzeug springen, geschweige denn überhaupt in eines einsteigen würden, aus dem wir nicht genauso wieder aussteigen.

Viele Pfützen lagen vor mir und bei jedem Schritt auf den nassen Pflastersteinen spritzte das kalte Wasser in meine Schuhe.

Um nach Hause zu kommen, musste ich einmal durch das Zentrum von Cove Bay laufen. Es war kein großer Ort, und es war schon erstaunlich, dass wir eine eigene Schule hatten, und nicht zwanzig Minuten bis in den nächsten Ort fahren mussten. Wie auch in unserer Schule hingen überall die buntesten Blumen, die zusätzlich, zu dem frisch gefallenen Regen, die Luft in eine beruhigende Frische hüllten.

Aus den vielen Geschäften, die die typischen Andenken, wie dicke Socken, niedliche Plüschtiere in Form von Hochlandrindern, karierte Tücher und Hemden, und Postkarten mit jedem erdenklichem Design verkauften, hallten die fröhlichen Klänge von Dudelsäcken und Geigen zu mir nach draußen. Touristen drängten sich in die schmalen Gänge, entweder, um wirklich etwas zu kaufen, oder um einfach der Musik zu lauschen.

Ein paar Läden weiter lag der eindringliche Geruch von Seifen aus Blumen und Kräutern in der Luft und kitzelte mich in der Nase. Die Musik wechselte von dem munteren Gefiedel zu sachten keltischen Sagen.

Entschlossen, mich nicht von der Magie meiner Heimat aufhalten zu lassen, ging ich weiter und bog schließlich in einen schmalen Weg aus kleinen sechseckigen Steinen ab.

Als ich zu Hause ankam, schloss ich leise die Tür auf. Schnell zog ich meine Schuhe aus und eilte direkt nach oben, in mein Zimmer. Die hölzerne Treppe schien es gut mit mir zu meinen, denn sie gab ausnahmsweise keinen knarzenden Laut von sich.

In meinem Zimmer ließ ich meinen Schulrucksack in die Ecke fallen und stellte mich kurz an mein Dachfenster. Durch das etwas beschlagene Glas konnte ich Grandpas Haus sehen. Ich würde nicht lang hier bleiben und gleich zu ihm rüber gehen. Seit meine Eltern vor einigen Jahren gestorben waren wohnte ich mehr bei ihm, als hier.

Wenn ich mich mit Dee traf, taten wir dies ebenfalls meistens bei ihm. Meine Adoptiveltern mochten es nicht, wenn ich Freunde hier her einlud und das, obwohl sie selbst kaum Zeit in diesem Haus verbrachten.

Diese Ferien würden verdammt langweilig ohne Dee werden. Ich musste an unsere sonstigen Treffen denken. Bei unseren Filmabenden wollte sie jedes Mal einen Horrorfilm sehen, doch am Ende hatte sie selbst am meisten Angst. Oder wir lagen am Strand und redeten über die nettesten und natürlich gutaussehensten Jungs unserer Schule. Ja, ein paar von ihnen waren ganz in Ordnung, aber das war's dann auch.

Wirklich verliebt war ich noch nie gewesen. Doch ich dachte oft darüber nach, wie es wäre, mit einem netten Jemand zusammen zu sein.

Zurück zum Punkt. Dee und ich würden uns wochenlang nicht treffen können. Also gab es vor allem Grandpa und mich. Und natürlich waren da auch noch meine vollkommen überflüssigen Adoptiveltern. Grandpa durfte aus unverständlichen Gründen offiziell nicht mein Vormund sein. Also hatte man Sashiko und Dennis diesen Job überlassen. Ihre unterentwickelten Kompetenzen als Eltern erwähne ich dabei erst gar nicht.

Meine richtigen Eltern hatten diese gehabt. Alles wäre besser, wenn sie noch da wären. Oder?

Solche Fragen stellte ich mir oft, doch ich fand nie eine Antwort. Nicht mal die Frage, warum sie damals gegangen waren, konnte ich beantworten.

Ich atmete tief ein und wieder aus.

Wenigstens waren endlich Ferien, sodass ich zwischen den Exams mal durchatmen konnte.

Abwesend ließ ich meinen Blick durch den Raum schweifen.

Auf meinem kleinen Schreibtisch stapelten sich Ordner, Mappen und einzelne Papiere und Lernzettel für die unterschiedlichsten Fächer. Gegenüber stand mein nicht gemachtes Bett – was würde es auch bringen, die Decke zu falten und alles ordentlich zu halten, wenn man ein paar Stunden später sowieso wieder alles durcheinander brachte?

Ich seufzte, als ich an der kleinen Uhr über meiner Tür hängen blieb. Ich sollte langsam zu Grandpa gehen.

Gemächlich rappelte ich mich aus meinen Gedanken auf und trat zur Tür. Kurz bevor ich mein Zimmer verließ, sah ich auf das Foto meiner Eltern, das neben der Tür auf einer kleinen Kommode stand. Glücklich saßen die beiden auf einer Bank vor einem Restaurant und blickten in die Kamera. Sie waren in Japan. Ein riesiger roter Drache zierte, mit irgendwelchen Schriftzeichen, den Eingang des Lokals.

Das Foto hatten sie mir per Post geschickt. Nach der Aufnahme sind sie nicht zurückgekommen. Ich versuchte, die aufkommenden Gefühle zu unterdrücken. Ihr Tod war schließlich schon Jahre her. Also lächelte ich nur selig zurück. Zu gern würde ich den Grund für ihre Entscheidung, nach Japan zu reisen, wissen. Sashiko kam ursprünglich aus Japan, konnte mir jedoch auch keine Antwort geben.

Endlich öffnete ich die Zimmertür und schlich leise den kurzen Flur entlang. Schon jetzt konnte ich Sashiko und Dennis streiten hören. Wie der Regen zogen sie das seit Tagen durch.

Erst konnte ich nicht verstehen, was dieses Mal das Thema war, doch je weiter ich mich nach unten vorwagte, desto klarer wurden die Worte der Beiden.

Ich musste aufpassen, dass sie mich nicht bemerkten. Meine Möchtegern-Adoptiveltern mochten es nicht, wenn ich Grandpa besuchte. Warum, wusste ich nicht, aber wahrscheinlich lag es an dem, was er mir schon mein ganzes Leben lang beigebracht hat: Ich sollte mir nie von anderen etwas sagen lassen. Allein das widersprach Sashikos Erziehungsstil in jedem Bereich.

Dennis ist ein Freund meines Vaters gewesen. Eigentlich hatte ich mich immer gut mit ihm verstanden, doch seit er mit Sashiko zusammengekommen war, hatte er sich stark verändert. Er lachte nicht mehr so viel wie früher und war generell viel stiller geworden. Bei Sashiko hatte er ehrlich gesagt auch gar keine Chance dazu, sich anders zu verhalten. Sie beeinflusste ihn so geschickt, dass er es wirklich nicht mitbekam.

Dafür durchschaute ich sie.

Ich mochte sie von Anfang an nicht. Das lag aber vor allem daran, dass die Japanerin kaum Interesse an mir hatte. Auch der Tod meiner Eltern nahm Sashiko, im Gegensatz zu Dennis, wenig mit.

Die Beiden hatten sich früher dazu entschlossen, vom Norden Schottlands nach Cove Bay, meinem Heimatort, zu ziehen. Nicht zuletzt lag es daran, dass sie das abbezahlte Haus meiner Eltern übernehmen konnten und somit keine Miete mehr zahlen mussten.

Das Cottage stand nah am Strand und etwas abseits der anderen alten Steinhäuser der kleinen Innenstadt und der Schule.

Mittlerweile war ich unten angekommen und zog mir leise und vorsichtig wieder meine schwarzen Turnschuhe an.

Etwas nervös sah ich in unregelmäßigen Abständen an die Wand, hinter der Sashiko und Dennis diskutierten.

Immer wieder konnte ich „Gregor", Grandpas Namen herausfiltern.

Dennis wurde lauter. „Das ist Wahnsinn!"

Langsam wurde ich hektisch. Jedes Mal, wenn ihre Auseinandersetzung mit Grandpa zu tun hatte, bekam ich Angst um ihn. Ohne Jacke verließ ich das Haus und rannte durch den wiedergekehrten Regen zum benachbarten Cottage.

An meinen Haaren rannten Tropfen, wie in einem Wettkampf verwickelt, herab. Durchnässt und leicht zitternd stand ich vor der Tür von Grandpa. Entschlossen klopfte ich. Es dauerte nicht lang, bis die Tür sich öffnete.

„Jamie!" rief Grandpa mir freudig entgegen. „Du bist ja ganz nass." Sein Blick huschte einmal an mir herab und landete dann wieder in meinen Augen. Seine hellgrauen Augenbrauen wanderten nach oben. „Was ist denn los?"

Er ging einen Schritt zur Seite und ließ mich eintreten. Ich zog mir die klitschnassen Schuhe aus und folgte ihm ins Wohnzimmer.

Es roch nach antiken Büchern und eingelegten Früchten. Ich liebte diesen Geruch. Er würde mich immer an Grandpa erinnern.

„Sashiko und Dennis reden wieder über dich", sagte ich und ließ mich aufs Sofa fallen. Grandpa setzte sich neben mich und gab mir eine dampfende Tasse. Selbst gemachter Früchtetee.

„Sollen sie ruhig", grummelte er dann und drehte sich zu mir, „Wie war der letzte Schultag?"

„Grausam. Mrs. Goodwill glaubt wirklich, dass wir uns jetzt noch etwas merken können." Ich verdrehte die Augen und musste mir bei Grandpas Grinsen ein Lächeln verkneifen.

„So sind die Lehrer." Kurz lag Stille zwischen uns, dann machte ich den Vorschlag, den ich jedes Mal machte, wenn ich bei ihm war.

„Eine Runde Canasta?", fragte ich und musste nun doch lachen, als sich um seine Augen Lachfalten legten. Canasta war ein Kartenspiel, das er mir beigebracht hatte, als Mom und Dad noch hier waren. Ich liebte es, mit Grandpa zu spielen, verlor allerdings meistens. *Kartenspiel ist Glücksspiel.* Also war es nur Pech, dass er immer wieder knapp vor mir war.

„Selbstverständlich", beantwortete er schließlich meine Frage. „Es gibt jedoch etwas weitaus wichtigeres, das ich dir vorher erzählen muss." Er machte eine kurze Pause. „Kannst du mir versprechen, dass du mir glauben wirst?"

Ich dachte nicht lang nach. „Natürlich, Grandpa."

Er räusperte sich. „Du musst das Gleichgewicht der Götter wiederherstellen", sagte er dann mit ruhiger Stimme auf den Punkt.

Ich blinzelte ein paar Mal, bis ich erkannte, dass er seine Worte vollkommen ernst meinte. Ein Gemisch aus Besorgnis und Aufregung schlich sich kalt über meine Haut. Was für Götter?

„Jamielle, das mag dir jetzt sinnlos erscheinen, doch es ist wichtig. Vertraue dir selbst." Grandpas Worte klangen wie ein Gelübde, das er auswendig gelernt hatte. Ich hatte ihm zwar versichert, dass ich ihm glauben würde, doch das beseitigte nicht die Fragezeichen, die sich über meinem Kopf versammelt hatten.

Er hob die Hände in die Richtung seines Halses und nahm seine Kette ab. Er trug sie schon seit ich denken konnte und hatte sie noch nie vorher abgenommen, was die Besorgnis in mir nur noch weiter anwachsen ließ.

Das Band war aus einem dünnen Lederstreifen gefertigt und unten war ein kleiner weißer Gegenstand befestigt.

Er nahm meine Hand, hielt sie auf und ließ die Kette hineingleiten. Dann schloss er sie vorsichtig.

„Deine Kette...", stammelte ich etwas überfordert.

„Das ist eine magische Kette. Du kannst damit wichtige Dinge sehen. Ich bin zu alt geworden. Nun musst du es für mich zu Ende bringen. Stelle das Gleichgewicht wieder her."

Ich sah erst Sekunden lang in seine Augen und wollte ihm dann widersprechen, doch ich konnte nicht. Sein Blick duldete keine Widerrede. Ich schluckte und sah in meine Hand. Der Anhänger sah aus, wie die Spitze eines Zahns von irgendeinem Raubtier. Eines großen Raubtieres. Er war etwa drei Zentimeter lang und leicht verkratzt.

„Danke, Grandpa."

Ein stolzes Lächeln zog sich in Falten über sein Gesicht. „Würdest du?" Ich gab ihm die Kette zurück und drehte mich so, dass er sie mir anlegen konnte.

„Aber selbstverständlich." Ein unterdrücktes Lachen breitete sich in ihm aus. Vorsichtig ließ er den Anhänger an mein Schlüsselbein sinken und verschloss die ledernen Enden in meinem Nacken. Als er fertig war drehte ich mich wieder zu ihm.

„Wirklich Grandpa. Das ist ein großes Geschenk." Ich machte eine kurze Pause und schloss meine rechte Hand um den Anhänger. Grandpas warmes Lächeln strahlte bis zu meinen Knochen.

„Erinnerst du dich noch an die Märchen, die ich dir früher immer erzählt habe?", fragte er nach ein paar Atemzügen.

Ich nickte.

„Dann kennst du bestimmt noch Seya, eine der Li-Götter, oder?"

„Ja, ich wollte immer so sein wie sie", sagte ich grinsend und dachte über die junge Jamie nach, die fasziniert von dieser wunderschön dargestellten Frau war.

„Sie ist wichtig", meinte Grandpa nur.

Ich runzelte die Stirn. Vielleicht war er schon so alt, dass er jetzt dachte, die Märchen von damals wären wahr und real?

Kurz dachte ich darüber nach, dass er eventuell den Überblick über Wirklichkeit und Geschichten verloren hatte. Ob er sie nicht mehr voneinander trennen konnte. Schnell schüttelte ich den Kopf und ein schlechtes Gewissen für diesen kurzen, aber unangemessenen Gedanken breitete sich wie Lauffeuer in mir aus. Nein, nicht Grandpa. Er war viel zu wissend, viel zu stark, viel zu klug, um verrückt zu sein.

„Die Li-Götter…" er hustete kurz und sah mich dann wieder an. Ich wollte mir meine Worte verkneifen, konnte aber nicht.

„Wenn du so hustest kommt Dennis nachher wieder." Ich lachte. Einmal hatte Grandpa sich verschluckt, woraufhin Dennis fast den Notarzt gerufen hatte.

Auch Grandpa fiel in Gelächter. „Der kommt mir nicht nochmal ins Haus. Schlimm genug, dass du bei denen wohnst."

Ich kicherte weiter vor mich hin, während sein Gesichtsausdruck wieder ernster wurde.

„Du musst das für mich zu Ende bringen, Jamielle." Meinte er die Geschichte dieser Götter?

„Wie soll ich irgendein Gleichgewicht von ausgedachten Göttern wieder…"

„Jamielle", unterbrach er mich. „Du wirst es sehen. Du wirst es alles sehen, aber versprich mir eins: Glaube an sie." Seine Augen spiegelten ein sehnliches Flehen wieder, dem ich nichts abstreiten konnte. Also nickte ich und versprach es ihm damit.

„Danke, Jamina."

Ich lächelte bei dem Spitznamen, den er sich für mich ausgedacht hatte.

Ein paar Stunden blieb ich noch. Wie fast immer, wenn ich bei ihm war, spielten wir Canasta. Natürlich gewann er knapp mit hundert Punkten. Langsam fragte ich mich, ob er die Karten irgendwie beeinflusste.

Danach schauten wir irgendeinen Krimi, der gerade im Fernsehen kam. Ich liebte diese Abende mit ihm. Sie waren so unbeschwert und lustig.

Als es begann dunkel zu werden, verabschiedete ich mich von Grandpa und ging zurück zu dem Haus meiner Eltern.

Der Regen war weniger geworden und ich marschierte zurück zu dem kleinen Cottage.

Erst, als ich vor der Tür stand, bemerkte ich meinen Fehler. Ich hatte den Schlüssel, als ich von der Schule nach Hause gekommen war, in meinem Zimmer liegen gelassen. Ich musste also klopfen und irgendwie erklären, warum ich bei Grandpa gewesen war. Meistens bekamen meine Adoptiveltern die Besuche gar nicht mit. Beide arbeiteten eigentlich lang.

Etwas nervös klingelte ich. Die kurze Melodie der Klingel hörte ich bis nach draußen. Schnell kreuzte ich die Finger, in der Hoffnung, dass Dennis aufmachen würde.

Es dauerte einen Moment, bis Schritte näher kamen und die Tür geöffnet wurde.

Mein Herzschlag beruhigte sich, als der Freund meines Vaters vor mir stand. „Ich dachte, du bist in deinem Zimmer. Was machst du denn draußen im Regen?", fragte er und verschränkte die Arme vor der Brust.

„Ich… ähm … ich dachte ich hätte was gesehen. Ähm… ein abgestürzter Vogel. Die fallen bei Regen ja oft mal vom Himmel. War aber scheinbar nur ein…Bildung", log ich, in dem Wissen, dass er mir diesen Schwachsinn sowieso nicht glauben würde.

„Und morgen kriechen die Kelpies aus dem Meer", scherzte Dennis und ließ mich rein. Langsam schloss er die Tür hinter mir.

„Jamie, bist du das?", rief Sashiko durchs Haus, ohne nachzufragen, wo ich gewesen war. Ich sah zu Dennis. Stumm nickte er. Ich verdrehte die Augen.

„Ja", antwortete ich mit einem genervten Unterton. Am liebsten wäre ich einfach stumm nach oben in mein Zimmer gegangen.

„Dann komm bitte mal. Dennis und ich müssen dir was sagen."

Ich seufzte und ging ins Wohnzimmer, wo Sashiko auf der kleinen Couch auf mich wartete.

„Setz dich, Tochter."

Stur ließ ich mich auf das Sofa fallen und sah meine Adoptivmutter verdrossen an. Ich hasste es, wenn sie mich so nannte. Es fühlte sich an, als würde sie meine Mutter damit ersetzen wollen.

„Ich bin nicht deine Tochter."

„Das spielt jetzt keine Rolle. Dennis und ich werden morgen früh kurz verreisen. Du wirst hier ein paar Tage allein verbringen müssen."

„Wohin reist ihr denn?", fragte ich und freute mich jetzt schon auf die Zeit ohne die Beiden. Sie waren öfters mal für ein paar Tage oder Wochen unterwegs und diese Zeit war die Beste, vor allem, wenn Ferien waren.

„Wir fliegen nach Asien", sagte Sashiko stumpf.

Überrascht nickte ich. Das war das erste Mal, dass sie mir ihr Reiseziel nannte.

Sekundenlang war es still, also stand ich auf und wollte in mein Zimmer gehen.

„Ach und Jamie, Schatz? Es wäre super, wenn du etwas aufräumen würdest", sagte Sashiko scharf.

Ich verdrehte die Augen und ging ohne mich umzudrehen einfach weiter, zur Treppe.

Als ich wieder in meinem Zimmer war, schmiss ich mich auf mein Bett und atmete einmal tief ein.

Ich vermisste meine Eltern.

Dennis war ja ganz nett, wenn er nicht gerade neben Sashiko stand, aber sie war einfach nur egoistisch und…

Ich verbot mir die weitere Aufzählung ihrer Charaktereigenschaften. Sie hatte die Zeit, die ich damit an sie denken würde, nicht verdient.

Den Rest des Abends verbrachte ich auf meinem Zimmer. Leise hörte ich die Stimmen meiner Adoptiveltern von unten. Um diese zu übertönen, nahm ich mir meine Kopfhörer und hörte meinen neusten Lieblingssong.

Auf das sonst gemeinsame Abendessen konnte ich getrost verzichten. Meistens war ich diejenige, an der Sashiko ihre Wut ausließ. Stattdessen schrieb ich meinen täglichen Eintrag in mein Tagebuch. Es tat jedes Mal gut, den ganzen Druck in Worte zufassen und dann das Buch einfach zu schließen. Als hätte ich die Gefühle damit verbannt.

Als ich fertig war, legte ich mich auf mein Bett und trotz dem nicht ganz abwesendem Hungergefühl, dauerte es nicht lange, bis ich eingenickt sein musste.

*K*apitel 2

Es ist dunkel. Grandpa steht in seinem Schlafzimmer. Er zieht sich gerade eine Jacke über. Ruhig stopft er die Taschen voll mit Dingen, die ihm wichtig sind. Aus Versehen lässt er ein kleines Buch fallen. Dumpf kommt es zu Boden. Er kümmert sich nicht weiter darum.

Sein mattes Murmeln übertönt ein leises Rauschen. Das Meer?

Nach einer Weile mischt sich eine weiche Stimme unter die Geräuschkulisse.

„Du bist es", haucht sie leise.

Die Sicht vernebelt sich und das Zimmer verschwindet langsam.

Der Nebel wird dichter und liegt schwer in der Luft. Nichts von der merkwürdigen Szene, ist noch zu erkennen.

Das Atmen wird schwerer, als würde ich unter Wasser gedrückt werden. Ohne Aussicht wieder nach oben zu finden.

Nach endlosen Augenblicken wird der Nebel langsam wieder weniger und streicht sanft die Erinnerung an Grandpa beiseite. Ich möchte sie festhalten und mich an sie klammern, doch sie entgleitet mir. Wieder und wieder.

Erst jetzt sehe ich einen kleinen See, umrahmt von Bäumen, zum Vorschein kommen. Der Nebel legt sich still und zäh wie ein Rahmen um ihn.

Nichts bewegt sich.

Kein Wind, kein Lebewesen. Kein Licht, kein Schatten. Keine Luft, kein Nichts.

Langsam verschwindet der restliche Nebel und eine Art Tempel ist, auf der anderen Seite des Sees, zu erkennen.

Bewucherte Säulen zieren ihn.

Plötzlich rennen fremde Gestalten, mit schwarzen Umhängen und großen Kapuzen, durch die Szenerie. Sie wirken unheimlich und bedrohlich. Ihre Gesichter sind nicht zu erkennen.

Die Schritte der Gestalten werden lauter. Immer lauter, bis ich denke, sie zertrampeln mein Trommelfell.

Die geisterhafte Stimme erklingt wieder. „Du bist es!"

Eine spürbare Macht dringt durch die Luft und zerschneidet sie gar, wie ein geschärftes Schwert einen Fetzen Seide.

Es wird dunkler, bis nichts mehr zu sehen ist.
„Das Herz", hallte die Stimme leise hinterher.

Ich schreckte auf. Meine Hände klebten. Leise sah ich mich um. Es war nur ein Traum gewesen. Oder?

Die Stimme hatte sich so nah, so real angehört. Was hatte ich gesehen? Grandpa, ein Tempel, Fremde. Ich versuchte, einen klaren Gedanken zu fassen und richtete mich auf. *Es war nur ein Traum,* versuchte ich mich zu beruhigen.

Langsam hob ich die Hände zu meinem Gesicht und verbarg es in ihnen. Erst jetzt bemerkte ich, dass der Anhänger von Grandpas Kette leicht schimmerte. Oder bildete ich mir das nur ein?

Ich richtete mich weiter auf.

Die digitale Uhr auf dem kleinen Tischchen neben meinem Bett zeigte, dass es kurz nach sieben war. Waren Sashiko und Dennis schon weg?

Für ein paar Herzschläge blieb ich sitzen, stand dann aber kurzentschlossen und immer noch etwas benebelt von diesem komischen Traum, auf. Leicht schwankend machte ich ein paar Schritte. Kopfschmerzen zogen sich, wie aus Gummi, zäh durch meinen Kopf. Blinzelnd stand ich vor meiner Zimmertür und öffnete sie leise. Ich versuchte, mich zu konzentrieren und endlich zu verstehen, dass ich wach war und nicht mehr in meiner Traumwelt gefangen.

Stille lag, wie der Nebel, den ich eben noch vor mir hatte, schwer und bedächtig in der Luft.

Leise tapste ich zum Zimmer meiner Adoptiveltern, drückte vorsichtig die Türklinke runter und öffnete die Tür leicht. Hinter der Tür versteckt sah ich durch den kleinen Schlitz.

Ich konnte Niemanden im Zimmer erkennen, also ging ich zurück in mein Eigenes.

Kurz überlegte ich, was ich jetzt tun sollte und entschied mich dazu, mich erstmal anzuziehen.

Eine blaue Jeans, ein weißes T-Shirt und darüber ein rot kariertes, grobes Hemd, das ich offen ließ, sodass es lässig auf meinen Schultern lag. Ich liebte dieses Hemd. Es hatte Mum gehört und war eines der wenigen Dinge, die ich von ihr hatte. Ich atmete tief durch. Immer, wenn ich länger an meine Eltern dachte, fragte ich mich, ob sie mich gerade beobachteten. Schließlich sprach nichts dagegen, dass Tote zu Geistern wurden und die Geschehnisse auf der Erde beobachteten.

Ich nahm mir ein Haargummi und band meine braunroten Locken zu einem lockeren Pferdeschwanz zusammen. Dann sah ich mich im Zimmer um, um sicher zu gehen, dass ich nichts vergessen hatte. Prompt blieb mein Blick an dem Schlüssel hängen. Jetzt könnte mir keiner die Tür öffnen. Schnell steckte ich ihn ein. Endlich ging ich die Treppe runter ins Wohnzimmer. Von hier aus sah ich einen kleinen Zettel auf dem Esstisch liegen. Ich ging näher und nahm ihn in die Hand.

Denk an das Geschirr.

Seufzend ließ ich die Nachricht auf dem Tisch liegen und ging in die Küche. Für ein aufwendiges Frühstück war ich noch zu müde, also holte ich das helle Brot aus dem Brotkasten und schnitt mir eine dicke, schiefe Scheibe davon ab. Dann ging ich zum Kühlschrank, nahm den Käse heraus und belegte mein Brot damit. Genüsslich nahm ich einen Bissen nach dem anderen und vergaß dabei das ausgefallene Abendessen.

Als ich fertig war, räumte ich alles wieder weg – mein Drang zur Ordnung war scheinbar auch schon wach – und öffnete dann den Hängeschrank über dem Herd. Ich stellte mich auf die Zehenspitzen und holte eine Packung Müsli raus. Wie Grandpa immer sagte: *Ein ausgewogenes Frühstück markiert den Start in einen guten Tag.*

Aus dem Küchenfenster aus konnte ich sein Haus sehen. Die Sonne schien und es sah so aus, als würde sie nur sein Haus beleuchten.

Der Traum drängte sich zurück in meine Gedanken. Was wäre, wenn es gar kein Traum war? Nein, wie sollte ich im Schlaf sehen können, was Grandpa gerade tat. Das war unmöglich.

Ich holte die Milch aus dem Kühlschrank. Wieder sah ich aus dem Fenster. Mein Magen gab mir zu verstehen, dass ich endlich mein Müsli essen sollte, doch eine innere Stimme kämpfte gegen diesen Drang an. Man konnte ja nie wissen.

Ich stellte die Milch zurück und ließ die Müslipackung auf der Ablage stehen. Hätte mein Magen Augen, hätte er diese nun mit Sicherheit verdreht und mir dann böse Blicke zugeworfen. Aber wenn ich kurz bei Grandpa war und gesehen hatte, dass er, wie jeden Morgen, Sudokus im Sekundentakt knackt, konnte ich immer noch frühstücken. Ich musste mich nur vergewissern.

Also ging ich zur Tür. Schnell schlüpfte ich in meine Turnschuhe und warf mir eine dünne Jacke über. Dann öffnete ich die Tür und ließ sie hinter mir ins Schloss fallen.

Diesmal hatte ich an den Schlüssel gedacht, hielt ihn in der Hand und ließ ihn dann aus Versehen in einen der großen Blumentöpfe vor der Haustür fallen. Ich gab der Mischung aus Müdigkeit, Hunger und Verwirrung die Schuld an diesem Schwächeanfall und war nun auch zu faul, ihn wieder aus den Pflanzen zu fischen. Dieses Problem war eindeutig ein Später-Problem, wie Dee sagen würde.

Schon ein paar Sekunden später stand ich vor dem Haus von Grandpa und klopfte an die Tür.

Nichts passierte. Mein Herz begann, die Anzahl seiner Schläge zu vervielfachen. Ich klopfte noch zwei weitere Male, mit dem selben Ergebnis. Schnell lief ich ums Haus und sah durch eins der Fenster. Grandpas Haus hatte nur eine verstaubte zweite Etage, die seit Jahren wahrscheinlich keiner mehr betreten hatte. Ich konnte also in sein Schlafzimmer sehen. Es war leer.

Ein kleines Buch lag aufgeschlagen neben seinem Bett. Wie in meinem Traum.

Ich schüttelte den Kopf. Nein, das konnte nicht sein. Das waren mit Sicherheit nur eine Reihe von Zufällen. Zufällige Zufälle.

Grandpas Kette lag schwer um meinen Hals und der rationale Teil in mir begann zu zweifeln. Hatte er mich wirklich verlassen? Wo war er?

Ich ging zur Tür und klopfte erneut.

Nichts.

Ich hatte keinen Schlüssel, also konnte ich mir nicht selbst Eintritt verschaffen. Vielleicht war er spazieren?

Ich ging an die Kante der Anhöhe, auf der die Häuser standen. Spielerisch verhedderte sich der

Wind in meinen Haaren. Vorsichtig sah ich nach unten. Ein schmaler Weg führte zu dem kleine Sandstrand. Langsam ging hinunter und mit jedem Schritt, den ich tat, wurde mein Puls unregelmäßiger. Die Chance, dass Grandpa einen Spaziergang machte, grenzte an die Null. Er war erstens zu träge und zweitens machten seine Knie ihm Probleme, sobald er längere Strecken ging.

Ich trat auf den leichten Sand, der bei jedem Schritt, den ich tat aufwirbelte.

Als ich das Wasser erreicht hatte, blieb ich stehen. Der salzige Wind kribbelte in meinem Gesicht.

Suchend sah ich mich um. Hier war er nicht. Aber wo war er dann?

„Wo bist du?", rief ich zum Meer.

Eine kleine Welle schwappte als Antwort an meine Schuhe. Tränen brannten in meinen Augen und Ratlosigkeit vernebelte meine Gedanken.

Plötzlich mischte sich eine leise Melodie in das Rauschen der Wellen und den Hall meiner Stimme. Ich sah mich um. Schnell blinzelte ich die Tränen weg, um etwas zu erkennen. Ein paar Meter neben mir erkannte ich ein goldenes Schimmern an der Wasserkante.

Langsam näherte ich mich ihm.

Als ich das Leuchten erreicht hatte, konnte ich erkennen, dass es eine Schlangenhaut war.

Wie konnte eine Schlangenhaut an die Küste Schottlands kommen? Ich hatte hier schon die absurdesten Dinge, wie Fischköder, Haarspangen und sogar Zahnbürsten gefunden. Doch eine Schlangenhaut?

Verwundert bückte ich mich und hob sie auf. In dem Moment, als ich sie berührte, schossen mir wie aus dem Nichts stechende Schmerzen durch den Kopf. Ich stöhnte auf und presste mir die Finger gegen die Schläfen.

„Versprich mir, dass du mir glaubst", hallte Grandpas Stimme durch meine Gedanken.

„Grandpa?" Nervös drehte ich mich um. Ich war allein.

Auf einmal lösten sich die Kopfschmerzen, als würde das goldene Leuchten sie wegjagen. Ich spürte, wie mein Herz gegen meinen Brustkorb schlug und verlor fast das Gleichgewicht.

Wie von allein schlossen sich meine Augen und ein Tempel errichtete sich vor mir. Er sah aus, wie der aus meinem Traum. Kurz mischte sich das Gefühl von Aufregung unter die matte Leichtigkeit. Sie verbannte jeden unschönen Gedanken. Auch um Grandpa machte ich mir plötzlich keine Sorgen mehr. Als wäre ich auf einmal sicher, dass er bei seinen Sudokus zu Hause saß.

Dann wurde alles von Sekunde zu Sekunde düsterer und schließlich pechschwarz.

$\mathcal{K}$apitel 3

Ein dumpfes Platschen klang durch den nur leicht beleuchteten Raum. Ich lag auf dem Boden. Die Kälte der Steine unter mir brannte sich durch meine Kleidung.

Langsam öffnete ich die Augen. Um mich herum bäumten sich hohe Säulen mit verworrenen Mustern auf. Der Raum war etwa so groß wie mein Zimmer. Nur seine Form war anders. Ich drehte den Kopf. Sechs Ecken. Der Raum war sechseckig. Vor mir bildete sich eine leichte Anhöhe, auf der ein geschmückter Stuhl, eine Art Thron stand. Langsam richtete ich mich auf. Abrupt kehrten die Schmerzen in meinen Kopf zurück.

Was war das hier? Was war passiert? Und noch wichtiger: Wo war ich?

Die Wände des Gebäudes waren aus Glas und hinter ihnen konnte ich dunkle Tiefen ausmachen. Ich musste zweimal hinsehen, um zu erkennen, was hinter den Scheiben lauerte – Wasser. Ich war von Wasser umgeben. Scheinbar unendlich weit breitete sich das Meer vor mir aus. Verwirrt blinzelte ich. Wie war das möglich? Das hier musste wieder ein Traum sein. Es konnte nicht echt sein, es…

Plötzlich erklang eine freundliche, aber dennoch ernste Stimme leise aus der Richtung der Anhöhe: „Du hast es geschafft, Jamielle Amaya."

Eine Flutwelle aus Fragen brach über mir zusammen, als wäre sie von diesen Worten geschickt worden. Wer war das? Wo war ich? Die Kopfschmerzen brannten sich in meine Nerven. Kurz kniff ich die Augen zusammen, öffnete sie aber schnell wieder, als ich mich erinnerte, dass ich scheinbar nicht allein war.

In Bereitschaft, mich jederzeit verteidigen zu können, stand ich ohne ein Wort herauszubekommen mitten im Raum.

„Wer ich bin, spielt keine Rolle. Wir befinden uns in meinem Tempel", erklang die Stimme wieder.

Ich zuckte zusammen. Konnte die Stimme Gedanken lesen? Ich schluckte und konzentrierte mich darauf, dass die nervigen Kopfschmerzen nicht die Oberhand über meine Wahrnehmung gewannen.

„Du musst mir helfen, Jamielle Amaya." Die Stimme klang nun besorgt, fast traurig.

Ich überlegte. Erst jetzt fiel mir auf, dass ich bisher nur eine Stimme gehört hatte. Wo war die dazugehörige Person? Das alles machte keinen Sinn! Doch wahrscheinlich wäre es jetzt am besten, wenn ich mich mit der Situation abfinde. Mein Innerstes weigerte sich zwar dies zu tun, und ich selbst war auch nicht gerade überzeugt, doch blieb mir etwas anderes übrig?

„Wobei?", fragte ich schließlich, sammelte mich und versuchte selbstbewusst zu wirken. Die Leere des Tempels drohte dieses Bewusstsein zwar zu zerdrücken, doch ich hielt ihr stand.

„Unser Schatz wird bald in den Händen des Bösen sein. Das wäre das Ende der Li und wahrscheinlich auch das Ende von Japan. Das Ende des gesamten Planeten."

Japan?! Ich war in Japan? Und was sollten diese Fetzten an Informationen? Oder war das alles doch nur Einbildung?

„Du weißt, dass diese Situation echt ist.", mahnte die Stimme. „Sicher brauchst du erstmal eine Pause. Ich werde dich an die Oberfläche bringen. Kämpfe für das Herz und folge dem Kleinen, vertraue ihm und seinen Vertrauten. Keinem anderem", sprach die Stimme gutmütig und streng. „Behüte meinen Teil, wie dein Eigenes."

Langsam kam ich mir vor, wie in einer viel zu abgedrehten Version meines Lieblingsbuches. *Folge dem Kleinen.* Warum diese Rätsel? War das ein Test?

„Ich werde nicht kämpfen, solang ich nicht weiß für wen", sagte ich so streng wie möglich. Das Zittern in meiner Stimme war trotzdem nicht zu überhören.

„Du wirst selbst herausfinden und entscheiden können, für wen du kämpfst." Die Stimme klang nun gezwungen nett. Kurz war ich mir sicher, dass ich mich nicht für sie entscheiden würde, wenn es darum ginge, für wen ich kämpfte. In erster Linie würde ich dies für mich selber tun.

Sekunden vergingen, in denen ich nicht wusste, was ich tun oder sagen sollte. Mein Blick fiel auf die Schlangenhaut, die ich immer noch in der rechten Hand hielt.

Die Haut leuchtete immer noch.

Lag es an der Dunkelheit, oder wurde das Leuchten gerade heller? Doch, es wurde heller und… größer. Es umhüllte schon meine komplette Hand. Erschrocken ließ ich sie fallen, doch als die Haut und das Leuchten auf dem Boden aufkamen, klang es schwer und spitz. Erschrocken zuckte ich zusammen. Meine Nerven waren viel zu gespannt.

Erst nach ein paar Sekunden verschwand das goldene Licht und statt der Haut lag nun ein Stein vor mir. Ich schloss kurz meine Augen, um zu realisieren, was hier gerade passierte. Dann bückte ich mich und hob den Stein auf.

„Achte auf meinen Teil des Herzens. Ich werde auf dich achten, das verspreche ich dir. Und jetzt finde deine Seite." Mit diesen Worten verschwand die eben noch spürbare Anwesenheit der Stimme und ein Rauschen drang durch den Raum. Ich merkte, wie sich der Schrein um mich herum auflöste. Doch ich spürte weder Angst noch Verwunderung. Es geschah einfach.

Wieder schloss ich instinktiv die Augen.

Eine unbekannte Energie umgab mich, wie es der Wind in Schottland getan hatte. Sie drang durch meine Poren, erreichte meine Adern und wurde mit jedem Herzschlag durch meinen Körper gepumpt. Sie nahm meine Haut, mein Fleisch und meine Knochen für sich ein, als wolle sie jeden wissen lassen, dass ich ihr gehörte. Ich konnte die Augen nicht öffnen, um zu sehen, was gerade geschah. Ich spürte nur erneute Kopfschmerzen, die meine Nerven zum zittern brachten. Was geschah mit mir? Erst jetzt bemerkte ich, dass ich nicht atmete. Doch meine Lunge brannte nicht. Versorgte die unbekannte Energie, die sich ihren Weg durch meine Glieder bahnte, mich mit Sauerstoff? *Hör auf so dumme Sachen zu denken,* befahl ich mir selbst. Doch ich war mir nicht sicher, ob diese Theorie wirklich so abwegig war.

Plötzlich spürte ich zwischen dem Nichts einen Hauch. Wind. Meine Haare strichen sanft über mein Gesicht und munterten mich dazu auf, endlich die Augen zu öffnen. Ich versuchte es und endlich gelang es mir, die Lider einen kleinen Spalt weit zu heben. Zäh spürte ich die Energie aus meinem Körper weichen.

Wo war ich?

Ich spürte warmen Sand unter meinen Fingern. Ich war an einem Strand. Vorsichtig blinzelte ich in die Sonne, die sich hinter mir schon langsam dem Horizont zuwagte. Langsam stand ich auf. Ich wollte nicht riskieren, noch einmal von Kopfschmerzen ereilt zu werden. Eine sanfte Böe streifte durch meine leicht gelockten Haare. Meine Kleidung war trocken. Wurde ich gerade von Schottland aus *hier* her *teleportiert*? Ungläubig blickte ich mich um. Es war ein kleiner Strand, am Rande einer unfassbar großen Stadt – für mich waren alle Städte groß, die mehr, als hunderttausend Einwohner hatten. Autos und Fußgänger tummelten sich um Ampeln, Kinder spielten im Sand und quietschten auf, wenn sie das Wasser berührten. Es war, als würde ich alles von einem Zuschauerplatz aus beobachten.

Nach gefühlten Minuten riss ich mich von den Geschehen los. Was sollte ich jetzt machen?

Ich öffnete die Hand, in der immer noch der Stein der Stimme lag. Schnell steckte ich ihn in meine Jackentasche. Die Stimme hatte schließlich gemeint, dass ich auf dieses… *Ding* aufpassen sollte.

„Hey!" Plötzlich stand ein Junge, ein paar Jahre älter als ich, vor mir. „Hast du das Leuchten auch gesehen?", fragte er nett und riss mich damit aus meinen verhedderten Gedanken.

„Äh was? Ein Leuchten?", krächzte ich, in der Hoffnung er würde nicht weiter nachfragen. Ich selbst wusste nicht einmal, was gerade passiert war. Hatte ich, wie der Stein, *geleuchtet*, als ich hier aufgetaucht war? Mir wurde schwindelig und ich dachte kurz, ich müsste mich übergeben. Bevor ich nach hinten fallen konnte hielt der Junge mich allerdings fest. Seine großen Hände legten sich auf meine Schultern und ließen diese erst wieder los, als ich einen festen Stand hatte. Ich war zu verwirrt, als dass ich mir etwas bei dieser Geste denken konnte.

„Alles in Ordnung?", fragte er nun mit einer etwas tieferen Stimme. Ich hob den Blick und betrachtete ihn zum ersten Mal.

Auch durch seine schwarzen Haare wirbelte der Wind verspielt. Seine leicht asiatischen Augen waren tief braun und blickten neugierig in meine. Er sah unfassbar gut aus. Als würde mein Herz mir zustimmen wollen, schlug es auf diesen Gedanken hin schneller.

„Ja, Ich… bin nur etwas erschöpft", gab ich zu. Er hob nur eine Augenbraue und wunderte sich wahrscheinlich wieso ich so fertig war. Als er jedoch nichts weiter sagte antwortete ich endlich auf seine Frage. „Nein, ein Leuchten habe ich nicht gesehen."

„Komisch", nuschelte der Junge und sah mir weiter in die Augen. Langsam fand ich meine innere Mitte wieder, was definitiv nicht an diesen unfassbar hübschen Augen lag. „Schöne Kette hast du da." Lächelnd nahm er den Anhänger in die Hand.

„Lass das", zischte ich. Auch, wenn er noch so gut aussah – und mich vor einem Sturz in den Sand bewahrt hatte –, er konnte nicht einfach Grandpas Kette nehmen.

„Komm runter. Siehst du den da?" Er zeigte auf einen großen Mann. Ich folgte seinem Finger. Der Junge beugte sich etwas vor und sprach direkt an meinem Ohr. „Der findest deine Kette bestimmt auch sehr hübsch."

Eine Gänsehaut schlich mir über den Rücken, doch ich schlug seinen Arm nach unten. „Schön. Hast du nichts besseres zu tun, als meine Kette zu bewundern?" Langsam fing er an mich zu nerven.

„Warum so gemein?" Empört sah er zu mir runter. Mein Herz setzte kurz aus, als ich realisierte, dass meine Worte wütender geklungen hatten, als ich es eigentlich gewollt hatte.

„Es tut mir leid. Ich... Die Kette gehörte meinem Grandpa. Er ist irgendwie verschwunden."

Ich dachte an Schottland zurück. Ich war nun auch irgendwie verschwunden. Moment, vielleicht ist Grandpa auch hier. In Japan. Bei mir.

Ich musste über meine Situation lachen, als mir klar wurde, wie absurd sie war.

Ich sah wieder zum Jungen, dessen Gesichtszüge nun weicher waren. Verlegen und irgendwie schuldig sah er mich an. „Dann..."

„Schon gut", unterbrach ich ihn schnell. Ich wollte nicht weiter über Grandpa reden. Nicht mit diesem wildfremden Typen.

Ich sah zum Anfang des Strandes, auf die riesigen Häuser, die sich dahinter errichteten. „Wo sind wir?", fragte ich dann.

„Das ist Ina", antwortete er mit tiefer Stimme. Ina. Klingt tatsächlich japanisch. Vor allem, so wie der Junge es mit seiner tiefen Stimme ausgesprochen hatte. *Hör auf für ihn zu schwärmen, Jamie. Du kennst ihn nicht mal.*

Ich gab meiner inneren Stimme recht. Für dämliche Gefühlsschwankungen hatte ich jetzt keine Zeit.

Gerade wollte ich losgehen und *das Kleine* suchen, von dem die Stimme gesprochen hatte, da drehte ich mich noch einmal zu dem Jungen um. Doch er war verschwunden. Ein Gemisch aus Erleichterung und Enttäuschung machte sich in mir breit.

Schließlich seufzte ich und wollte nach dem Kettenanhänger greifen, doch er war weg. Nein, das konnte nicht sein. Ich konnte nicht Grandpas Kette verloren haben. Ich sah auf den Boden. Mein Blick ging den ganzen Sand ab, doch die Kette lag nirgendwo. Hatte der Junge von eben etwa…

In Gedanken warf ich ihm die schlimmsten Flüche, die mir gerade einfielen, nach. Das konnte nicht wahr sein. *Konzentriere dich auf das wesentliche, Jamie*, sagte ich mir, obwohl mich dieser Verlust mitnahm. Es war das letzte, was Grandpa mir gegeben hatte. Und ich wollte es zurück. Doch wie sollte ich diesen Typen jetzt finden? Er war nirgends mehr zu sehen. Es schien also hoffnungslos, die Kette zurückzubekommen.

Langsam stapfte ich mit gesenktem Blick durch den feinen, hellen Sand. Immer mehr Sandkörner rieselten in meine Turnschuhe.

Eine Lautstärke, die für mich ungeahnt hoch war, drang mir entgegen, als ich den Asphalt betrat. Irgendwie schüchterte mich das komprimierte Gewusel von Autos und Fußgängern ein. Die endlos hoch wirkenden Häuser, die das Geschehen wie eine riesige Mauer umgaben, brachten mir auch nicht gerade mehr Sicherheit. Langsam richtete ich meinen Blick wieder nach vorn und versuchte einen Platz in der wartenden Menge vor einer der Ampeln zu finden. Die Straße war stark befahren, wodurch die Autos nur langsam vorankamen. Es war, als wäre ich vom Strand aus in eine vollkommen neue Welt gewandert. Zumindest war der zugegebenermaßen stark bevölkerte Strand hinter mir trotzdem ruhiger gewesen.

Als die Ampel auf grün umsprang, rissen die vielen Körper mich mit sich. Angestrengt versuchte ich, einen Fuß vor den nächsten zu setzen. Ich hatte Großstädte noch nie wirklich gemocht. Das waren einfach zu viele Menschen auf zu wenig Raum. Als ich die andere Straßenseite erreicht hatte, löste ich mich endlich von den vielen anderen Menschen und hielt mich am Rand des Fußgängerwegs.

Von alldem Neuen erdrückt schlich ich weiter. Ich hatte keine Ahnung, wo ich hin wollte, oder wo ich anfangen sollte, nach diesem *Kleinen* zu suchen. Ich hatte keine Ahnung, wo genau ich war, und was ich tun konnte, damit ich nicht noch in drei Stunden durch diese Straßen irrte. Japanisch konnte ich schließlich nicht und mein Handy hatte ich nicht dabei. Wie wertvoll es doch war. Ich würde diesem Gerät ein eigenes Haus bauen, wenn ich wieder zu Hause war. Als Zeichen der ewigen Wertschätzung. Vorausgesetzt, ich kam irgendwie wieder nach Hause.

„Jamielle?", rief auf einmal eine hohe Männerstimme durch die Geräuschwand. „Jamielle Amaya?"

Suchend drehte ich mich. Hatte ich mir die kleine Stimme, die meinen Namen gerufen hatte nur eingebildet? Woher sollte hier jemand meinen Namen kennen?

Etwas am Rand der strömenden Menge erkannte ich einen kleinwüchsiger Mann, der suchend die Augenpaare der vorbeigehenden Leute abging. Nein, er war nicht wirklich kleinwüchsig. Er sah eher aus, wie ein Zwerg aus einem Märchen. Seine hellgrauen Haare standen verwildert von seinem Kopf ab.

Etwas unsicher ging ich auf den kleinen Mann zu. „Ich bin Jamielle", sagte ich, während ich mich durch die Menschen quetschte. „Wer sind Sie? Haben Sie gerade meinen Namen gerufen?" Noch beim aussprechen der Fragen kamen mir die Worte der geheimnisvollen Stimme wieder in den Kopf: *Folge dem Kleinen.* Hatte sie damit diesen zwergenartigen Mann gemeint?

Nervös biss ich mir auf die Unterlippe.

„Jamielle? Ja, ich habe dich gesucht!", er wirkte glücklich, sein Ziel nun erreicht zu haben. „Ich bin ein Gesandter von Liwano. Du weißt, wer das ist, nicht wahr?" Der Mann sah mich erwartungsvoll an. Meine Stimme zitterte, als ich begann zu reden.

„Ja, einer der sechs Li-Götter, die angeblich die ersten…" Schnell unterbrach der Mann mich durch ein „Pssst."

Er strich mir behutsam über den Arm.

Auf einmal bekam ich Angst. Ich wusste nicht wirklich, wer oder *was* dieser Fremde war. Und diese Geste erinnerte mich stark an einen der Krimis, die ich mit Grandpa gesehen hatte. Erst will er ihr helfen, dann lockt er sie in seinen – viel zu auffällig nach einen Massenmörder aussehenden – Schuppen und bringt sein Opfer dort um.

Ich schluckte.

„Komm, ich zeige dir, wo du die nächsten Tage unterkommen kannst", sagte er dann und ging los.

Moment. Die nächsten *Tage*? Wie lang sollte ich denn hier bleiben? Ich blieb stehen. Konnte ich ihm vertrauen? Ich stellte mich selbst vor die Wahl. Entweder ich blieb hier und versuchte, irgendwie an eine Unterkunft und Nahrung zu kommen, oder ich vertraute dem Mann. Hatte ich wirklich eine Wahl?

„Kommst du?", fragte dieser und wartete kurz. Ich atmete tief durch. Dann folgte ich ihm.

Ob er wirklich ein Gefährte von einem Gott war? Bevor Liwano – so die Legende – zu einem der Li-Götter wurde, trug er die Form eines Zwerges. Dass dieser nicht gerade hübsch dargestellt wurde, übersprang ich in Gedanken aus Respekt.

Er führte mich weiter die Straße entlang. Zielstrebig ging er mit ein bisschen Abstand vor mir. Immer wieder schoben sich größere Personen vor ihn, was es etwas schwierig machte, ihm zu folgen.

Ich sah mich um und versuchte, mir meine Verzweiflung und Orientierungslosigkeit nicht anmerken zu lassen. Wir befanden uns schätzungsweise zwischen dem Stadtzentrum und dem Rand dieser Stadt.

Kurz streifte mein Blick die faszinierend hohen Wände der Häuser nach oben. Doch dies war ein Fehler. Wo war der Mann? Ich entfernte mich ein paar Meter von der wimmelnden Menge und sah mich nach ihm um. Wo war er hin? Schaffte ich es jetzt nichtmal mehr, jemandem einfach nur zu folgen?

Verzweifelt ließ ich meinen Blick über die Gesichter der Leute streifen. Für mich waren nur wenige Unterschiede zwischen ihnen zu erkennen und gefühlt sahen sie alle gleich aus.

Plötzlich berührte mich etwas am Arm und ich erschrak.

„Keine Angst." Der Mann stand neben mir und sah zu mir auf. „Ich lass dich hier nicht allein."

Beiläufig zwinkerte er mir zu, wandte sich dann von mir ab und marschierte weiter. War dieser Typ ein Psychopath oder wirklich ein Teil dieser *angeblichen* Götter? Innerlich befürchtete ich langsam das Schlimmste. Doch sowohl das Versprechen der Stimme, als auch die geringe Anzahl an anderen Möglichkeiten beruhigten mich etwas.

Nach ein paar Minuten hatten wir die vielen Menschen hinter uns gelassen und die Straßen wurden nach einer Weile immer kleiner und leerer.

Wir blieben auf dem ganzen Weg nicht einmal stehen, bis wir an einer kleinen und unscheinbaren Gaststätte ankamen.

„Hereinspaziert." Der Mann blieb stehen, öffnete mir die Tür und lächelte nett. Kurz dachte ich noch über einen Fluchtversuch nach, doch ich musste endlich einsehen, dass es kaum andere Möglichkeiten gab. Außerdem quoll mir jetzt schon der Geruch von köstlichem Essen entgegen. Also betrat ich ein wenig nervös den Raum.

Die Decke war tief und die Wände mit unzähligen Bildern von Schiffen und kleinen Schätzen geschmückt. Rechts von mir war eine offene, matt blaue Tür, die scheinbar in eine Art Speiseraum führte. Zumindest hörte ich leise Stimmen und aufeinander klirrendes Besteck aus dieser Richtung. An der rechten hinteren Ecke führte eine hübsch geschmückte Holztreppe nach oben.

Es war so gemütlich eingerichtet, mit Pflanzen, Kerzen und kleinen Laternen, dass es gar nicht zu meinen anderen Eindrücken passte.

Langsam ging ich dem kleinen Mann hinterher. Jeder Schritt auf den groben Holzdielen machte sich durch ein leises Knirschen bemerkbar.

Ich sah unsicher in die Richtung der Theke, an der eine asiatische Frau mit unfassbar langen schwarzen Haaren stand.

„Da bist du ja", begrüßte sie mich. Sie wirkte sehr sympathisch und ich beschloss direkt, sie zu mögen. Sie wandte den Blick von mir ab und tippte langsam auf der Tastatur ihres kleinen, alten Computers herum.

„Kon'nichiwa", grüßte der Mann. Die Frau sah kurz auf, um seinen Gruß mit einem Lächeln zu kommentieren, und sah dann wieder auf den Bildschirm.

„Du kannst ins Zimmer drei. Hast du Gepäck dabei?"

„Nein", antwortete ich überfordert und ich redete so schnell weiter, dass sie gar keine Chance hatte, irgendetwas zu erwidern. „Aber ich kann auch nicht bleiben. Ich habe kein Geld dabei und kann das hier auf keinen Fall bezahlen."

Die Frau wirkte ruhig, weder erschüttert, noch enttäuscht. „Das ist kein Problem, Jamielle. Wir gehören doch alle zur selben Seite." Sie zwinkerte mir zu und strich sich eine glatte Haarsträhne, die ihr wie flüssiger Obsidian vors Gesicht geglitten war, hinters Ohr. Ich wollte mich bedanken, brachte aber kein angemessenes Wort heraus. War sie meine Seite? Hatte die Stimme aus dem Tempel von ihr gesprochen?

Mein Blick wanderte von der rustikalen Theke über das kleine Holzgeländer der schmalen Treppe, bis zu einer kleinen, reich verzierten

Kommode. Auf dieser lag ein dickes, aufgeschlagenes Buch. *Ein Gästebuch*, vermutete ich.

„Ich bringe sie hoch", bot der Mann an. Die Frau nickte und strahlte mich an. Vorsichtig lächelte ich zurück und folgte dann dem Mann die Treppe nach oben. Auf dem Weg in mein Zimmer dachte ich an die Worte der Stimme. Ich solle dem Kleinen und dessen Vertrauten vertrauen. Keinem Anderen. Wenn dieser Mann wirklich der Kleine war – was sehr wahrscheinlich war, da er meinen Namen kannte – konnte ich ihm also mein Vertrauen schenken. Oder ich musste ihm zumindest nicht misstrauen. Trotzdem hatte ich ein ungutes Gefühl dabei, in einem vollkommen fremden Land einem vollkommen fremden Mann in ein vollkommen fremdes Haus, beziehungsweise Zimmer, zu folgen.

Die Treppe ging in einen kurzen Flur über, an dessen Ende das Zimmer mit der Nummer drei lag. Der Mann öffnete mit dem Schlüssel, den ihm die Frau gegeben haben musste, die Tür und ließ mich eintreten. Der darauf folgende Anblick verschlug mir die Sprache. Das Zimmer war klein, aber wunderschön. Ein kleines Bett, ein Ohrensessel und überall verteilt standen die unterschiedlichsten Pflanzen. Alles war in dem selben dunklen Holz wie der Eingang gehalten, wodurch das leuchtende Grün der Pflanzen in einem wunderschönen Kontrast herausstach.

„Schön, oder?", fragte der Mann und seine Stimme klang auf einmal tiefer. Ich nickte nur, immer noch unfähig, etwas zu sagen. Er setzte sich in den Sessel.

Damit ich mit ihm reden konnte, ließ ich mich auf der hinteren Bettkante nieder. Ich sah ihn an und konnte die Fragen, die mir die ganze Zeit auf der Zunge gelegen hatten, nicht mehr zurückhalten. Wie ein gebrochener Staudamm plapperte ich los.

„Das Zimmer ist wirklich schön. Aber wer bist du? Warum bin ich hier? Und…"

„Alles nacheinander." Der kleine Mann atmete auf. Seine Stimme hatte wieder diesen hohen Ton angenommen. „Ich will dir alle deine Fragen beantworten."

„Ok", fing ich an und versuchte, dabei einen lockeren Eindruck zu machen. „Ist das hier ein Traum?"

„Selbstverständlich nicht." Er sah empört aus. Ich räusperte mich.

„Warum bin ich in Japan?"

„Nun, dein Großvater und auch deine Eltern waren eine ganze Zeit lang in diesem schönen Land."

„Meine Familie war hier? Meine Eltern?"

„Ich habe es nur nebenbei mitbekommen, aber ja. Vor etwa zehn Jahren wurden sie hergerufen. Auch dein Großvater war hier. Aber sehr viel früher. Zu dem Zeitpunkt war er ungefähr so alt wie du jetzt."

Meine Eltern waren auch hier gewesen. Ich brauchte eine Weile um das zu realisieren. Vielleicht könnte ich hier mehr über sie herausfinden. Oder wenigstens herausfinden, was sie hier gemacht hatten.

„Warum waren sie alle hier?"

„Wegen der Ichizoku." Gedankenverloren sah der Mann aus dem Fenster. „Gregor hat dir alles Wichtige weitergegeben." Er wandte sich wieder mir zu, „oder?"

Mein Grandpa? Was sollte er mir weitergegeben haben?

„Was genau meinst du?"

Der Mann seufzte. „Hat er dir denn gar nichts erzählt?"

„Worüber genau?"

„Über die Li-Götter vielleicht?", fragte der Mann und sah mich erwartungsvoll an.

„Doch. Es sind vier Götter und zwei Göttinnen. Sie waren angeblich vor den Menschen auf der Erde. Dann wurden sie irgendwie in eine andere Dimension gebracht."

„Geht doch", freute sich der Mann. „Mehr musst du auch erstmal nicht wissen." Kurz sah er zum Fenster, dann wieder zu mir. „Sonst noch Fragen?"

Ich überlegte. Jetzt war die Gelegenheit, so viele Fragen, wie möglich zu klären, aber mir fielen keine ein. Gerade wollte ich *nein* sagen, als mir der Stein, der in meiner Jackentasche lag einfiel.

„Was ist das?" Ich holte den Stein, den ich von der Stimme bekommen hatte aus der Tasche.

Seine Augen wurde groß. „Sie hat es dir also wirklich gegeben", nuschelte er staunend. Dann räusperte er sich. „Das, meine Liebe", er sprach jetzt wieder lauter, „ist ein Teil des schlagenden Herzens. Seya hat es dir scheinbar anvertraut."

„Also war die Stimme die von Seya? Die Stimme einer Göttin?"

„Ja, sie hat dich auch in unser Land gebracht. Du musst auf das Herzteil acht geben. Wenn dieses Stück in die falschen Hände gerät…" Er unterbrach seinen Satz, doch ich konnte mir in etwa vorstellen, was er sagen wollte. Wenn ich auf diesen Stein nicht aufpasste, würden schlimme Dinge passieren. Vermutlich Verwirrung, Zerstörung, Verluste.

Ein paar Herzschläge lang sagte keiner von uns etwas.

„Du meintest *ein Teil des schlagenden Herzens*. Was ist das und wie viele Teile hat es denn?"

„Nun", begann er, „wie du gesagt hast, waren die Götter früher allein auf der Erde. Es gab sechs Kontinente, jedem von ihnen gehörte einer. Sie erbauten sich auf ihrem jeweiligen Land einen Tempel. Als Zeichen des Friedens brachen sie nach einiger Zeit ein kleines Stück ihres jeweiligen Tempels ab. Zusammen ergaben diese sechs Teile aus Stein ein Herz. Durch die Macht der Götter bekam auch das *schlagende Herz* eine gewisse Stärke." Er machte eine kurze Pause und atmete langsam ein und wieder aus, als würde er sich über diese Tatsache ärgern. „Wenn man alle Teile hat und sie zusammen fügt, besitzt man die Macht der Götter."

Gespannt nickte ich. So in etwa hatte Grandpa es mir immer erzählt. Doch um zu verhindern, dass die Teile des schlagenden Herzens zusammen kommen, muss man wissen, wo sie sind. „Wo sind..."

Noch in meiner Frage beantwortete er diese. „Im Laufe der Jahrtausende veränderte sich die Erde und ihre Kontinente. So kam es, dass die Tempel heute alle in unserem schönen Japan stehen. Die Götter haben damals ihr jeweiliges Segment in ihrem Tempel versteckt."

„Also sind alle Herzstücke hier in Japan?",
fragte ich wahrscheinlich etwas zu laut. Der
Mann nickte. Dann sah er auf und räusperte sich.
„Ich muss jetzt gehen, es ist schon spät. Wenn du
Hunger hast kannst du einfach runtergehen,
durch die linke Tür. Ich komme morgen wieder.
Dann zeige ich dir, warum genau du hier bist und
bringe dich zu deiner Seite."

Er stand auf und ging langsam in die Richtung der Tür.

„Aber…" Ich stand ebenfalls auf, „was ist
meine Seite?"

Der Mann drehte sich zu mir um und sah mir
tief in die Augen, als würde er versuchen, meine
Gedanken zu lesen. „Allein wirst du kein ganzes
Land retten können", sagte er besonnen und ging
durch die Tür.

Ich sah ihm noch kurz hinterher und ließ die
Tür dann ins Schloss fallen.

Abwesend ließ ich mich auf das Bett fallen
und versuchte, diese Situation zu realisieren. War
mein Traum also gar kein Traum, sondern so etwas wie eine Vision gewesen? Lag das an der
Kette von Grandpa, die jetzt wahrscheinlich für
immer verloren war? Und was oder *wer* sollte
meine Seite sein? Ich seufzte. Warum fallen mir
solche Fragen immer zu spät ein?

Ich mochte es nicht, auf mich allein gestellt zu sein. Keinem konnte ich von dem heutigen Tag berichten. Keiner konnte mir den Berg an Fragen beantworten, der nach wie vor vor mir stand und drohte, direkt über mir zusammenzubrechen.

Ich lag einen Moment da, bis mein Magen anfing, mich daran zu erinnern, dass ich den ganzen Tag lang nur eine Scheibe Brot mit Käse gegessen hatte. Meine Beine waren müde und schwer, ich konnte sie aber dazu überreden, mich wenigstens bis in den Raum mit den duftenden Speisen zu tragen.

Etwa ein Dutzend kleine Tische standen mit kleinen Abständen zueinander im Raum verteilt. An der Decke gaben flache Lampen gedimmtes Licht von sich und an den Seiten hingen weitere Laternen. Nur drei andere Personen – zwei Männer und eine Frau – saßen an den Tischen und aßen. An der mir gegenüber liegenden Wand, etwa zehn Meter von mir entfernt, konnte man sich nach Herzenslust an den Köstlichkeiten bedienen.

Und das tat ich auch.

Ich nahm mir einen der weißen, tiefen Teller und belud ihn mit allem, was lecker aussah. Ich kannte nur ein paar der Speisen und sie waren

nur mit japanischen Schriftzeichen beschriftet.
Also vertraute ich auf mein Bauchgefühl.

Mit meinem vollen Teller setzte ich mich
schließlich an einen der kleinen, viereckigen Tische. Möglichst weit weg von den anderen Gästen.

Endlich etwas zu essen war eine Wohltat und
ich hatte meine Auswahl grandios getroffen: Helle Nudeln mit unterschiedlichem Gemüse und
gekochten Eiern, ein Salat, und sogar Pommes,
von denen ich nicht erwartet hätte sie hier zu finden. Dazu ein einfaches Glas Wasser. Von dem
Sushi und dem anderen Fleisch habe ich lieber
die Finger gelassen. Dee und ich hatten uns vor
etwa zwei Monaten dazu entschieden das nächste
halbe Jahr vegetarisch zu leben und diese Abma-
chung wollte ich nicht brechen.

Mit den Essstäbchen hatte ich eher meine
Probleme. Zu Hause hatte ich sie zwar schon das
ein oder andere Mal benutzt, doch wirklich damit
umgehen konnte ich nicht.

Nachdem ich jeden Bissen mit Genuss ge-
schluckt und mir noch zweimal von den leckeren
Nudeln nachgenommen hatte, brachte ich mein
Geschirr in den dafür vorgesehenen Wagen und
ging wieder auf mein Zimmer. Den Schlüssel
hatte der Mann auf dem Sessel liegen gelassen

und ich hatte ihn eingesteckt, bevor ich gegangen war.

Auf dem Weg zur Treppe kam ich wieder an der Frau mit den langen Haaren vorbei, die ich auf dem Weg zum Essen gar nicht beachtet hatte. Jetzt lächelte ich ihr freundlich zu. Sie erwiderte meine Geste und sagte irgendetwas auf Japanisch. Wahrscheinlich *Gute Nacht* oder so.

In meinem Zimmer ließ ich mich erneut auf das Bett fallen. Ich hatte immer noch die Klamotten an, mit denen ich gestern zur Schule gegangen war, mit Grandpa Canasta gespielt hatte und heute in Japan angekommen war. In meinem Kopf klang die Vorstellung, auf die andere Seite der Welt *teleportiert* worden zu sein, immer noch so verrückt, dass ich nicht länger drüber nachdachte. Mein Kopf brummte und wollte nicht mehr arbeiten.

Trotzdem hievte ich mich noch einmal vom Bett und sah in den Schubladen der Kommode nach irgendeinem anderen Kleidungsstück, in dem ich schlafen konnte. Nach einer Weile fand ich ein dünnes weißes Nachthemd, mit dem ich mich zufrieden gab.

Schnell zog ich mich um und kuschelte mich dann unter die dünne Bettdecke. Ich atmete tief ein und wieder aus. Ich fühlte mich einsam. Warum konnte das alles kein Traum sein? Ich könnte aufwachen und all das vergessen. Ich wäre zu Hause.

Doch statt aufzuwachen wurden meine Augen immer schwerer. Ich hatte Angst davor einzuschlafen. Dann wäre ich wehrlos und könnte mich nicht mehr verteidigen. Doch Seyas Worte schienen wahr zu sein und ließen meine Lider schließlich zufallen.

*K*apitel 4

Ich stehe in einem wunderschönen Garten. Tiefe Bäume ranken bis auf die Oberfläche kleiner Seen und Teiche. Ein Schild mit der Aufschrift Kasuga Park errichtet sich neben einem der Bäume.

Meine Eltern stehen neben mir. Glücklich staunen sie über die Schönheit, die uns umgibt. Zwischen den Bäumen entdecke ich ein kleines Haus. Mit einem typisch japanischen Dach und kleinen Laternen, die an den Seiten hängen. Es erinnert mich etwas an das Haus von Schneewittchen, nur, dass dieses eben nicht in Japan stand. Auch meine Eltern haben es scheinbar gesehen und gehen nun auf das kleine Gebäude zu. Aufgeregt folge ich ihnen über eine schmale Brücke. Ein beruhigender Wind wiegt die Bäume leicht hin und her. Doch ich spüre ihn nicht. Als wäre meine Haut nicht in der Lage, den Wind an sich zu lassen.

Eine leise, zauberhafte Melodie erklingt. Sanft wechselt sie zwischen hohen und tiefen Tönen, die sich im Nachklang miteinander vermischen. Ich kenne diese Klänge, da bin ich mir sicher. Doch woher nur?

Das Haus ist umringt von gepflegten Pflanzen und rosa leuchtenden Blumen. Es ist ein wundervoller Platz.

Gleich würden wir es erreichen.

Doch meine Eltern werden mit einem Mal schneller. Ich bekomme Angst, sie ein weiteres Mal zu verlieren, und beginne zu laufen. Doch ich kann sie nicht mehr erreichen. Im Gegenteil. Langsam entfernen sie und das Häuschen sich von mir. Ich werde hektisch und meine Angst steigert sich. Meine Lunge brennt und scheint Feuer zu fangen. Ich versuche zu schlucken, doch der Kloß in meinem Hals erlaubt es mir nicht. Mum und Dad betreten das Haus.

Und plötzlich ist es dunkel. Als hätte jemand mit einem Schalter die Sonne ausgeschaltet. Panik flutet meinen Geist und vermischt sich mit der Angst, die schon in meinen Adern lauert. Dann. Ein Schrei, hell und doch so dunkel.

Dunkelheit.

Angst.

Stille.

Nach Luft schnappend schreckte ich zitternd auf. Schweiß klebte das dünne Nachthemd an meinen Körper. Ich kniff meine Augen wieder zu. Das Licht, das durch das kleine Fenster fiel, war noch zu grell.

Nach ein paar Sekunden öffnete ich wieder die Lider. Leicht benommen ließ ich meinen Blick durchs Zimmer schweifen. Ich war hier. Es war ein Traum gewesen. Nur ein Traum. Träume waren nicht real, obwohl sich die Angst, die Panik so echt angefühlt hatten.

Schwer schluckte ich die dunklen Gedanken runter. Meine Kehle war trocken, fast staubig.

Langsam atmete ich durch und merkte dabei, wie ich immer noch zitterte. Was passierte hier nur? Gestern wurde ich durch eine Schlangenhaut nach Japan gebracht und dann von einem Zwerg – oder was auch immer dieser kleine Mann war – in diese kleine Unterkunft geführt. Grandpa war verschwunden und irgendein dummer Typ hatte mir seine Kette gestohlen.

Gedankenverloren sah ich an die Decke. Was heute wohl alles passieren würde.

Erneut dachte ich über meinen Traum nach. Mein letzter Traum war Realität geworden. War dieser Traum ein Zeichen?

Geleitet von Neugierde richtete ich mich wieder auf. Die gleißenden Sonnenstrahlen, die durch das Fenster fielen, enttarnten die davor schwebenden Staubkörnchen. Es war wohl schon recht spät. Noch war der kleine Mann von gestern nicht aufgekreuzt. Zumindest hatte er mich nicht geweckt. Wer weiß, ob er überhaupt kommen würde. Ich war eigentlich ja nur eine Touristin, die zufällig irgendeinen heiligen Stein angedreht bekommen hatte. Also könnte ich, statt auf ihn zu warten, auch den Garten suchen, von dem ich geträumt hatte. Ich nahm an, dass er hier in der Nähe lag. Schließlich hatte sich der zwergenhafte Mann an meine Eltern erinnert und gesagt, dass sie hier gewesen waren.

Schnell stoppte ich meine Gedanken. Ich konnte hier nicht einfach weggehen. Der Mann war der einzige, den ich hier kannte. Beziehungsweise war er der einzige der *mich* kannte. Trotzdem wollte ich nur zu gern diesen Park besuchen.

Ich seufzte und beschloss, erst einmal nachzusehen, ob es hier auch Frühstück gab. Danach konnte ich immer noch Entscheidungen treffen, und vielleicht war bis dahin auch der kleine Mann zurück.

Also stand ich auf, zog mir das Nachthemd über den Kopf und warf mich in meine eigene

Kleidung. Bevor ich aus der Tür ging, kontrollierte ich, dass ich den Schlüssel dabei hatte. Den Stein von der Stimme ließ ich lieber hier. Wer weiß, wer mich alles überfallen oder umbringen würde, wenn ich dieses heilige Ding mitnähme.

Schnell stopfte ich es in den Bezug von meinem Kopfkissen und drapierte alles so authentisch, wie möglich – in meinem Fall eher chaotisch.

Dann verließ ich das Zimmer.

Heute morgen war der Speiseraum voller. Nur vereinzelt gab es noch freie Tische, und vor der Essensausgabe hatte sich eine kleine Schlange gebildet. Es roch herrlich.

Eifrig nahm ich mir, wie gestern Abend einen der Teller und stellte mich hinter einen kleinen Jungen, der unfassbar stolz wirkte, weil er sich allein sein Frühstück holen konnte. Ich musste grinsen und dachte an die zehnjährige Jamie, die wahrscheinlich genau diesen Gesichtsausdruck gehabt hätte.

Als die Schlange sich langsam auflöste und ich mich an einem der freien Tische niedergelassen hatte, lief mir das Wasser im Mund zusammen. Eingelegtes Gemüse zierte den Berg aus Reis, den ich mir aufgetan hatte. Daneben stand eine kleine Schüssel mit einer, leise vor sich hin dampfenden Suppe.

An Getränken hatte ich die Wahl zwischen irgendeiner weißen Flüssigkeit, Tee und Wasser gehabt. Doch weil meine Kehle immer noch einer Sandwüste glich, hatte ich mich wieder für ein einfaches Glas Wasser entschieden.

Die Dielen knarzten, als ich den Raum mit dem Frühstück verließ. Ich sah mich in dem Eingangsbereich, in dem ich jetzt stand, um. Der kleine Mann von gestern war nicht zu sehen.

Vielleicht hatte er mich vergessen?

Ich wusste nicht, ob ich glücklich oder traurig darüber sein sollte. So hatte ich zumindest eine Ausrede dafür, den Garten aus meinem Traum zu suchen. Vielleicht waren meine Eltern *wirklich* da gewesen. Vielleicht würde ich endlich Antworten auf meine Fragen finden.

Aber vielleicht war es auch nur ein Traum, und ich war so naiv zu glauben, dass dieser die Wahrheit gezeigt hatte. So oder so, schaden konnte es nicht, dem *Kasuga Park* einen Besuch abzustatten.

Etwas zögerlich ging ich zu der Theke, an der wieder die Frau mit den schwarzen langen Haaren stand. Sofort hatte ich ein schlechtes Gewissen, weil ich sie auf dem Hinweg wieder nicht beachtet hatte.

Ich trat vor und räusperte mich. Die Frau sah auf und lächelte.

„Ohayō", grüßte sie nett. Ihre Stimme klang genau so liebenswert und hilfsbereit, wie gestern Abend. Ich wusste nicht, was ihre Worte bedeuteten. Vermutlich *Hallo* oder *guten Morgen* oder so. Etwas schüchtern hob ich die Hand. Ich fühlte mich hilflos mit der Tatsache, dass ich die japanische Sprache nicht beherrschte. Doch gestern hatte die Frau auch meine Sprache genutzt.

„Guten morgen", begann ich und ließ meinen Blick schnell über die Unterlagen schweifen, die sie vor sich ausgebreitet hatte. Fremde Zeichen versammelten sich, wie Ameisen auf den Papieren. „Gibt es hier in der Nähe einen Garten?" Ich dachte kurz nach. „Kasuga Park?"

Die Frau nickte freundlich. „Ja, eine knappe Stunde von hier." Kurz musterte sie mich, dann kramte sie in einer Schublade und hielt schließlich eine Karte in der Hand. „Wir sind hier." Mit einem roten Stift zeigte sie mir unseren Standpunkt. Dann zeichnete sie eine rote Linie. „Und da ist der Kasuga Park."

Stirnrunzelnd betrachtete ich den Weg. Er wirkte nicht besonders weit, allerdings war ich mir nicht sicher, ob ich ihm wirklich folgen könnte. Dee wäre jetzt begeistert und würde wahrscheinlich eine Schatzsuche aus dem Ganzen machen. Wie sehr wünschte ich mir, sie wäre hier. Wir könnten gemeinsam zu dem Park gehen, gemeinsam essen, gemeinsam Zeit verbringen. Da fiel mir ein, dass ich viel mehr zu tun hatte, als zu essen und Gärten zu besuchen.

Sowohl Grandpa, als auch Seya hatten mir Aufgaben aufgetragen. *Das Gleichgewicht herstellen. Auf den Stein aufpassen. Kämpfen.*

Ich schluckte den Kloß, der sich in meinem Hals bildete herunter und sah wieder zu der Frau.

„Bist du sicher, dass du gehen willst, Jamielle? Man sagte mir, dass du etwas sehr wichtiges besitzt," meinte sie und blinzelte mit ihren langen Wimpern.

Ich dachte an den Stein, den ich von Seya bekommen hatte und der jetzt in meinem Kissenbezug lag.

„Der Stein ist sicher", meinte ich nach einer kurzen Zeit zuversichtlich.

Unsicher nickte die Frau und reichte mir dann die zusammengefaltete Karte.

„Vielen Dank", sagte ich etwas aufgeregt und nahm das Papier entgegen. Dann überlegte ich. Sollte ich doch noch auf den Mann von gestern warten? Er hatte gesagt, dass er kommen würde.

Nach einer Weile entschloss ich mich dagegen. Ich konnte ja nicht ewig hier warten und der Zeit beim vorübergehen zusehen.

Gerade wollte ich das kleine Hotel verlassen, da rief die Frau mir noch etwas hinterher. „Jamielle, pass auf dich auf. Es gibt Wesen, die es auf dich" Ihr Blick wanderte kurz an mir runter, „oder auf etwas, was du besitzt, abgesehen haben könnten. Es gibt keine stabile Grenze zwischen den Reichen."

Ich nickte und versuchte mir meine aufsteigende Verwirrung nicht anmerken zu lassen. Welche Wesen? Welche Reiche?

Ich hätte sie fragen können, doch ich hatte keine Lust, noch länger hier zu bleiben. Später könnte ich immer noch Antworten bekommen. Bevor ich noch länger über diese Worte nachdenken konnte, verließ ich das Gebäude.

Draußen fiel mir die frische Morgenluft entgegen. Tief ließ ich sie durch meine Lunge schweifen. Die Kühle tat gut und motivierte mich. Ich faltete die Karte vor mir ein Stück auf und machte mich auf den Weg.

Je weiter ich mich von der Unterkunft entfernte, desto voller wurden die Straßen. Ich hatte, zu meiner Überraschung, keine großen Probleme damit, der Route zu folgen. Das Problem waren eher die vielen Menschen, die wild durcheinander eilten. Sie nahmen mich wahrscheinlich nicht einmal wahr und doch wurde ich mehr als einmal von irgendwem angerempelt.

Nie im Leben könnte ich in so einer Stadt leben. Ja, es war aufregend, aber mir fehlte der Platz, sowohl zu den Seiten, als auch nach oben. Die Hochhäuser sahen zumindest so aus, als würden sie jeden Moment auf mich niederstürzen.

Es war wahrscheinlich eine Stunde, vielleicht etwas weniger, die ich brauchte um endlich vor dem Eingang des Gartens zu stehen.

Kasuga Park

Es sah genauso aus, wie in meinem Traum. Die Bäume, die Blumen, das Schild, der Weg, der vor mir lag. Ich fragte mich, wie das möglich war, doch ich wusste, dass ich darauf jetzt keine Antwort bekommen würde. Außer der kleine Mann, der mir scheinbar jede Frage beantworten konnte, arbeitete zufällig nebenbei als Gärtner. Ich musste lachen, als das Bild dieses zwergenartigen Mannes, mit einer dunkelgrüne Latzhose und einem Strohhut, in meinen Gedanken auftauchte. Nein, eher würden wohl die Kelpies das Meer verlassen und fliegen lernen.

Ich sah wieder zu dem Schild und atmete glücklich durch. Diese Reise war vielleicht nicht komplett umsonst. Ich würde vielleicht etwas über meine Eltern herausfinden. Vorfreude nieselte auf mir nieder und jagte einen Schauer über meinen Nacken.

Langsam betrat ich die entspannte Atmosphäre. Viele Pflanzen wucherten verspielt um die Bäume. Trotz der wilden Ranken sah es ordentlich und gepflegt aus. Links von mir konnte ich in einen Weg abbiegen, der dem Anschein nach zu einem zentralen Gebäude führte. Doch ich hielt mich auf der rechten Seite, auf kleinen Schotterwegen. Diese hatte ich schließlich auch in meinem Traum gewählt.

Langsam schlenderte ich über den knirschenden Boden. Immer wieder fielen mir neue frische Gerüche auf. Ich bereute es kein bisschen, dass ich hierher gekommen war. Alles hier fühlte sich so frei und unbeschwert an.

Nach einer verträumten Weile erkannte ich ein kleines Haus. Es war eindeutig das selbe, das ich in meinem Traum gesehen hatte. Die kleinen rosa Blumen, die um das Gebäude wucherten, die Laternen, das matte rote Dach. Ich konnte es kaum glauben. Es war wirklich hier. Hieß das, dass nun all meine Träume die Wahrheit zeigten?

Aufgeregt ging ich näher, bis ich direkt vor den niedrigen Wänden stand. Automatisch wollte ich die Tür öffnen, doch sie war verschlossen. Etwas frustriert beschloss ich, einmal um das fast niedlich wirkende Gebäude zu gehen. Ein kleiner Pfad aus grauen Kieselsteinchen führte mich. Auf der Rückseite blieb ich stehen. In einem kleinen Beet aus bunten Blumen hatte ein dezenter Stein seine Ewigkeit hinter ein paar Ranken gefunden.

In Gedenken an
Fiona und Logan Craig

Ich konnte kaum realisieren, was ich sah. Waren meine Eltern hier…?

Leise verschwammen Formen und Farben miteinander. Ich hatte ihn gefunden. Den Todesort meiner Eltern. Ich versuchte die Tränen zurückzuhalten, doch schon nach Sekunden musste ich aufgeben. Für einen Moment blieb die Zeit stehen. Ich spürte keinen Wind, hörte keine Geräusche, sah keine Farben. Eine Gefühlswelle nahm mich leise mit und ich gab mich ihr hin. Die leisen Töne des Gemisches von Trauer und Glück bildeten eine Symphonie, die sich locker um mich wob.

Ein Augenblick verging, ohne dass ich mich bewegte. Es tat gut, zu stehen und die Augen zu schließen. Ruhig atmete ich die matte Luft ein.

Als der nächste Herzschlag sein Ende fand, blinzelte ich und ließ meine Sinne wieder frei. Dieser Ort war ein wundervoller Ort für eine Erinnerung. Er war bunt, fröhlich und frei. Wie meine Eltern es gewesen waren.

Ich atmete noch einmal tief durch, dann ging ich langsam zurück zur Vorderseite des Hauses und ließ die Gedanken an meine Eltern zurück. Es war schön zu wissen, dass man hier an sie denken konnte.

Mittlerweile war es Mittags, wahrscheinlich etwas später. Ich nahm mir vor, den Garten noch etwas länger zu erkunden und dann zurückzukehren.

Die kleinen Kieselsteine knirschten unter meinen Füßen, als ich die kleinen Wege zwischen den Bäumen entlang schlenderte. Die Melodie, die ich mir eben eingebildet hatte, kehrte zurück. Diesmal war sie allerdings echt und greifbar nah. Ich kannte sie. Es war die selbe, wie gestern, in Schottland am Strand.

Etwas verunsichert verlangsamte ich meine Schritte. Ein ungutes Gefühl mischte sich in mir zusammen.

Plötzlich knackten Äste, ein Schnauben, ein Knurren. Mein Herz wurde schneller. Direkt schossen mir die Fantasyfilme, die ich mit Dee gesehen hatte, durch den Kopf. Was war das? Hektisch sah ich mich um. Ich war allein.

Da war das Knurren wieder. Es hallte tief und bedrohlich den Weg entlang. Wie von einem gigantischen Hund. Wobei ich bei diesem Ausmaß des Geräusches eher von einem Höllenhund ausgehen musste. Ich drehte mich wieder um und plötzlich stand *er* vor mir. Ein etwa zwei Meter hoher, langer Drache, wie man ihn aus den japanischen Mythen kannte. Seine dunkelroten Schuppen glänzten im Licht der Sonne. Dünne Fäden zogen sich von seiner Schnauze aus schwerelos nach hinten. Zornig stachen seine Augen in meine.

Ich schluckte. Mir stand gerade ein echter *Drache* gegenüber. Auf einmal ließ ich alle Zweifel, die ich noch hatte, fallen. Es gab die Li-Götter. Ich erinnerte mich an die Worte der Frau von der Rezeption. *Es gibt Wesen, die es auf mich abgesehen hatten.*

Erst jetzt realisierte ich meine Situation. Dieser Drache würde mich jagen und töten wollen. Wie von einem Blitz getroffen drehte ich mich schnell um und rannte. Schnell hörte ich donnernde Schritte hinter mir. Verdammt!

Der Weg fand im Gegensatz zu meiner Kondition kein Ende. Meine Seiten begannen zu brennen und ich hatte das Gefühl, kaum noch Luft zu bekommen.

Ich fühlte den Boden, der unter mir her flog und endlich, nach einer gefühlten Ewigkeit, errichtete sich ein großes zentrales Haus vor mir. Wäre ich am Anfang nach links abgebogen, wäre ich sicherlich hier angekommen. Vereinzelte Menschen fanden sich vor dem Gebäude zusammen. Die Bäume verschwanden links aus meinen Augenwinkeln. Ich spürte den nackten Schweiß auf meiner Haut. Die Sonne prallte auf mich herab, bis sie im nächsten Atemzug von etwas verdeckt wurde. Der Drache. Er würde mich kriegen. Sein warmer Atem kribbelte schon in meinem Nacken.

Plötzlich riss mich etwas von meinen laufenden Beinen. Mit einem Ruck wurde ich nach rechts, in die dichten Bäume gezogen. Kurz schrie ich auf, doch ich wurde direkt weiter gezogen. Meine Sohlen fanden den Boden wieder. Schnell lief ich der Gestalt hinterher, die mich von dem Ungeheuer weggerissen hatte. Das einzige, was ich von ihr erkennen konnte war die dunkle Kleidung.

Wir rannten, und die brennenden Stiche quälten meine Lunge, wie in meinem Traum. Als hätte mein Körper es verdient, von den Stichen getroffen zu werden.

Die Gestalt wurde erst langsamer, als wir das Haus erreicht hatten. Der Drache war uns dicht auf den Fersen, stoppte jedoch, als wir das Gebäude betraten. Doch der Fremde hielt nicht. Erst, als wir in einer der hinteren Ecken angekommen waren, bremste er. Die anderen Menschen, die sich hier aufhielten, hatten somit etwas Abstand zu uns.

Mit dem Schwung, den wir von Laufen hatten, drückte der Fremde mich gegen die Wand.

„Wer bist du?", zischte er. Seine Stimme kam mir bekannt vor.

„Das könnte ich dich auch fragen", quetschte ich hervor, während ich nach Atem rang. Langsam lockerte sich sein Griff und er nahm die tiefe Kapuze ab, die sein Gesicht verborgen hatte. Mein Herz machte einen Satz. Es war der Typ vom Strand gestern. Der, der meine Kette gestohlen hatte!

„Gib mir sofort meine Kette zurück!", sagte ich so wütend, dass ich Angst vor mir selbst bekam.

„Beruhig dich, Löckchen", sagte er, ließ mich los und hob unschuldig die Hände. Löckchen? So viele Locken hatte ich auch nicht.

„Du gibst mir *sofort* meine Kette zurück, oder…"

„Oder was?" Frech sah er mich an. Ich suchte nach passenden Drohungen, doch mir fielen so schnell keine ein. Also warf ich ihm einfach nur einen bösen Blick zu.

„Schon gut", sagte er dann, „Ich hab deine Kette nicht."

„Du hast sie verloren?" Mein Herz raste.

„Nein, nein." Er sah kurz an die Wand hinter mir. „Ja, ich wollte sie mir nehmen. Das macht man als Taschendieb so. Aber falls du es nicht bemerkt hast, habe ich die Kette, als du deinen Großvater erwähnt hast, in deine Jackentasche getan."

Schnell griff ich in meine Tasche und tatsächlich. Die Kette. In der Tasche, in die ich den Stein nicht gesteckt hatte. Ungläubig sah ich in seine tief dunklen Augen. Was sollte ich jetzt sagen?

„Ich bin ein Dieb, aber kein Monster", sagte er und sah kurz auf die Armbanduhr an seinem linken Handgelenk. Erst jetzt hatte ich einen Augenblick, um ihn zu mustern. Seine Kleidung war an einigen Stellen etwas zerrissen. Er trug einen dunklen Hoodie und eine schwarzmelierte Jeans. Auf seiner Brust baumelte eine Kralle an einer dünnen Schnur. Gedankenverloren sah ich ihn an.

„Man starrt Leuten nicht auf die Brust, Löckchen", sagte er plötzlich und riss mich damit aus meinen Gedanken. Verlegenheit rahmte mich, wie ein berühmtes Bild ein. Mist. Ich wollte mich erst rechtfertigen, doch dann ließ ich es. Ein überlegendes Grinsen schlich sich auf seine Mundwinkel.

„Und jetzt sag mir, wer du bist", befahl er stirnrunzelnd und musterte mich. Dabei ließ er bewusst meinen Oberkörper aus.

Ich überlegte. „Dee", log ich dann so selbstsicher, wie möglich. Ich wollte keinem fremden Typen meinen echten Namen sagen und der meiner besten Freundin war der erste, der mir einfiel.

„Du hast den Drachen gesehen. Und noch wichtiger: *Er* hat *dich* gesehen."

Hieß das, dass die ganzen anderen Leute dieses Ungetüm gar nicht gesehen hatten?

Der Junge verdrehte die Augen. „Nur Menschen, die Kontakt zu Li-Kräften haben, können die Wesen des anderen Reiches sehen", sagte er, als hätte er gerade meine Gedanken gelesen.

„Du hast ihn auch gesehen", stellte ich erstaunt fest, ohne wirklich auf seine Worte zu achten.

„Du bist ja ein echter Blitzmerker." Wieder sah er auf seine Uhr. „Ich muss los, Löckchen. Sei vorsichtig, wenn du mit dem Feuer spielst." Damit wandte er sich von mir ab. Auf dem Weg zum Ausgang holte er irgendwas aus seiner Hosentasche.

Mein Verstand war glücklich, dass er nun weg war, doch mein verräterisches Herz schien dem Japaner nachzuweinen. Dabei wusste ich nicht einmal seinen Namen.

Ungläubig versuchte ich zu verstehen, was gerade passiert war. Nur dieser Typ und ich hatten den Drachen sehen können. Hatte er also auch Kontakt zu den Göttern?

Ich sah in meine Hand. Grandpas Kette lag leicht und doch so zermürbend schwer auf meiner Haut. Ich nahm die einzelnen Enden des Lederbandes und knotete sie in meinem Nacken zusammen. Es tat gut, den Anhänger wieder um den Hals zu tragen. Als würde eine weitere Energie mir zusätzliche Kraft geben.

Dann setzte ich mich wieder in Bewegung. Als ich das große Haus verließ, blieb ich kurz stehen. Wo war dieser Drache jetzt? Ich sah mich um, konnte ihn aber nicht entdecken. Ich hatte nun zwei Möglichkeiten:

Hierbleiben, bis irgendwer kommt und mich rausschmeißt, oder das Risiko eingehen und den Rückweg antreten.

Ich seufzte und wusste schon, bevor ich mich vor die Wahl gestellt hatte, dass ich das Risiko nehmen würde.

Also ging ich mit großen Schritten weiter, zum Ausgang des Gartens. Gerade zog das *Kasuga Park*-Schild an mir vorbei, als der Mann von gestern plötzlich vor mir stand. Erschrocken zuckte ich zusammen.

„Es ist sehr unklug an deiner Stelle allein durch die Stadt zu streifen", meinte er und sah mich streng an. Ein schlechtes Gewissen breitete sich mit seinen Worten in mir aus. Schuldbewusst versuchte ich seinem Blick stand zu halten.

„Warum wolltest du eigentlich hier her?"

„Ich habe von meinen Eltern geträumt. Sie waren hier." Ich sah zurück, in den Garten. „Weil mein Traum davor auch wahr geworden war, dachte ich, dieser könnte es auch sein."

Auf meine Worte folgte ein Schweigen. Scheinbar verstand er, dass mir Informationen zu meinen Eltern wichtig waren.

„Komm", sagte er nach einer Weile, „wir gehen zurück."

Auf dem Weg zurück fiel es mir schwer, all die Fragen, die sich zu den Anderen auf meinen Fragenberg gesellt hatten, zurückzuhalten. Wie hatte der Mann mich überhaupt gefunden? Schon nach kurzem Überlegen konnte ich diese Frage streichen. Wahrscheinlich hatte er die Frau von der Rezeption gefragt. Doch eine große Frage blieb:

„Warum hat mich ein Drache verfolgt?", fragte ich schließlich so locker, wie ich konnte. Abrupt blieb er stehen. „Ein Drache hat dich verfolgt?"

Ich nickte.

„Hat er etwas gemacht. Hat er dir etwas gestohlen?"

„Nein, er hat mich nur verfolgt, bis" Ich wollte von dem Jungen erzählen, doch ich entschied mich schnell dagegen. „Bis ich dieses Haus erreicht hatte."

Er wirkte fast wissend und nickte einfach nur. Ich hätte damit gerechnet, dass er weitere Fragen stellte, doch dem war nicht so. Still ging er neben mir her.

Der restliche Rückweg gestaltete sich äußerst langweilig. Wir waren langsamer, als ich allein auf dem Hinweg. Glücklich über unser Tempo atmete mein Puls endlich auf.

Die Sonne hatte ihre senkrechte Position mittlerweile verlassen und machte sich langsam auf den Weg zum Horizont.

Ich weiß nicht, wie lang es gedauert hatte, bis wir die Unterkunft wieder erreicht hatten. Die Häuser warfen schon weite Schatten auf den steinernen Untergrund, also vermutete ich, dass es etwa sechs Uhr abends war.

Als mir der bekannte Geruch des Hotels entgegen kroch, war niemand zu sehen. Auch die Frau hinter der Rezeption hatte wohl schon Feierabend.

„Ruh dich aus", meinte der Mann stumpf. „Ich werde dir morgen deine Seite zeigen." Ohne auf eine Reaktion von mir zu warten verließ er das Haus. Wie eben von dem Jungen, wurde ich allein zurückgelassen. War das in Japan so üblich, oder hatte ich einfach die falschen Leute getroffen?

Erschöpft ging ich auf mein Zimmer. Schnell sah ich nach, ob der Stein von der Stimme noch da war. Es dauerte etwas, bis ich ihn aus dem Kissenbezug gefischt hatte, doch er war noch hier.

Ohne länger über die Verantwortung, die dieser Gegenstand mit sich brachte, nachzudenken, legte ich mich aufs Bett. Eine Welle der Müdigkeit brach über mir zusammen. Ich hatte keine

Lust, mich umzuziehen, also ließ ich es einfach bleiben. Auch zum Essen konnte ich mich nicht mehr aufrappeln. Gähnend kuschelte ich mich in die weichen Federn.

Der Mann hatte recht gehabt. Ich sollte mich ausruhen. Dies verstand auch mein Körper und ließ mich nach kaum vergangenen Atemzügen in den wohltuenden Schlaf fallen.

$\mathcal{K}$apitel 5

Es ist dunkel und scheinbar mitten in der Nacht. Einzelne Sterne glitzern zwischen dunklen Wolken hervor. Ein Tempel, ähnlich wie der von Seya oder der, aus meinem ersten Traum, baut sich langsam im dunklen Licht auf. Allerdings befindet er sich nicht unter Wasser, sondern wieder am Rande eines Waldes. Die Nadelbäume wiegen sich leicht, fast schwerelos im Wind, wodurch ein stetiges leises Rauschen in der Luft liegt.

Die Statue eines gigantischen Wolfes, der majestätisch sein Revier zu überwachen scheint, ziert den Eingang des Gemäuers.

Vielleicht ist das der Tempel von Liwano, einer der sechs Li-Götter. Soweit ich mich erinnern kann, ist der Wolf so etwas, wie sein Totem. Jeder der Götter hat angeblich ein zugewandtes Tier.

Vier Gestalten tauchen auf und schleichen um den Schrein. Die Dunkelheit lässt nur ihre Silhouetten erahnen. Ich stehe hinter ihnen, folge ihnen. Die Situation erinnert mich stark an meinen vorletzten Traum.

Die Gestalten sprechen leise miteinander. Ich kann ein paar undeutliche Wörter, wie „schon das Dritte…" oder „der Eingang…" herausfiltern.

Ein paar Minuten lang gehen sie geduckt um den Tempel und scheinen ihn abzusuchen. Gespannt stehe ich daneben. Als wäre ich ein stiller Beobachter, der zufällig vom Weg abgekommen, und nun auf diesen Tempel gestoßen ist.

Im nächsten Augenblick schlägt einer der größeren Schatten gegen die Außenwand des Tempels. Seine spürbare Wut dröhnt durch die Umgebung.

Die darauffolgende Stille und die Angst des Waldes hallt wimmernd zurück.

„Shit!", höre ich die Gestalt laut fluchen.

„Komm runter." Eine andere Stimme. „Das alles hier ist heilig."

Auf einmal kniet einer der beiden dünneren Schatten sich an der vorderen Seite des Schreins nieder und werkelt an der Wand des Tempels herum.

Ein ohrenbetäubendes Grollen breitet sich aus und eine Art Tor öffnet sich. Staub wirbelt auf und verschlingt die Gestalten, welche sich um den knienden Schatten herum versammelt haben. Eine schubst ihn weg und schleicht in das Gemäuer. Die anderen folgen ihm und lassen den nun auf dem Boden Liegenden zurück.

Nach einer kurzen Weile begibt allerdings auch er sich in den Tempel. Auch, wenn ich sein Gesicht nicht sehen kann, merke ich ihm sein Zweifeln an.

Die nächsten paar Minuten passiert nichts.

Plötzlich stürmen alle Schatten auf einmal aus dem Gebilde. Der Schatten, der den Tempel geöffnet hatte, hat etwas in der Hand. Es leuchtet stark golden, wie ein gerade vom Himmel gefallener Stern. Die Gestalten rennen an mir vorbei, bis das Leuchten auf den Boden fällt. Der Schatten ist gestolpert. Ein gequälter Aufschrei jagt mir eine Gänsehaut über den Rücken. Er ist verletzt.

Ein Anderer dreht sich um und hilft ihm auf. Dann rennen sie weiter. Das Leuchten des Gegenstandes erlischt allerdings auf der begrasten Erde.

Erneute Stille breitet sich aus und der Staub legt sich sanft, wie Seide auf den Boden. Der Wald atmet auf.

Ein aggressiver Schmerz breitete sich von meiner rechter Hand durch meinen ganzen Körper aus. Keuchend zog ich die Luft zwischen zusammengebissenen Zähnen ein. Was war das? Wollte dieser Traum mir beweisen, wie mächtig er war, und sandte mir deshalb diese Qualen? Ich ballte meine schmerzende Hand zur Faust und vergrub meiner Fingernägel in meiner Handinnenfläche. Der natürliche Schmerz lenkte mich von diesem seltsam pochendem Gefühl ab.

Die Zähne immer noch aufeinander gepresst setzte ich mich auf und mit einem Mal entspannten sich meine Schultern. Auch der Rest meines Körpers, der sich wegen des Traumes scheinbar verkrampft hatte, lockerte sich langsam.

Die Schmerzen waren verschwunden. Verwirrt blinzelte ich und öffnete meine rechte Hand. Vier kleine Mondsicheln, die Abdrücke meiner Nägel, zogen sich über meine Haut. Sonst nichts. Hatte ich mir den Schmerz nur eingebildet? Dabei hat er sich so echt angefühlt…

Ich zuckte mit den Schultern und blinzelte gegen das Sonnenlicht an, das ruhig durch das Fenster fiel. Es enttarnte den Staub, der wie kleine Glühwürmchen zu Boden schwebte. Es hatte etwas mystisches, wie mir dieses Glitzern neben den dunklen Pflanzen ins Auge fiel und die

Schatten des Zimmer immer weiter in die Ecken zurückwichen.

Plötzlich dröhnte ein dumpfes Klopfen durch die Zimmertür. Erschrocken drehte ich mich vom Fenster weg und starrte die Tür an, als könnte sich mein Blick durch das Holz bohren und somit sehen, wer sich dahinter befand.

„Jamielle!" Die Stimme des kleinen Mannes.

Ich seufzte. Es war viel zu früh für solche Lautstärken. Aber mein Innerstes wusste, dass ich jetzt aufstehen und die Tür öffnen sollte. Also gab ich nach und hörte auf meine innere Stimme.

„Was ist los?", nuschelte ich noch etwas verschlafen, als ich dem Mann gegenüber stand.

„Liwanos Teil des Herzens wurde gestohlen!" Er quetschte sich an mir vorbei und setzte sich aufgelöst in den Ohrensessel.

„Was?!" Sofort war ich hellwach und setzte mich auf die Bettkante. „Ich habe davon geträumt", murmelte ich zögerlich. Wieder ein Traum, der sich bewahrheitet.

„Ich weiß", sagte der Mann etwas ruhiger.

Verwundert sah ich ihn an. „Woher?"

„Die Kette, die du seit deiner Ankunft um den Hals trägst. Sie gehörte deinem Großvater, oder?"

Ich nickte. Mir entging allerdings nicht, dass der Mann die Kette jetzt eigentlich zum ersten Mal um meinen Hals sah.

„Sie zeigt dir wichtige Visionen", murmelte der Mann nach ein paar stillen Sekunden, „Wie auch immer, wir müssen jetzt los."

„Wohin denn? Zeigst du mir endlich *meine Seite*?"

„Ja, wir gehen zu Liwanos Schüler." Ohne ein weiteres Wort zu sagen sah er mich erwartungsvoll an. Also stand ich auf und zog meine Schuhe an.

Dann erhob sich auch der Mann und öffnete mir die Zimmertür. Ich schritt über die Schwelle, den kleinen Flur entlang, und die Treppe runter. Meine rechte Hand ließ sich vom Geländer führen.

Plötzlich zuckte ich zusammen und zog reflexartig meine Hand weg. Ein daumenbreiter Splitter hatte sich unter meine Haut gebohrt. Ich wurde langsamer und versuchte ihn mit meinen Fingernägeln herauszuholen. Warum passierten immer mir solche Sachen? Neulich in der Schule, was sich jetzt schon unfassbar weit weg anfühlte, war ich aus Versehen mit meiner Lateinlehrerin zusammengestoßen und habe dabei ihren ganzen Tee verschüttet. Zum Glück weder auf mich, noch auf sie.

Ich spürte den verwirrten Blick des Mannes im Rücken. Dann huschte er an mir vorbei, stellte sich vor mich und betrachtete kurz meine Hand. Dann legte er kurz seine Hand auf meine. Ich wollte meine Hand wegreißen, doch irgendetwas hielt mich davon ab.

Die Berührung spürte ich kaum. Dafür eine Macht, die seine Hand wie eine schützende Schicht umgab. Als er diese nach ein paar Sekunden wieder weg nahm, waren der Splitter und mit ihm die leisen Schmerzen verschwunden. Wie hatte er das gemacht? Erstaunt wollte ich ihn fragen, wie das möglich war, doch der kleine Mann kam mir zuvor und machte mir mit einer abweisenden Handbewegung bewusst, dass für Erklärungen später Zeit sei. Er hatte recht.

Heute stand die Frau nicht hinter dem Tresen. Vielleicht war es noch zu früh?

Wir verließen die Gaststätte. Es war wahrscheinlich sieben Uhr, oder früher. Zumindest begrüßte uns draußen leichter Morgentau.

Der Mann ging mit mir die Gasse runter. Es tummelten sich ein paar Menschen, definitiv weniger als gestern, auf den Straßen. Erst jetzt fiel mir auf, dass heute schon Sonntag war. Mein zweiter Ferientag.

Die meisten der Menschen hatten schwarze Haare und asiatische Gesichtszüge. Zum Einen fühlte ich mich besonders, zum Anderen wie ein Außenseiter.

Ich sah in jedes Gesicht, das uns entgegenkam. Ein jüngerer Mann ließ mich mit den Augen rollen, als er mir zuzwinkerte. Auch wenn er gut aussah fand ich diese Geste etwas… merkwürdig. Ich mochte das Aussehen asiatischer Männer. Wie der in dem Buch, das Dee mir zum Geburtstag geschenkt hatte. Direkt sah ich meine Freundin vor meinem inneren Auge. Ihr würde dieses Abenteuer gefallen.

Durch eine starke Berührung an meiner Schulter wurde ich aus meinen Gedanken geworfen. Irgendjemand hatte mich angerempelt. *Blödmann* dachte ich und blickte kurz hinter mich.

Ein paar Mal bogen wir in stets kleiner werdende Wege ab, bis sich rechts und links neben mir die Wände hoher Steinhäuser aufbauten.

Am Ende der engen Gasse war auf der rechten Seite eine kleine halbrunde Tür eingelassen. Es sah fast aus, wie eine Hobbithöhle, nur nicht in romantischen Wiesenhügeln, sondern in einem heruntergekommen Betonklotz.

„Wir sind da", berichtete der Mann stolz und klopfte entschlossen an die Tür. Dabei schien er ein geheimes Klopfzeichen zu verwenden. Einmal kurz, einmal lang, zweimal kurz. Pause.

Zweimal kurz. Grandpa hatte mir, als ich sechs war, dass Morsealphabet beigebracht und wenn mich nicht alles täuschte, waren das die Buchstaben L und I. *Li*? Für *Li*-Götter? Ein unsicheres Gefühl breitete sich in mir aus. Noch könnte ich wegrennen. Doch was sollte ich dann tun? Ich hatte weder Geld, noch Hilfe.

Schritte näherten sich und mein Herz wurde schneller. Wer weiß, wer jetzt die Tür öffnen würde.

Langsam schwang diese auf.

„Hey, Jotaro." Ein jüngerer Mann stand in der Tür. Er war vielleicht gerade zwanzig und... Dieser Typ sah zwar nicht wie ein Massenmörder aus, was ich erst befürchtet hatte, aber ich erkannte ihn sofort. Seine schwarzen, zerzausten Haare fielen ihm ins Gesicht. Heute trug er zu seiner Jeans zwar ein grob gearbeitetes, dunkles Hemd, doch das änderte nichts an dem bekannten Gesicht.

Als er zu mir sah schien er mich auch zu erkennen. „Verfolgst du mich, Löckchen?" Lässig lehnte er sich in den Türrahmen und verschränkte die Arme.

„Ihr kennt euch schon?" Der kleine Mann, der anscheinend Jotaro hieß, sah abwechselnd den Jungen und dann wieder mich an. Erst jetzt fiel mir auf, dass ich ihn gar nicht nach seinem Namen gefragt hatte.

„Ja, ich hatte bereits das Vergnügen. Aber warum ist sie *hier*?" Sein Blick verharrte noch kurz in meinem, wich dann aber zu dem von Jotaro.

„Jamielle Amaya wurde scheinbar von Seya ausgewählt und wird uns gegen die Ichizoku helfen."

Der Junge schob eine Augenbraue nach oben. „Ach ja. *Jamielle*. Ich hatte fast deinen Namen vergessen", sagte er sarkastisch und lachte kurz auf. Schuldbewusst wich ich seinem Blick aus. Er wusste genau, dass ich ihn gestern belogen hatte. Kurz sah er auf die Armbanduhr an seinem linken Arm. „Na dann. Kommt rein."

Er deutete in sein kaum beleuchtetes Heim. Ich folgte Jotaro. Hinter mir schloss der Junge die Tür.

„Setz dich, *Jamielle*", bat er, während es sich Jotaro schon in einem kleinen Sessel bequem gemacht hatte. Meinen richtigen Namen betonte er dabei wieder so, als ob es ihm besonders schwer fiel, ihn auszusprechen. Augen verdrehend setzte ich mich auf die niedrige Couch, welche mitten im Raum stand. Vorsichtig sah ich mich um.

In dem kleinen Raum war ein ganzer Hausstand auf alle vier Ecken verteilt. Eine kleine Küche, die direkt rechts neben der Tür, eine Arbeitsfläche und ein kleines Waschbecken bot, ein schmales Bett, das an der linken Wand kaum Platz einnahm, und so nicht im Weg stand. Zwischen dem grau gepolsterten Sofa, auf dem ich gerade saß, und Jotaros Sessel stand ein breiter Couchtisch, beziehungsweise zwei aufeinander gelegte Paletten aus Holz. An der Wand gegenüber vom Bett errichtete sich ein hoher Schrank. Dieser ragte fast bis zur Decke, doch der Junge hatte durch seine Größe wahrscheinlich keine Probleme, auch an das oberste Fach zu kommen.

Es war sehr ordentlich. Ich hatte mir die Wohnung eines Jungen immer chaotischer vorgestellt. Ob es hier immer so aussah? Oder hatte er nur für uns aufgeräumt?

Der Junge setzte sich neben mich aufs Sofa. Automatisch berührten sich unsere Knie. Erst wollte ich ihm ausweichen und mich noch weiter in die Ecke quetschen, doch dann hielt mich der wenige Platz davon ab.

Kurz hob ich meinen Blick und sah ihn an. Flüchtig bewegte auch er seinen Kopf und erwiderte meinen Blick. Schnell, im Bruchteil einer Sekunde, drehte ich den Kopf zurück und sah zu

Jotaro. Den Blick des Jungen spürte ich allerdings noch einen Moment länger auf mir.

„Akio, mein Teil des Herzens wurde in dieser Nacht gestohlen", berichtete Jotaro schnell.

Der Junge hieß also Akio. Ein sehr hübscher Name, für einen sehr hübschen Menschen. Ich erschrak unmerkbar vor meinen eigenen Gedanken. Wie kam ich darauf, einem wildfremden Typen direkt Komplimente zu machen?

Wieder sah ich zu ihm rüber. Aber nur ganz leicht, sodass er es hoffentlich nicht bemerkte. Wenig überrascht von den Worten des kleinen Mannes sah er auf seine Beine. Mein Blick folgte seinem. Seine Hose war an einem Knie kaputt und die darunter liegende Haut blutunterlaufen.

„Akio. Haaaalloooo." Jotaro wartete auf eine Reaktion.

„Ja. Sorry, ich bin noch etwas müde." Akio hob seinen Blick. „Was machen wir jetzt?"

Jotaro sah zu mir.

„Jamielle kann durch die Kette ihres Ojīsan, die denke ich die Kräfte eines Gottes in sich trägt, Visionen empfangen. Visionen über die Diebstähle der Herzstücke." Erschrocken sah Akio zu mir. Unwissend erwiderte ich seinen Blick. Was war ein *Ojīsan*? Vermutlich hieß es *Großvater* auf japanisch.

„Durch die Kräfte eines Gottes?", murmelte er leise.

„Jamielle, erzähle von deiner Vision", sagte Jotaro dann zuversichtlich.

Ich nickte und fing an, von dem Traum der letzten Nacht zu berichten. Ich erzählte von dem Tempel, den vier Fremden, von dem Leuchten. Allerdings erwähnte ich nicht, dass die eine Gestalt hingefallen war. Irgendetwas tief in mir riet mir, es für mich zu behalten. Auch wenn ich dadurch das Gefühl hatte, Jotaro zu hintergehen. Doch wahrscheinlich war diese Information sowieso unwichtig und ich machte mir viel zu viele Gedanken darüber.

„Shit", sagte Akio nachdenklich, als ich detailliert die Situation meines Traums geschildert hatte, „sie haben jetzt schon drei Teile des Herzens."

Besorgt sah uns der kleine Mann an. „Aber zum Glück beschützt Jamielle Seyas Herzstück."

„Was?!" Akio wurde lauter, was mich zusammenzucken ließ. In diesem Moment wäre ich am liebsten in die hinterste Sofaecke gerutscht, wenn ich mich in dieser nicht schon befunden hätte.

Eine Weile verharrten unsere Blicke aneinander. Seine dunklen Augen glänzten im spärlichen

Licht, und nahmen dadurch eine bernsteinfarbenen Ton an.

Dann schloss Akio seine Augen und atmete aus. „Entschuldige."

Er blieb kurz still sitzen. Dann sah er wieder auf seine Uhr, stand auf und zog sich abwesend eine dünne Jacke über sein Hemd.

„Wo willst du denn hin?", fragte Jotaro.

„Ich muss los. Ihr könnt noch hierbleiben, wenn ihr wollt."

Mit diesen Worten verließ Akio schnell den Raum und schlug die Tür hinter sich zu. Was war hier gerade passiert? Ich versuchte, meine und vor allem Akios Situation zu realisieren. Warum musste er so plötzlich los? Rannte er immer weg, wenn wir länger, als zehn Sekunden Blickkontakt hatten?

Ein paar Herzschläge lang, traute sich weder Jotaro noch ich mich, etwas zu sagen.

„Weißt du", fing Jotaro nach einer Weile an, „Akio hat es nicht leicht. Seine Mutter ist früh gestorben und sein Vater hat seine drei Söhne schnell allein gelassen. Akios beiden älteren Brüder sind auch nicht der beste Einfluss auf ihn."

Ich schwieg und dachte an meine Eltern. Ich erinnerte mich an die Ausflüge mit ihnen. Wie wir zu verschiedensten Sehenswürdigkeiten, wie den gigantischen Gebilden der Kelpies gefahren waren. Eine kurze Melodie aus Trauer, voller schöner Erinnerungen stieg in mir auf. Akio hatte zwar noch seinen Vater, doch Erinnerungen, wie diese fehlten ihm scheinbar.

Plötzlich wurde ich von einer leichten Berührung an meinem Fußknöchel von meiner kleinen Trauermelodie vertrieben.

Als ich nach unten sah kreischte ich laut auf. Eine weiße Schlange glitt langsam an meinem Bein an mir hoch.

„Alles gut", sagte eine ruhige, hohe Stimme.

Wer hatte das gesagt? Für Jotaros Stimme ist sie viel zu hoch gewesen. War das die Schlange? Entgeistert sah ich das Tier an.

„Ich bin Kirei. Seya hat mich geschickt, um auf dich Acht zugeben", zischte die Stimme und die Schlange baute sich auf meinen Knie vor mir auf.

„Ha-hallo", stotterte ich und wich leicht mit dem Oberkörper zurück.

Daraufhin wanderte die Schlange auf meine Schultern und hauchte in mein Ohr.

Ich traute mich nicht, mich zu bewegen. Ich hatte zwar keine Angst vor Schlangen, aber so-ooo nah mussten sie mir jetzt auch nicht sein. Mein Blut donnerte nur so durch meine Andern.

„Du brauchst keine Angst zu haben", versprach das Reptil. Erst wollte ich das alles erneut hinterfragen, aber langsam konnte ich einen Traum ausschließen.

Jotaro nickte beruhigend. „Du solltest Akio folgen", sagte er. „In letzter Zeit muss er oft zu bestimmten Zeiten irgendwo sein. Ich vermute, dass er etwas Leichtsinniges plant."

Vermutlich *wusste* der Mann, dass Akio etwas Leichtsinniges vorhatte. Also nickte ich und sprang motiviert vom Sofa. Irgendwie hatte ich die Präsenz des Jungen genossen. Anders als die aus meiner Schulklasse hatte er etwas Faszinierendes an sich. Außerdem sah er ziemlich gut aus.

„Aber Akio kann jetzt überall sein", fiel mir ein, als ich schon vor der Tür stand und gerade die Klinke herunter drücken wollte.

„Ich zeige dir den Weg", sagte Kirei, „Ich kann Akios Kette aufspüren. Ich weiß, wo er ist."

Meine neue Freundin glitt freudig auf meinen Schultern hin und her.

Jetzt konnte die Schlange also nicht nur sprechen, sondern war auch noch telepathisch veranlagt? Erstaunt und gleichzeitig etwas ungläubig blickte ich in ihre treuen Augen.

„Los geeeehts", zischte Kirei freudig.

Die Schlange navigierte mich durch die mittlerweile wieder stark befahrene Stadt.

Durch Kirei erfuhr ich, dass ich mich auf einer der Hauptinseln Japans, Honshu, in der Stadt Ina befand. Akio hatte mich vorgestern also nicht belogen. Außerdem erklärte Kirei mir, dass noch viel mehr, als nur die Diebstähle durch die vier Gestalten, hinter dem Geheimnis des schlagenden Herzens steckte.

Mir wurde es immer mulmiger zumute und ich bekam mehr und mehr Respekt vor der ganzen Sache. Wie kamen die Götter nur darauf, dass ich, eine Schottin, die keine Ahnung von all dem hatte, das schlagende Herz retten konnte?

Und was hatte Akio mit dem Ganzen zu tun?

Während ich in der Menschenmenge unterwegs war, wurde ich immer wieder komisch angesehen. Ich hob mich mit meinem rot braunen, grob gelockten Haaren wohl sehr von der japanischen Bevölkerung ab. Dazu trug ich eine weiße Schlange mit mir rum, was wohl auch nicht das Gewöhnlichste war. Oder konnten die Menschen Kirei, wie den Drachen gestern, gar nicht sehen und dachten, ich redete mit mir selbst?

Nach etwa zwanzig Minuten waren wir an einem altem Haus, am Stadtrand von Ina angekommen. Auf Kireis Geheiß hin versteckte ich mich unauffällig in einer Sackgasse zwischen zwei der Häuser.

„Das mit dem zerschlagendem Fenster müsste es sein", zischte sie. Zwischen uns und dem besagten Haus lag nur ein weiteres Gemäuer, das mehr zerfallen, als bewohnbar war. Generell sah es nicht so aus, als würde in dieser Straße noch jemand wohnen. Die Wände der meisten Häuser waren demoliert, sodass der Putz abbröckelte. Ich hatte das Gefühl, dass nur noch die Pflanzen, die sich an den Häusern hochrankten, Einstürze verhinderten. Keine einzige Person war zu sehen. Außerdem lag ein abgestandener Geruch in der Luft, als ob sich im Laufe der Jahre kleine Monster, die die gute Luft durch ihren Gestank verscheucht hatten, hier eingenistet hätten.

„Wir müssen näher", meinte Kirei dann und brachte meine Gedanken wieder zum Wesentlichen. Ich hörte auf sie und schlich unsicher unter das zerbrochene Fenster, um das Geschehen im Haus verfolgen zu können.

Es musste verdammt komisch aussehen, wie ich mich, wie eine Geheimspionin unter die zerbrochene Scheibe kauerte. Zumindest kam ich mir wie eine vor.

„Ey, ich bin mir nicht sicher, ob ich da weiter mitmache. Es wird immer gefährlicher." Das war die etwas zitternde Stimme von Akio. Worüber redete er? Wurde er gezwungen bei irgendetwas mitzumachen?

„Du kannst jetzt nicht aussteigen!", regte sich ein Anderer auf. Seine Stimme kam mir bekannt vor. Etwa aus einem meiner komischen Träume? Sie war hart und rauchig. Direkt bildete sich ein Bild eines stämmigen Kettenrauchers in meinem Kopf.

„Genau, Akio. Erstens brauchen wir dich, weil kein anderer von uns zufällig gelehrt kriegt, wie man in diese Tempel einbricht und zweites würdest du nur deinem hässlichen Zwerg Bescheid sagen."

Erschrocken schnappte ich nach Luft. Waren diese Personen für die Diebstähle des schlagenden Herzens verantwortlich? Nutzte Akio Liwano, den Gott, der scheinbar sein Lehrer war, aus? Er war zwar ein Straßendieb, wie er selbst gesagt hatte, doch das hätte ich ihm nicht zugetraut. Es war ein Verrat der Extraklasse. Was würde passieren, wenn Liwano davon erfahren würde? Wenn Götter die Menschen bestrafen konnten, würde das sicher nicht gut für Akio ausgehen.

Jemand atmete tief ein und wieder aus.

„Also Jungs. Wir haben drei, uns fehlen drei. Das sollte doch nicht so schwer sein", meldete sich wieder eine andere Stimme zu Wort. „Heute holen wir Eans Stück."

„Ist das wirklich richtig? Ich meine Ean ist unser Schutzpatron und…", wandte Akio, gerade laut genug, dass ich es hören konnte, ein.

„Akio!" Eine laute, große Stimme erhob sich und unterbrach Akios.

Das mulmige Gefühl in mir wuchs an. Wo bin ich da nur hineingeraten? Irgendwie machte ich mir Sorgen um Akio. Die anderen Stimme klangen mächtig und bösartig. Wer weiß, wer diese Typen waren und was sie ihm antun könnten? Moment, was sie *mir* antun könnten, wenn sie mich hier finden würden!

„Zum letzten Mal: Entweder du machst hier von dir aus mit, oder wir sorgen dafür, verstehst du?!", brüllte die rauchige Stimme. Die Umgebung zitterte und auch ein Teil in mir bekam Angst. Eine betrübliche Stille lag in der Luft.

Die Personen hatten ihren Konflikt scheinbar über einen strengen Blickkontakt oder so beendet, denn im nächsten Moment hörte ich Schritte aus dem Haus. Und sie kamen näher, in die Richtung der Tür.

Ein „Shit", entwich mir und ich hechtete wieder in die Gasse zwischen die beiden Nachbarhäuser. Gerade rechtzeitig, denn schon im nächsten Augenblick öffnete sich die Tür. Vorsichtig sah ich um die Ecke. Ein leises Quietschen kündigte drei Personen, die das Haus nacheinander verließen, an. Hinter ihnen, mit etwas Abstand zu den anderen, Akio.

Schnell ging ich ein kleines Stück weiter in die Gasse. Gleich würden sie an mir vorbei gehen. Mein Herz schlug immer schneller. Mein Puls zog sich durch meinen ganzen Körper und ich hörte ihn durch meine Ohren rauschen. Was wäre, wenn sie mich entdeckten?

Ruhig bleiben, Jamie, befahl ich mir. *Im Notfall kannst du dich verteidigen.*

Die Schritte wurden immer lauter. Jetzt gingen sie an der Gasse vorbei. Schnell drückte ich mich noch enger gegen die Hauswand. Leicht schloss ich die Augen. Mein Atem stockte.

Wie in Zeitlupe gingen zwei etwas stämmige Personen und eine unfassbar dünne an der schmalen Gasse vorbei.

Wo war Akio? Ich konnte seine Figur nicht unter den anderen ausmachen. Kurz wartete ich, dann beugte ich mich leicht vor und sah vorsichtig auf die Straße. Keiner war zu sehen. Vielleicht war er in die andere Richtung gegangen, oder im Haus geblieben. Aber warum hätten die Anderen dann so einen Druck gemacht?

Wie aus dem nichts berührte mich plötzlich jemand von hinten und hielt mir den Mund zu.

Ich versuchte aufzuschreien, mich aus dem festen Griff um meinen linken Arm zu lösen, aber es gelang mir nicht. Reflexartig versuchte ich die Gestalt zu treten und traf sie direkt am Schienbein. Ein verkrampftes Zucken durchfuhr den fremden Körper.

Unter Schmerzen zog er mich weiter in die Gasse, sodass der Schatten des Hauses uns komplett umschloss.

Schweiß bildete sich auf meiner Stirn.

Erst nach Sekunden, in denen ich mich kaum bewegen konnte, löste sich die Hand von meinem Mund. Schnell drehte ich mich um, um die Gestalt erkennen zu können.

Akio!?

„Psssst." Es war wirklich Akio! Er sah mir tief in die Augen. Langsam beruhigte ich mich.

„Was machst du hier?", flüsterte ich.

„Das könnte ich dich viel besser fragen", entgegnete Akio. Ruhig musterte er mich. „Du kannst dich gut verteidigen."

Leichter Stolz wob sich um meine Mundwinkel, bis mir bewusst wurde, dass er das wahrscheinlich ironisch gemeint hatte. Schließlich hatten mir meine genialen Verteidigungskünste nichts gegen ihn gebracht.

„Ich muss dringend weiter." Er wollte gerade losrennen, doch ich hielt ihn am Arm fest.

„Was hast du vor?" Ich suchte seinen Blick und versuchte meinen so streng, wie es nur ging zu halten.

„Das geht dich nichts an", murmelte er und riss sich los.

Mit großen Schritten ging Akio los. Ich folgte ihm. Er blieb stehen und drehte sich um.

„*Jamielle*, du kannst nicht mitkommen!"

„Warum nicht?"

„Das … das ist nichts für dich."

„Warum nicht?"

Akio verdrehte die Augen. „Bei den Göttern, was soll ich denn machen?"

„Was *musst* du denn machen?" Ich stellte mich vor ihn und machte mich groß, was eigentlich unnötig war, da er sowieso größer war, als ich.

Akio fuhr sich durch seine Haar und seufzte. „Du bist echt hartnäckig. Eine praktische Eigenschaft." Er sah mich an. Hatte ich mir sein Zwinkern gerade eingebildet? „Komm mit", sagte er schließlich und wandte sich von mir ab.

Ich lächelte zufrieden und folgte ihm.

Wir gingen die Straße entlang. Immer wieder sah Akio nervös auf seine Armbanduhr.

Irgendwann bog er nach rechts in eine weitere Gasse ab.

Eine Sackgasse.

Ich wurde unsicher.

Akio stand vor einer etwa zwei Meter hohen Wand. Ich hinter ihm.

Er drehte sich zu mir um, und machte noch einen winzigen Schritt auf mich zu. Für den Bruchteil einer Sekunde ließ ich die Nähe zu. Dann machte ich schnell einen kleinen Schritt zurück. Verlegen sah Akio mir in die Augen. Dann hob er seine Hand und berührte leicht meine Wange. Unsicher folgte ich seiner Bewegung.

Ohne jegliche Vorwarnung machte Akio wieder ein Schritt auf mich zu und beugte sich leicht über mich. Eine seiner dunklen Strähnen fiel auf meine Stirn und kitzelte mein Haut.

Er senkte seinen Kopf und legte seine warmen Lippen auf meine. Seine Berührung war sanft und mein Herz begann zu Stottern. Es war kaum mehr, als ein kurzer Hauch, dafür gefühlvoll und aufregend. Langsam bewegte er seinen Mund von meinem, an meine Wange und verharrte auch dort einen Herzschlag lang.

„Ab hier muss ich allein weiter", flüsterte er mir leise ins Ohr und wandte sich wieder von mir ab. Ungläubig sah ich ihm nach. Hatte er mich gerade wirklich geküsst? Und lässt er mich jetzt wirklich mitten in Japan allein?

Mit ein paar wendigen Sprüngen kam er die Wand schnell hoch und sprang auf der anderen Seite runter.

Ein dumpfes Aufkommen und schnelle Schritte, die sich immer weiter weg bewegten, hallten bis auf meine Seite der Wand rüber.

Ich war fassungslos.

Sekunden, Minuten vergingen, in denen ich nicht wusste, was ich machen sollte. Warum hatte er mich geküsst? Nein, bessere Frage: Warum hatte ich zugelassen, dass er mich küsst? Seit wann lasse ich mich von Typen, die ich erst seit ein paar Stunden kenne, so beeinflussen? Ich hätte schneller reagieren müssen.

Kurz überlegte ich, ob ich mir diese Berührung nur eingebildet hatte. Leise fuhr ich mit den Fingerspitzen über die Stelle, auf der eben noch seine Lippen gelegen hatten. Nein, das war echt gewesen.

Mein Herz fühlte sich gebrochen an. Doch Akio hatte mich freiwillig geküsst. Er hätte das nicht tun müssen. Er hätte einfach so, ohne sich zu mir umzudrehen, mit diesen athletischen Sprüngen die Wand hochkommen können. Aber er hatte mich geküsst.

Bilde dir darauf nichts ein!, mahnte auf einmal meine Innere Stimme der Vernunft. *Er hat dich nicht einmal richtig berührt. Das macht er wahrscheinlich mit jeder Touristin, die ihn zu lange nervt.*

Ich weigerte mich dieser dummen Stimme in mir zuzuhören. Doch wahrscheinlich hatte sie recht. Und jetzt war Akio meine Hoffnung. Er würde zurück kommen.

Oder?

Er wusste doch, dass ich mich hier absolut nicht auskannte.

Oder?

Ich hätte den Weg zurück versuchen können, aber wahrscheinlich würde ich scheitern. Diese Stadt war zu groß, als dass ich mich zurecht finden würde.

Eine kleine Träne, vor Verzweiflung oder vor Wut auf mich selbst und auf ihn, rann an meinem Gesicht nach unten. Über die Stelle, an der Akio mich geküsst hatte.

$\mathcal{K}$apitel 6

Wie festgewachsen stand ich in der Gasse. Ein leiser Windhauch fand seinen Weg in meine lockeren Haarsträhnen und ließ vertrocknete Blätter über den Boden, bis zu meinen Füßen rasseln. Flüsternd kreiste der Wind durch meine Ohrmuschel.

Ich fragte mich, ob es klug war, in dieser dunklen Gasse auf Akio zu warten. Wahrscheinlich hatte er mich schon wieder vergessen. Kurz zweifelte ich an all meinen Fähigkeiten. Welche blieben mir noch? Orientierungslosigkeit? Einsamkeit? Verlorenheit?

Ich seufzte.

Hoffnungslos überlegte ich mir, wie ich Jotaro sagen sollte, dass Akio mich zuerst geküsst und dann überlistet hatte. Wenn ich überhaupt zurückkommen sollte. Hier sah jede zweite Ecke gleich aus.

Auf einmal tauchte ein kleiner goldener Lichtschimmer vor mir auf. Etwas erschrocken blinzelte ich die Träne beiseite. War das schon wieder irgendeine göttliche Energie? Ich hatte langsam die Nase voll davon. Wegen diesen blöden Göttern und ihren Vorstellungen davon, wie ich ihnen helfen sollte, würde ich wahrscheinlich noch entführt werden oder von einem dieser gigantischen Hochhäuser fallen.

Ein paar Herzschläge später löste sich das Licht, das immer noch vor mir gelodert hatte, wieder auf und Kirei glitt über den Boden. Ich hatte sie um ehrlich zu sein ganz vergessen. Doch jetzt keimte Hoffnung, wie ein kleiner Sprössling in mir auf. Sie würde mich hier wegbringen. Obwohl ich das Tier erst seit ein paar Stunden – oder vielleicht auch erst einer – kannte, fühlte es sich an, als wäre sie meine Vertraute. Meine *einzige* Vertraute.

Aufmerksam sah die Schlange sich um.

„Er hat mich geküsst", gab ich schließlich zu.

Kireis Augen wurden größer.

„Und dann hat er mich hier stehen lassen."

„Hätt' ich ihm nicht zugetraut." Kirei sah überrascht aus, legte den Kopf schief und glitt an meinem Bein hoch, auf meine Schultern.

Schnell wischte ich mir die Träne mit dem Ärmel weg. Kirei sollte nicht merken, dass ich wegen Akio geweint hatte. Um ehrlich zu sein war es mir etwas peinlich, dass er meine Gefühle so unter Kontrolle hatte.

Erschöpft legte ich den Kopf in den Nacken und atmete durch.

„Aber jetzt bin ich da und bringe dich zu ihm. So leicht kann man uns nicht abwimmeln", sagte Kirei aufmunternd. Ein leises Grinsen über ihren entschlossenen Optimismus huschte über meine Mundwinkel. Die Bereitschaft, von Kirei wieder durch halb Ina geführt zu werden und Akios Gesicht zu sehen, wenn ich ihn gefunden hätte, ließ mich groß fühlen. Er sollte wissen, dass man mich nicht durch einen dummen Kuss einfach so aus der Bahn werfen konnte.

Auf einmal durchschnitt das goldene Leuchten erneut die leichte Dunkelheit der Gasse. Kirei wand sich um meinen Arm. Ich hob den Blick. Langsam müsste ich mich wohl an dieses Licht gewöhnen.

Das Leuchten kam von Kirei. Sie glühte förmlich und wurde immer heller.

Der goldene Schein wanderte von ihr auf mich über und breitete sich auf mir aus. Ein gleichmäßiges Kribbeln wanderte durch meinen Körper. Ich sah an mir runter, musste aber bald die Augen schließen. Es war zu hell. Das Kribbeln wurde stärker und steigerte sich zu einem klaren Rhythmus. Mein Herzschlag wurde etwas schneller und passte sich diesem Rhythmus an. Der Wind verblasste, ebenso, wie meine Umgebung. Es fühlte sich an, als würde sich mein Körper in seine einzelnen Zellen auflöste, doch es schmerzte nicht. Glück umgab mich stattdessen, wie die Luft es eben noch getan hatte.

Ich atmete nicht. Trotzdem spürte ich den Sauerstoff durch meine Lunge streifen. Alles, was ich wahrnahm und spürte, erinnerte mich an den Moment, in dem ich Seyas Tempel verlassen hatte und am Strand vor Ina angekommen war.

Einen Herzschlag lang konnte ich noch denken, dann verschwand das Leuchten mit einem Ruck und die Gasse war leer.

Ich weiß nicht genau, wie viel Zeit vergangen war. Zwei Sekunden? Eine Minute? Auf jeden Fall hatte es nicht lang gedauert, bis Kirei und ich zwischen zwei Bäumen standen und das goldene Licht langsam verblasste.

Röchelnd schnappte ich nach Luft. Wurde ich gerade *erneut* teleportiert? Alles in meinem Kopf drehte sich und schien in einem ewigen Wirbel festzustecken.

Langsam verschwand das Kribbeln wieder und ich betrachtete ungläubig meine Umgebung.

Ein leichter Wind drang durch die schweren Laubbäume und verhedderte sich in meinen offenen Haaren. Wir standen am Rand eines Waldes. Es roch frisch. Vor kurzem musste es hier geregnet haben. Ich versuchte, meine Gedanken zu sortieren. Immer noch weigerte mein Gehirn sich zu verstehen, wie wir hier her gekommen waren.

„Wie…?", stotterte ich und ignorierte die leichten Kopfschmerzen.

Kirei zischte. „Das war Seya. Was meinst du, wie du sonst hierher, nach Japan gekommen bist?"

Darüber hatte ich noch gar nicht wirklich nachgedacht. Doch jetzt machte es mir irgendwie Angst. Telepathie war bestimmt nicht ganz ungefährlich. Was wäre, wenn es nur ein Teil von mir hier her geschafft hätte? Würde ich dann zwischen irgendwelchen Sphären festhängen? Mein Körper an der einen, und mein Geist an der anderen Stelle?

„Duck dich!", befahl Kirei plötzlich und riss mich aus meinen Überlegungen. Schnell kniete ich mich auf den feuchten Waldboden und versteckte mich hinter einem der dichten Büsche. Dabei verfingen sich meine Haare in den knöchrigen Zweigen und rissen an meiner Kopfhaut. Ich verkniff mir schnell den Schrei, der meine

Kehle hinauf wanderte. Reflexartig wollte ich meine Haare lösen, doch in diesem Moment war es zu spät.

Die drei Schatten von eben, gefolgt von einem Vierten, schlichen zwischen den Bäumen entlang.

Akio!

Ich wusste nicht, ob ich ihn verfluchen oder direkt angreifen sollte. Wären da nicht die anderen Männer, hätte ich am liebsten beides gleichzeitig getan.

Wir konnten nicht weit weg von dem Stadtrand Inas sein. Schließlich war Akio ja auch schon hier. Oder gab es bei Telepathie andere Zeitverhältnisse?

Vorsichtig drehte ich mich um und sah, dass ich mich neben einer winzigen Lichtung befand. Auf dieser lag eine Art Schrein. In meinem Kopf schwebten zwei Puzzleteile aufeinander zu. Ein Tempel, mysteriöse Gestalten, das schlagende Herz. Dieses Herz, das scheinbar aus sechs einzelnen Steinteilen bestand, wurde Stück für Stück gestohlen. Zumindest hatte Jotaro das gesagt. Gerade schlichen die mysteriösen Gestalten weiter zu dem Tempel und hatten eben noch über Ean, den Gott des Schutzes, gesprochen. Wurde ich gerade Zeugin eines weiteren Diebstahls?

Akio und seine drei Gefährten näherten sich immer weiter ihrem Ziel.

„Meint ihr, wir kommen da diesmal einfacher rein?", hörte ich einen von ihnen fragen. Scharf sog ich die Luft ein. Jetzt hatte ich es schwarz auf weiß. Akio steckte mit hinter den Diebstählen. Ich glaubte auf jeden Fall nicht, dass sie einfach nur in den Tempel wollten, um die Götter anzubeten.

Auf die Frage des einen Mannes kam keine Antwort.

Die Vier waren nun am Tempel. Unmittelbar tasteten sie die Wände ab. Der Schrein war, wie die anderen, nicht sehr groß. Deshalb brauchten sie dieses Mal keine fünf Minuten, um sich Eintritt zu verschaffen. Akio wand scheinbar eine bestimmte Taktik an, um ihnen Zutritt zu verschaffen. Wahrscheinlich hatte er das von Liwano gelernt. Und das war der Dank?

Staub wirbelte auf und verschlang ihn und seine Kameraden schnell. Nur ihre Umrisse waren noch zu erkennen.

Dann traten die Vier ein. Nach einer Zeit war die staubige Luft bis zu Kirei und mir gekrochen. Doch durch den leichten Wind legte sich der Staub schnell wieder und bildete eine dünne hellgraue Schicht auf dem Gras und dem erdigen Waldboden. Ich nutzte die Zeit und löste endlich meine Haare aus den pieksigen Ästen. Es dauerte einen Moment, bis ich wieder frei war. Seufzend verabschiedete ich mich von den Haaren, die ich mir hatte ausreißen müssen. Dummer Busch.

Minuten vergingen, bis die vier Männer etwas später wieder auf die Lichtung traten. Einer von ihnen hielt einen kleinen Stein hoch in Richtung Himmel. Das Herzstück von Ean.

Mist!

Ich hatte gehofft, dass Ean das Stück weggebracht oder wenigstens besser beschützt hatte. Oder bekamen die Götter gar nichts von dem mit, was sich hier, auf der Erde abspielte? Nein, das würde keinen Sinn ergeben. Seya hatte mich schließlich hier her, nach Japan gebracht, damit ich weitere Diebstähle verhindern konnte. Zumindest hatte ich das bis jetzt angenommen. Jotaro hatte mich aufgenommen und Seya hatte gesagt, dass ich *dem Kleinen* vertrauen könnte.

Wie auch immer, jetzt war nicht der richtige Zeitpunkt, sich über den Einfluss der Götter Gedanken zu machen.

Die Männer wandten sich gerade vom Schrein ab und kamen direkt auf mich zu. Schnell verkroch ich mich noch etwas mehr in den Busch, achtete jedoch darauf, dass dieser nicht erneut meine Haare für sich beanspruchte.

Akio bildete wieder das Schlusslicht. Dieses Mal allerdings mit extrem viel Abstand zu den drei Anderen.

Weiter betrachtete ich das Geschehen.

Sie gingen nur ein paar Meter neben mir wieder in den Wald. Dank der immer weiter untergehenden Sonne konnten sie mich zum Glück nicht sofort sehen.

Doch Akio schaffte es scheinbar trotzdem. Genervt verdrehte er die Augen, was mich tief im Inneren unfassbar freute. Dann machte er ein paar Gesten, welche mir wohl vermitteln sollten, dass ich genau da bleiben sollte, wo ich gerade war. Ich sah ihn stolz und zugleich unfreundlich an, was zusammen wahrscheinlich ein fieses Lächeln ergab. Dass er mich einfach allein gelassen hatte, verzieh ich ihm immer noch nicht. Um so mehr genoss ich seine leichte Verzweiflung.

Akio und die anderen drei waren nun schon seit einer kleinen Weile nicht mehr zu sehen.

„Soll ich noch weiter warten?", fragte ich Kirei gelangweilt und stieß die Luft aus.

„Musst du nicht." Akio tauchte hinter mir auf und sah mir ernst entgegen. Ich stand auf und putze mir den Dreck von meiner Hose. Dann sah ich wieder zu ihm. Er hatte die Arme vor seiner breiten Brust verschränkt, wodurch sich seine dünne Jacke an den Schultern straffte. Warum sah er trotz seines bösen Blickes so gut aus?

„Jamielle, das ist viel zu gefährlich für dich! Diese ganze Sache ist mittlerweile nicht mehr so… Wie bist du überhaupt hierher gekommen?"

Ich hob eine Augenbraue und suchte nach Kirei. Doch sie war schon wieder verschwunden. Fragend sah ich ihn an. „Kirei hat mich hergebracht."

„Seyas Schlange?", fragte er zweifelnd.

Ohne weiter auf seinen Unterton einzugehen, lenkte ich von dem Thema ab. „Warum hast du mich einfach mitten in Ina allein gelassen? Ich hätte entführt werden können oder …"

„Jotaro hatte gesagt, dass du unter dem Schutz von Seya stehst. Dir wäre nichts passiert. Ist es ja auch nicht", sagte Akio und ein leichtes Grinsen huschte über seine Züge. Dann nahm er mich an der Hand und zog mich mit sich.

„Wo gehen wir hin?"

„Nach Hause", meinte er immer noch etwas aufgewühlt und ging mit großen Schritten voran. Schmollend riss ich meinen Arm los.

„Ich kann alleine laufen", meinte ich nur und versuchte mit ihm Schritt zu halten.

„Das habe ich gemerkt", sagte er jetzt ruhiger.

Ich öffnete den Mund, und wollte ihn fragen, warum er dann meine Hand genommen hatte, doch dann schloss ich ihn wieder. Vielleicht wollte ich die Antwort darauf gar nicht wissen.

Es war kein großer Wald, in dem wir uns befunden hatten. Er lag oberhalb der Stadt, sodass wir schnell auf die Lichter der Häuser Inas runtersahen.

„Wer sind die drei Anderen eigentlich?" fragte ich, als wir den Wald, ohne miteinander gesprochen zu haben, verließen und endlich eine Straße erreichten.

Akio seufzte und schien einen Moment lang abzuwägen, wie viel er mir erzählen konnte. „Das sind meine beiden Brüder, Naohito und Rau. Und der dritte ist mein Cousin Mito."

„Und warum stehlt ihr die Teile des Herzens?", regte ich mich auf.

Er fuhr sich durch die Haare. „Reg dich nicht auf, Löckchen." Ein belustigtes Lächeln zog seine Mundwinkel nach oben. Ich neigte den Kopf und sah ihn stirnrunzelnd an. Ich war mir nicht sicher, was ich von diesem Spitznamen halten sollte.

„Schau nicht so." Er rollte mit den Augen. „Hast du schon mal von Senshi und den Ichizoku gehört?"

„Nein. Was ist das?", fragte ich so locker wie möglich. Jotaro hatte die Ichizoku zwar kurz erwähnt, aber mir war es kein Begriff gewesen.

„Die Ichizoku sind eine Art Armee, die auf der ganzen Welt, vor allem aber in Japan, verteilt ist. Das heißt jeder kann ein Mitglied sein, ohne dass du es weißt. Senshi ist der mit der Macht, der, der die Ichizoku regiert und die Entscheidungen trifft. Doch auch er wird von einem Unbekannten angewiesen. Es ist fast wie eine Religion. Wir haben mehrere Götter, die Li-Götter. "

Die Straße ging leicht bergab und vor uns erhob sich Ina. Die Sonne senkte sich hinter den Häusern immer weiter dem Horizont entgegen. Wunderschöne Farben, von orange bis violett verliefen, wie Wasserfarben, miteinander.

Akio sah mich an. „Zufrieden?"

„Gehörst du zu den Ichizoku?", fragte ich forsch weiter.

„Du gibst aber auch nie Ruhe." Er lachte kurz auf und machte eine Pause. „Aber gut. Meine Eltern waren strenge Mitglieder. Genauso wie meine Brüder es sind. Mein Cousin macht da nur mit, weil er denkt, dass es sich irgendwie für ihn lohnt. Ich war schon immer nicht von den Mitteln und Techniken der Ichizoku überzeugt."

Langsam schlenderten wir die Straße entlang. Was meinte Akio mit *Mitteln und Techniken*? Waren die Ichizoku mehr eine Sekte, als eine Armee? Ich wollte nicht weiter darüber nachdenken. Es würde mir nur mehr Angst machen, und die konnte ich jetzt nicht gebrauchen.

Mein Blick wanderte über die Häuser. Überwältigt sah ich auf Ina herab. Es fing leicht an zu nieseln und die Regentropfen funkelten im Schein der Sonne.

„Und warum stehlt ihr die Teile des Herzens?"

Akio zögerte. „Ich finde du kannst mir jetzt erstmal was über dich erzählen." Er hielt meinen Blick weiter fest.

„Wahrscheinlich ist das fair. Aber was gibt es über mich schon zu erzählen?" Fragend sah ich in seine dunklen, hell funkelnden Augen. Warum schlug mein Herz bei diesem Anblick auf einmal schneller?

„Warum bist du hier? Und warum hat Seya dich auserwählt? Ihre komische Schlange hat dir schließlich aus der Gasse geholfen. So etwas tun Götter nur bei *wirklich* wichtigen Menschen."

„Sie heißt Kirei. Und sie musste mir nur helfen, weil *du* mich da allein gelassen hast."

„Wie gesagt: dir wäre nichts passiert. Ich hatte keine Wahl." Auf diese Worte hin schlug ich ihm gegen den Arm. Er zuckte zusammen und rieb sich theatralisch die Stelle.

„Aua."

„Entschuldigung, aber man hat *immer* eine Wahl", beschwerte ich mich.

Er lächelte. „Entschuldige dich nicht. Es geschieht mir wahrscheinlich Recht. Ich habe dich schließlich auch ohne zu fragen geküsst."

Seine amüsierte Stimme beruhigte mich, trotzdem hielt ich auf einmal den Atem an. Verlegenheit mischte sich unter meine Gefühle und fraß sich bis zu meinen Knochen.

Ich sah auf den glänzenden Straßenboden und erinnerte mich an den Kuss in der kleinen Gasse.

Akios Grinsen wurde breiter. „Es hat dir was bedeutet", stellte er dann fast stolz fest.

„Hat es nicht", log ich schnell.

„Hat es wohl." Kurz löste er seinen Blick von meinen Augen.

„Du wolltest wissen warum wir die Stücke des Herzens stehlen?", fragte er nach einer Weile der Stille.

Ich blickte auf und war froh darüber, dass er das Thema wechselte.

„Ja, soweit ich weiß bringen sie euch ohne den Schlüssel sowieso nichts."

„Du weißt von dem Schlüssel?" Überrascht sah er mich an und musterte mich. Das mit dem Schlüssel war tatsächlich mehr geraten, als gewusst. Grandpa hatte immer einen Gegenstand erwähnt, mit dem man einen Stein sozusagen aktivieren kann. Also hatte ich vermutet, dass die beiden Dinge nur zusammen wirklich mächtig sind.

„Du hast Recht. Ohne den Schlüssel bringt das Herz nicht viel. Zumindest nicht uns Menschen. Es würde zwar die Macht freigeben, aber man könnte sie nicht kontrollieren. Das fände nicht mal Senshi gut. Er sucht den Schlüssel."

Sein Blick wanderte ruckartig über die Häuser Inas. Bis er merkte, dass ich ihn wartend ansah. Er hatte meine Frage immer noch nicht beantwortet.

Akio presste die Lippen aufeinander, „Meine Brüder haben Senshi versprochen, das Herz zu finden. Jetzt zwingen sie mich, ihr Versprechen zu halten, da ich von Jotaro lerne, wie man mit den Techniken der Götter umgeht."

Er blieb stehen, legte ertappt den Kopf in den Nacken und schloss kurz die Augen.

Mein Blick wanderte zu ihm hoch. Über Jotaro lernte Akio also, wie man die Tempel aufbrechen konnte. Doch warum tat der kleine Mann das, wo er doch selbst von den Diebstählen wusste? Vielleicht hatte er es aber auch einfach nur einmal erwähnt und hatte sich nicht viel dabei gedacht. Als Schüler eines Gottes lernte man wahrscheinlich nicht nur, wie man diese heiligen Gemäuer ausraubte.

Ich wollte meine aufgetauchten Fragen klären, traute mich aber nicht, ihn noch weiter auszufragen.

„Ich weiß nicht, warum ich hier bin", beantwortete ich schließlich seine Frage. Akio richtete seinen Kopf wieder mir entgegen.

„Wie, du weißt es nicht?"

„Vor zwei Tagen war ich noch in Schottland, zu Hause, und jetzt bin ich in Japan. Eine halbe Weltreise entfernt von allem, was ich kenne", antwortete ich.

„Das klingt hart", sagte er mitfühlend, fragte aber auch nicht weiter.

Kurz standen wir uns wortlos gegenüber. So nah, dass ich seinen Atem spüren konnte, der regelmäßig über meine Wange zog.

„Du hast wirklich schöne Augen, Löckchen", sagte er nach einer Weile und betrachtete meine grünen Augen. Reflexartig huschte mein Blick kurz auf den Boden, verharrte jedoch schnell wieder in seinem.

Plötzlich spürte ich, wie seine rechte Hand meine Linke leicht berührte. Rasch löste ich mich von seinen braunen Augen und sah kurz auf unsere Hände. Kurz dachte ich darüber nach, die Berührung zuzulassen, doch mein Unterbewusstsein war schneller, als mein Herz, und war ihr schon ausgewichen. Langsam sah ich wieder zu ihm auf. Ein schiefes Grinsen lag auf seinen Lippen. Leise drehte er sich in die Richtung der Stadt.

„Lass uns weiter gehen" sagte er warm. Ich nickte.

Langsam setzten wir uns wieder in Bewegung. Das Nieseln hatte mittlerweile aufgehört, und die Sonne strahlte uns entgegen.

Ich hatte noch viele Fragen, die ich ihm jetzt gern gestellt hätte. Zum Beispiel, ob seine Kette etwas bedeutete, oder warum gerade er Schüler von einem Gott war, aber ich wollte nicht aufdringlich wirken. Erst jetzt dachte ich über seine Geste nach. Er hatte meine Hand nehmen wollen. So, wie es verliebte Paare taten, die zusammen nach Frankreich flogen und dort in romantischen Restaurants Baguettes aßen.

So, wie Menschen, die sich so gut kennen, dass sie die Sätze des anderen beenden konnten.

So wie ich es, aus unverständlichen Gründen, jetzt gern tun würde.

Nach einer Weile lockte mich meine Wahrnehmung aus meinen Gedankengängen. Erst jetzt fiel mir auf, dass wir schon wieder in Ina waren.

Wir gingen an vielen Restaurants vorbei, von denen ruhige Musik und leise Gespräche bis zu uns nach draußen hallten. Der Geruch von unbekannten Gerichten lag in der Luft. Gern hätte ich jetzt die japanischen Spezialitäten probiert, doch Akio ging langsam weiter. Als er meinen Blick bemerkte, blieb er allerdings stehen. „Hast du Hunger?", fragte er leise und sah zu mir runter. Ich nickte nur, doch mein Magen hätte am liebsten ein lautes „JAAAA" geschrien. Ich hatte seit gestern Abend nichts gegessen.

Also folgte ich ihm, bis wir ein paar Straßen weiter an einem kleinem unscheinbaren Gebäude hielten. Wobei es eher ein kleiner unscheinbarer Teil eines der vielen hohen Häuser war. Von draußen konnte ich einige Männer in dem Lokal erkennen. Allein wäre ich hier niemals reingegangen. Doch Akio ging selbstbewusst voran und trat über die Schwelle. Die Tür wurde durch einen kleinen Holzkeil festgehalten, sodass sie durchgehend offen stand.

Als ich ebenfalls einen Fuß auf den verdreckten Boden setzte, musste ich schlucken. Der Geruch von Schweiß und Rauch drang mir entgegen, die Lautstärke wäre bei einem Konzert von Ed Sheeran wahrscheinlich niedriger gewesen und an den Wänden hingen überall ausgestopfte Tierköpfe. An den vielen runden Tischen saßen vor allem Männer, die jetzt auf mich sahen und ihre Gespräche kurz unterbrachen. Am liebsten wäre ich direkt wieder rausgerannt.

Ein paar der Männer standen auf und grüßten Akio freudig, als wir an ihren Tischen vorbeigingen. Ich versuchte, mich etwas hinter ihm zu verstecken, doch es brachte scheinbar nichts. Die Gäste, die mich gesehen hatten, durchstachen mich entweder mit skeptischen Blicken, oder pfiffen und zeigten auf einen freien Stuhl neben sich. Diese ganzen Typen erinnerten mich an ein Wolfsrudel, das gierig ihre kleine schwache Beute belauerte.

Endlich hatten wir die Theke erreicht, an der einige, nach Alkohol riechende Leute saßen. Etwas weiter rechts war ein Durchgang, zwischen der Theke und dem Rest des Raumes. Gerade kam eine Frau heraus und brachte Essen an einen der Tische. Sie war um die vierzig, trug ihr schwarzes Haar in einem strengen Dutt und ein dunkelgrünes, etwa knielanges Kleid presste sich an ihren Körper.

„Für zwei", hörte ich im nächsten Moment Akios Stimme zwischen den ganzen Anderen. Ich drehte mich zu ihm um. Der Mann, mit dem er gesprochen hatte nuschelte gerade irgendetwas und gab Akios Bestellung dann an die Küche weiter.

Ich verschränkte schutzsuchend die Arme vor der Brust. Die meisten Blicke lagen nach wie vor auf mir und mittlerweile konnte ich mir denken, warum kaum Frauen unter den Gästen waren.

Akio schien meine Situation bemerkt zu haben. Leicht spürte ich, wie sich sein Arm um meine Schultern legte. Ich erschrak unmerklich, fühlte mich aber direkt wohler. Als hätte er den anderen dadurch gezeigt, dass ich zu ihm gehörte, wurden die Gespräche wieder lauter und ich scheinbar uninteressanter.

Doch ich gehörte nicht ihm. Und auch nicht *zu* ihm. Und obwohl ich ihm das zeigen wollte, blieb ich still unter seinem Arm stehen.

Es dauerte noch ein oder zwei Minuten, bis die Frau mit dem grünen Kleid uns zwei Pappschachteln und in Plastik verpackte Essstäbchen brachte. Akio nahm alles entgegen und gab mir dann eine der Schachteln. Ich würde lügen, würde ich sagen, ich hätte seine Nähe nicht genossen. Doch das Essen lenkte mich von dem Bedürfnis, ihn einfach zu umarmen, ab.

Wir gingen nach draußen und setzten uns ein paar Meter weiter auf eine Bank.

„Danke", sagte ich leise, während ich die Schachtel öffnete. Dampfende Nudeln lagen im dunklen Licht vor mir.

„Ich helfe ab und zu als Kellner aus und kriege deshalb das Essen umsonst. Du brauchst dich also für nichts bedanken."

Erst wollte ich dem widersprechen, doch dann ließ ich es sein. „Ich... kennst du all die Leute dadrin?", fragte ich stattdessen etwas unsicher. Sein Blick traf meinen und er schien zu verstehen, worauf ich hinaus wollte.

„Die meisten, ja. Also zumindest die Stammgäste. Ich hätte dich nicht mit reinnehmen dürfen. Sie sind manchmal etwas... eigen, bei Menschen, wie dir."

„Du meinst bei Frauen", sagte ich und wünschte mir direkt die Worte zurücknehmen zu können.

„Ja", seine Stimme wurde tiefer und leiser. „Ich hoffe, es war ok für dich, dass ich meinen Arm..."

„Ja", unterbrach ich ihn wahrscheinlich etwas zu schnell. Ein flüchtiges Grinsen stahl sich auf seine Lippen. Ich wandte mich meinen Nudeln zu, damit ich diese komische Situation, die mein Herz viel zu schnell schlagen ließ, beenden konnte. Akio tat es mir gleich und bis wir beide aufgegessen hatten, unterbrach keiner von uns diese seltsame Stille.

Es dauerte eine kleine Weile, bis wir wieder in der Gasse mit der halbrunden Tür ankamen.

Akio schloss die Tür auf und blickte dabei zu mir.

„Also es ist schon *sehr* spät. Bist du sicher, dass du nochmal einsamen, in irgendeinem Hotel, übernachten willst?" Einladend stellte er sich neben den Türrahmen.

„Ich schätze ich würde mich auf dem Weg schnell verlaufen", gab ich betont ironisch zu. Außerdem waren meine Beine zu müde, um mich jetzt noch bis zu der Unterkunft zu tragen.

„Dann bleib doch für diese Nacht hier", sagte Akio grinsend und bat mich mit einer schwungvollen Handbewegung in sein Heim. Ich trat, zum zweiten Mal an diesem Tag, ein und wartete unentschlossen vor dem Sofa auf Akio. Er schloss gerade die Tür ab.

„Was hast du vor?", fragte ich ihn skeptisch, bis mir einfiel, dass man seine Wohnung wohl nachts *immer* abschloss.

„Was soll ich vorhaben? Hier in Ina gibt es *viele* gemeine Menschen. Nicht, dass hier noch eingebrochen wird." Er zwinkerte mir zu, was mein Herz zum stolpern brachte.

„Möchtest du ein Shirt von mir haben?", fragte er dann zögerlich. „Also nur für die Nacht.

Dann musst du nicht in deinen Straßenklamotten schlafen."

Ich nickte dankbar, denn diese Geste bedeutete mir wirklich viel. Akio ging zu dem hohen Schrank.

Ich beobachtete, wie er ein paar Sekunden später mit einem fein gestreiften T-Shirt wieder kam.

„Danke", sagte ich und sah mich um.

Akio drehte sich um und ging zur Küche. Ob er das mit Absicht tat?

Zögerlich sah ich ihn an. Dann zog ich mich schnell um. Dabei starrte ich Akio ununterbrochen an, um sicherzugehen, dass er sich nicht doch umdrehte.

Als ich fertig war legte ich meine Sachen neben dem Couchtisch auf den Boden.

„Du kannst in meinem Bett schlafen", bot Akio mir an, drehte sich wieder zu mir und breitete eine dicke Decke auf dem Sofa aus.

„Keine Umstände, bitte. Ich kann genauso gut auf dem Sofa schlafen."

„Dann müssten wir aber zusammen darauf schlafen." Er grinste mich breit an.

„Wenn das so ist bevorzuge ich doch das Bett."

„Gut. Dann schlaf gut, Löckchen."

Er mochte es wohl, mich mit diesem Spitznamen aufzuziehen. Doch ich war zu müde, um mich darüber zu beschweren und legte mich hin.

Das Bett war eine Wohltat. Endlich konnten sich meine Muskeln entspannen. Langsam schloss ich die Augen. Alles hier roch nach Wald, frischem Sommerwind und glattem Asphalt. Kurz: es roch nach Akio. Und ich liebte es.

„Gute Nacht", gab ich dann ruhig zurück und fiel nicht viel später in einen erholsamen Schlaf.

$\mathscr{K}$apitel 7

Am nächsten Morgen wurde ich spät wach. Meine Nerven reckten sich und mir wurde erst jetzt klar, dass dies seit drei Tagen die erste Nacht war, in der ich nicht so einen seltsamen Traum hatte! Diese Tatsache erleichterte mich irgendwie. Es hätte ja auch sein können, dass ich jetzt für den Rest meines Lebens solche *Visionen* empfangen konnte.

Leicht öffnete ich die Augen und blinzelte. Obwohl kaum Licht in den Raum fiel brauchte ich einen Moment, bis sich meine Augen daran gewöhnt hatten. Ich blickte zum Sofa.

Akio war auch schon wach. Er trug ein Tanktop und Boxershorts. Ich hatte gestern Abend gar nicht bemerkt, dass er sich umgezogen hatte. Seine helle Haut spannte sich an seinen Armen um seine Muskeln. Von seinem Anblick überwältigt schloss ich noch einmal die Augen. *Hör auf für ihn zu schwärmen, Jamie,* erhob sich wieder meine innere Stimme. *Du bist nicht hier, um dich zu verlieben!* Ich zuckte zusammen. Hatte ich mich *verliebt*? Nein, das war vollkommen ausgeschlossen.

Ich blinzelte ein paar Mal, um meine Augen weiter öffnen zu können. Akio lehnte sich über den Couchtisch und fuhr sich durch seine Haar. Er murmelte irgendetwas, was ich nicht verstehen konnte.

Auf dem kleinen Tisch waren viele Zettel wild übereinander ausgebreitet. Auf manchen konnte ich Bilder erkennen.

Still beobachtete ich ihn weiter. Auf einmal richtete Akio seinen Blick auf und sah zu mir.

„Guten Morgen", sagte er leise mit einer verschlafen tiefen Stimme.

„Morgen", antwortete ich. Akio lächelte.

Ich mochte es, wenn er das tat. Immer wenn er seine Mundwinkel nach oben zog erschienen kleine Grübchen über ihnen.

Langsam richtete ich mich auf und streckte mich, während Akio seinen Blick wieder den Zetteln zuwandte. Ich griff zu meinen Klamotten auf dem Boden und nahm sie aufs Bett.

Während ich mich umzog, wich mein Blick nicht einmal von Akio ab. Ruhig wechselte ich sein T-Shirt durch meins aus und zog dann das lockere Hemd darüber.

Als ich mich komplett umgezogen hatte, stand ich auf und ging zum Sofa. Akio blickte zu mir hoch und musterte mich. Kurz ließ ich seinen Blick auf mir zu, dann setzte ich mich neben ihn und sah auf den Tisch. Die meisten Zettel waren leicht vergilbt und angerissen. Auf drei von ihnen waren Bilder. Eines zeigte einen Tempel, ein Anderes ein Herz und das Letzte eine Frau mit bodenlangen, hellen Haaren.

„Was ist das alles?", fragte ich und sah mir die Bilder an.

Akio streckte seine rechte Hand aus und zeigte auf den Menschen. „Das ist Aluna. Eine der Li-Götter. Sie ist eine der zwei Göttinnen."

Seine Hand wanderte zu dem Bild mit dem Herzen.

„Und das ist das vollständige schlagende Herz."

„Warum heißt es eigentlich *schlagendes* Herz?"

„Angeblich pulsiert es, wenn es zusammengefügt ist." Er sah mir in die Augen. Wir saßen eng nebeneinander und es war, als würden sich unsere Blicke gegenseitig fesseln. Akios rechte Hand löste sich von dem Bild und legte sich zart an meine Wange. Dorthin, wo er mich gestern geküsst hatte.

„Es tut mir leid, dass ich dich gestern allein gelassen habe."

Ich lächelte und genoss für einen kurzen Moment seine Berührung. „Ich bin ja schon groß", sagte ich dann und zwinkerte ihm zu.

Langsam beugte sich Akio zu mir vor, wodurch sich ein unbekanntes Gefühl in mir ausbreitete. Es war ein Gemisch aus Aufregung, Vorfreude und Nervosität. Zusammen ergab es einen Wirbelwind, der wild und ungebändigt durch meinen Körper fegte.

Plötzlich klopfte es laut an der Tür und die Magie zwischen uns verflog.

Akio seufzte und ließ seine Hand von meiner Wange streifen. „Das ist wahrscheinlich Jotaro."

Er stand auf und lächelte mich kopfschüttelnd an. Dann nahm er sich seine Jeans von der Sofalehne und zog sie sich an, ehe er zur Tür ging.

Kurz sah ich ihm etwas enttäuscht nach. Hätten wir uns geküsst? Also *richtig* geküsst? Zu gern hätte ich es herausgefunden, einfach die Zeit zurückgespult und Akio festgehalten, bevor er aufgestanden wäre. Doch dafür war es jetzt zu spät.

Mein Blick wanderte auf die Zettel auf dem kleinen Tisch. In Ruhe las ich mir einen von ihnen durch. Es ging um die Ichizoku. Genauer gesagt um Senshi. Er hatte scheinbar eine

Schwester, die vor ihm von den Göttern gewusst haben sollte.

Noch bevor ich fertig war mit lesen, saß Jotaro auch schon in dem Sessel.

„Hey, Jamielle", begrüßte er mich.

„Guten morgen", sagte ich, ohne meinen Blick von den Papieren zu wenden.

Akio stand an der kleinen Arbeitsfläche der Küche. „Möchtest du auch einen Tee, Jamie?"

„Ja, gerne", antwortete ich in den Artikel vertieft.

Zwei Mitglieder der Ichizoku waren vor Senshi und seiner Schwester auf der Flucht gewesen, weil sie die Ichizoku hintergangen hatten. Dafür soll sie *eine gerechte Strafe ereilt* haben. Ich schüttelte ungläubig den Kopf und sah dann auf.

Jotaro hatte mich scheinbar beobachtet und gewartet, bis ich fertig war mit lesen.

„Ich war eben bei dem Gästehaus und habe dich dort gesucht", sagt er. „Aber ich konnte mir zum Glück schnell denken, dass du hier bist."

Ertappt versuchte ich seinem Blick weiter stand zu halten. „Tut mir leid. Ich hätte dir irgendwie Bescheid sagen sollen", sagte ich, obwohl ich keine Ahnung hatte, wie ich das hätte tun sollen.

„Schon gut. Hast du dich langsam etwas an Japan gewöhnt?", fragte er dann und erlöste mich somit von der unangenehmen Situation.

„Ja, es gefällt mir hier", lächelte ich und sah kurz zu Akio.

Dieser wandte sich in diesem Moment von der Küche ab und erwiderte meinen fröhlichen Gesichtsausdruck.

Mit zwei hübsch verzierten Tassen in der Hand kam Akio zum Tisch. Dort stellte er das Porzellan auf die letzten freien Stellen ab. Dann holte er noch eine dritte und setzte sich mit dieser neben mich. Ein fruchtiger Geruch verteilte sich im Raum.

„Morgen ist es soweit!", verkündete Jotaro im nächsten Moment freudig, als hätte er damit auf Akio gewartete, „morgen werden wir den Dieben der Herzstücke zuvorkommen."

Etwas nervös nippte Akio an seinem Tee.

„Wir haben lange recherchiert und herausgefunden, wo der Tempel von Aluna in etwa liegt", fuhr der kleine Mann fort, „doch diese Göttin ist schlau. Wir vermuten, dass sie Fallen oder Rätsel versteckt hat."

Akio nickte leicht.

„Wo ist denn der Tempel?", fragte ich und griff nach einer der beiden Tassen vom Tisch.

„Hier." Jotaro kramte unter den ganzen Zetteln eine Karte hervor und zeigte auf eine rot markierte Stelle.

„Dort müsste der Tempel von Aluna liegen."

Ruhig betrachtete ich die Karte. Eine dünne schwarze Linie verlief vom Stadtrand Inas bis in den Süden von Japan. *Präfektur Aichi.*

„Wie sollen wir denn *da* hinkommen?", fragte ich, „das sind ja locker über hundert Kilometer."

„Zu Fuß würde es tatsächlich über einen Tag dauern, bis wir da wären. Wir haben geplant uns ein Taxi zu nehmen", sagte Akio und sein Blick verharrte auf der schwarzen Linie. Immer wieder nahm er kleine Schlücke seines Getränks.

Jotaro schlürfte ebenfalls seinen Tee. Ob er wusste, dass Akio mit für die Diebstähle verantwortlich war? Sicher nicht, sonst hätte er gewusst, was Akio gestern vorgehabt hatte, und hätte mich ihm nicht hinterhergeschickt.

Eine kleine Welle von Stille drang durch den Raum, bis ich wieder das Wort ergriff.

„Was haben die beiden Mitglieder der Ichizoku gemacht?", fragte ich und zeigte auf den Zettel, den ich mir eben durchgelesen hatte.

„Das ist ein Bericht der Ichizoku", sagte Akio andächtig. „Er wurde damals herumgereicht, um den Betrug unter ihnen bekannt zu geben."

„Kanntest du die beiden?"

„Ja, sie haben öfters mit mir bei den Treffen gesprochen. Sie waren sehr nett. Irgendwann kam raus, dass sie wohl under Cover waren und uns ausspioniert hatten. Ich war damals zwölf oder so gewesen und hatte ihnen natürlich alles erzählt. Bis heute weiß ich nicht, ob das gut oder schlecht gewesen war."

„Was meinen die mit der *gerechten Strafe*?", fragte ich weiter. Ich musste schließlich wissen, mit wem ich es zu tun hatte und wie die Ichizoku drauf waren.

„Angeblich wurde sie von Senshis Schwester umgebracht."

Ich schluckte.

Akio schien zu überlegen. „Ich glaube sie hießen Craig."

Mein Herz stockte. Craig? Mein Familienname. Hatte er ihn wirklich gerade ausgesprochen? Wie hoch mochte die Chance sein, dass mehr, als ein Ehepaar mit dem schottischen Namen Craig in Japan war? Wenn Akio damals zwölf gewesen war, war das jetzt etwa sieben oder acht Jahre her. Als ich sechs war, also vor elf Jahren hatten meine Eltern mich verlassen.

In meinen Augen sammelten sich Tränen und mein Herzschlag wurde immer schneller.

„Weißt du noch, wie sie mit Vornamen hießen?", fragte ich und versuchte meine Emotionen
unter Kontrolle zu halten.

„Ich weiß nur noch dass der Name der Frau
mit F anfing." Er schien weiter nachzudenken.
„Fenja? F…"

„Fiona?", fragte ich. Meine Stimme klang
noch stabil, doch mein Innerstes zitterte.

„Ja, ich glaube sie hieß Fiona."

Ich presste die Lippen aufeinander.

Meine Mutter trug diesen wunderschönen
Namen. Mittlerweile wusste ich, dass meine Eltern hier gewesen waren, doch, dass sie ermordet
wurden?

Tränen schossen mir in die Augen und ich
sackte zusammen.

„Hey, Jamie? Was ist?", fragte Akio vorsichtig und legte seinen Arm leicht um mich. Vorsichtig legte ich meinen Kopf an seine Schulter.
Seine Nähe tat gut. Langsam rannen meine Tränen auf seine warme Haut und auf sein Oberteil.
Ich konnte nichts sagen. Nur leises Schluchzen
erklang bei meinen Versuchen mich zu erklären.

Ich musste hier weg. Nicht länger würde ich
es aushalten, dass Jotaro und Akio mich so besorgt anstarrten. Ich riss mich leicht von Akio
los, stand auf und rannte zielstrebig zur Tür.

„Ey, wo willst du denn hin?" Akio stand ebenfalls auf und kam hinter mir her.

Gerade wollte ich raus laufen, da hielt Akio mich am Arm fest. Ich versuchte mich aus seinem festem Griff zu befreien, aber er ließ mich nicht gehen.

Ich glaubte, er wollte seinen anderen Arm gerade um meine Hüften legen, doch im selben Moment sank ich neben der offenen Tür zusammen.

Ich vergrub mein Gesicht in meinen Händen und Akio ließ mich los.

Langsam setzte er sich neben mich. Als wären wir zwei Grundschüler, die wegen eines Streiches vor der Klasse sitzen mussten, kauerten wir auf dem Boden. Kurz passierte nichts. Dann bewegte Akio seine Hand leicht auf mich zu. Als wäre es ein Urinstinkt sprang ich auf, hechtete schnell aus der Tür und ließ Akio zurück.

Akio

Ehe ich Jamies Handeln realisieren konnte, rannte sie auch schon die Gasse runter. Hatte ich etwas falsches gesagt? Sonst war sie so glücklich und ungehalten. Doch jetzt? Es musste mit den Craigs zusammenhängen. Kannte sie die beiden vielleicht aus Schottland? Oder war es einfach die Tatsache, dass die Ichizoku so drastische Maßnahmen durchsetzten? Ich hatte ihr zwar gesagt, dass ich nicht von ihren Techniken überzeugt war, doch vielleicht dachte sie jetzt, dass ich hinter diesem Mord stand – was ich definitiv nicht tat. Hatte sie Angst vor mir?

Ich sah zurück und blickte Jotaro fragend an. Dieser nickte nur und gab mir damit das Zeichen, dass ich Jamie hinterherrennen sollte. Ich musste nicht lang überlegen, ob ich dem nachging.

Schnell warf ich mir ein grobes Hemd über und lief los. Beiläufig knüpfte ich es im Rennen zu. Ich kannte Ina so gut wie auswendig, doch wo würde Jamie in Panik hinrennen?

Jamie

Ich lief. Ich wusste nicht wohin, aber ich musste weg. Meine Eltern waren wegen der Ichizoku in Japan?

Und wegen ihnen auch gestorben?

Meine Emotionen und wahrscheinlich auch die der letzten Jahre, auch die, mit denen ich schon längst abgeschlossen hatte, strömten unaufhaltsam durch meinen Körper. Sie überrumpelten meinen Geist, hatten die Kontrolle über meine Muskeln und zerrten mich in ein dunkles, tiefes Loch.

Ich blieb nicht stehen. Ich konnte nicht. Meine Seiten brannten, doch ich lief weiter. Überall spürte ich Trauer und Einsamkeit. Warum hatten sie sich nur drauf eingelassen? Warum waren sie hier gewesen? Warum kannten sie die Ichizoku überhaupt? Der Fragenberg, der schon am Anfang dieser ungewollten Reise dem Einsturz drohte, brach nun zusammen. Eine riesige Lawine rollte über mich, und genauso fühlte es sich auch an. Als hätte eine Lawine aus spitzen Steinen und erstickendem Schnee mich unter sich begraben.

Plötzlich stand ein Mann vor mir. Heftig stieß sein Ellenbogen in meinen Arm. Ein Schmerz zog sich durch meine Gliedmaßen. Reflexartig legte ich meine rechte Hand an die Stelle und sah zu dem Mann auf. Er war kurz stehen geblieben und beugte sich etwas zu mir. Was wollte er? Seine Größe, seine Präsenz machte mir Angst. Mein Blick fiel kurz an ihm herab. An seinem Gürtel hing ein Messerschaft, der meine Furcht noch verstärkte. Die dunklen Augen des Unbekannten starrten durch meine hindurch, direkt in mein Innerstes. Ein finsteres Grinsen legte sich auf sein Gesicht.

„Verzeihung", knirschte er dann herablassend. Ohne etwas zu sagen wandte ich mich von ihm ab und lief weiter.

„Pass auf, dass der Drache dich nicht kriegt!",
hörte ich den Mann noch rufen. Drache? Konnte
dieser Typ die Ungeheuer auch sehen? Schnell
wurde der Gedanken von dem tiefen schwarzen
Loch verschlugen, dass mich nach unten zog.

Nach einer Weile ließ meine Kondition mich
im Stich und ich wurde langsamer.

Ob Akio hinter mir her lief? Konnte ich ihm
überhaupt trauen? War das hier alles wirklich
real?

Ich wusste nicht, was ich noch glauben sollte.
Der Zweifel, der eigentlich von dem Drachen
vorgestern verschlungen worden war, tobte nun,
wie ein gefährlicher Sturm, durch meine Adern
und riss alles an Glaube und Hoffnung mit sich.
Ich sehnte mich nach einer Umarmung, nach
Vertrauten, nach Liebe. Und erst jetzt sah ich,
dass meine Familie mir dies nicht mehr geben
konnte. Meine Eltern waren *ermordet* worden
und Grandpa war verschwunden, was ich bei
dem ganzen Chaos komplett vergessen hatte.
Aber vielleicht saß er auch schon wieder zu Hause? Vielleicht machte er sich gerade Sorgen um
mich. Ich versuchte mir einzubilden, dass es so
war, denn weitere Sorgen konnte ich jetzt nicht
tragen. Alles wurde so schwer.

Also schloss ich die Augen. Ich weitete meinen Brustkorb und meinen Bauch, als ich einat-

mete. Meine Lunge hörte auf, nach Sauerstoff zu betteln und die leichten Stiche in meiner Seite verschwanden. Für einen Moment hielt ich die Luft an und sammelte das Durcheinander in meinem Kopf zu einem zentralen Punkt. Dann ließ ich alles mit einem lauten Seufzer aus mir weichen. Grandpa hatte mir diese Taktik der Selbstkontrolle gezeigt, und es half ungemein sie jetzt anzuwenden. Langsam öffnete ich wieder die verweinten Augen.

Erst jetzt sah ich mich um. Große kantige Häuser bauten sich um mich herum auf und viele Menschen bahnten sich ihren Weg durch die Masse. Durch die vielen Tränen konnte ich nur verschwommene Farben und Bewegungen erkennen. Ich wischte sie weg und bemerkte, dass ich mich an einer stark befahrenen Straße befand. Ein prägnanter Geruch zierte die Luft und würzige Schärfe zog sich durch meine Nase. Ich stand neben einem Restaurant.

Ein großer roter Drache rankte den Eingang hoch und sah mir anmutig entgegen.

Es war scheinbar schon früher Nachmittag, denn die Sonne stand schon auf halbem Weg zum Horizont. Hatten wir so lang mit Jotaro geredet? Oder war ich erst spät wach geworden? Wahrscheinlich war es ein Mix aus Beidem.

Links neben mir waren ein paar Bäume und zwischen ihnen ein paar Sitzbänke mit Aussicht auf die Straße.

Ich kannte diesen Ort. Das hier war das Restaurant, in dem meine Eltern gewesen waren. Genau hier hatten sie ein Foto von sich machen lassen, das jetzt in meinem Zimmer hing.

Ungläubig sah ich mich weiter um. War das Zufall oder hatte mich jemand hierher gelenkt? Seya wäre dazu bestimmt in der Lage.

Plötzlich berührte mich etwas an der rechten Schulter. Blitzschnell drehte ich mich um. Akio stand nah hinter mir.

Schnell machte ich einen kleinen Schritt zurück, in den Eingang des Restaurants.

„Akio…", stammelte ich aufgelöst.

„Jamie", fing er schwer atmend an, „Was ist los? Warum bist du weggerannt?"

Ich machte wieder einen Schritt auf ihn zu und legte meinen Kopf auf seiner Brust ab. Er verstummte und legte vorsichtig seine Arme um mich. Sein starker Herzschlag gab meinem wieder einen Rhythmus. Leise kniff ich die Augen zusammen.

Akios Ruhe verteilte sich langsam in mir und ich konnte mich wieder fassen. Vielleicht konnte meine Familie mir keine Umarmung geben, doch

Akio konnte es. Und es fühlte sich genauso liebevoll und ehrlich an.

Bedächtig atmeten wir im Gleichtakt und es fühlte sich an, als würden unsere Seelen sich vereinen.

Ich blendete meine Umgebung komplett aus und bekam gar nicht mit, dass plötzlich eine Frau, Ende zwanzig vor uns, im Eingang des Restaurants stand.

„Wollt ihr hier essen?", fragte sie schnippisch, „sonst verlasst bitte unser Restaurant und versperrt nicht weiter den Weg."

Akio und ich lösten uns langsam von einander und blickten auf.

„Verzeihung", nuschelte Akio und wollte gerade gehen. Doch ich blieb stehen.

„Ja, tut uns leid. Ich habe nur eine kurze Frage." Unschuldig sah ich die Frau an und fuhr fort. „Kennen Sie vielleicht Fiona und Logan Craig? Sie waren vor ein paar Jahren hier."

Akio drehte sich um und sah mich verwundert an.

„Ja", sagte die Frau nachdenklich, „damals habe ich gerade hier angefangen. Ich kann mich gut an sie erinnern. Wir haben nicht oft schottische Gäste. Und sie waren oft hier. Fast jeden Abend kamen sie. Logan gab immer gutes Trink-

geld." Die Frau wirkte plötzlich nett und hilfsbereit.

Spürbar wurden meine Augen größer.

„Können Sie uns noch mehr von ihnen erzählen?", fragte ich und sah Akio glücklich an.

„Naja, sie haben einen Verrat begangen...",
fing sie an, doch sie wurde von Akios dunkler
werdender Miene unterbrochen. Der Blick der
Frau wanderte zu ihm.

„Hey du, hat dir schon mal jemand gesagt,
dass du wütend verdammt heiß aussiehst?", fragte sie wieder in einem arroganten Ton.

Akio nahm meine Hand und wollte gehen,
aber ich bewegte mich keinen Zentimeter.

„Jamie, komm", sagte er leise.

„Aber..."

„Wir können morgen nochmal herkommen,
ok?"

Enttäuscht sah ich ihn an. Ich war so nah dran
endlich mehr über meine Eltern herauszufinden,
und jetzt wollte Akio gehen?

„Nein, Akio. Bitte lass uns noch kurz
bleiben", flehend sah ich ihn an.

„Also wenn *er* bleibt haben wir bestimmt
noch einen Tisch frei", kicherte die Frau und
wandte sich an Akio. „Allein kannst du auch
noch länger bleiben. Im oberen Stock ist ein

kleines Hotel." Sie zwinkerte ihm viel zu auffällig zu. Akio ging sich durch die Haare.

„Bedaure, aber ich werde weder ohne sie gehen, noch würde ich sie allein gehen lassen",
sagte er sachlich und lächelte zu mir runter. Dann
fuhr sein Blick wieder zu der Frau.

„Können wir vielleicht mit Ihrem Chef sprechen? Es wäre doch zu schade, wenn wir Sie
weiter mit unseren Fragen belästigen würden"
meinte er ironisch und sah die Frau schief an.

Bissig erwiderte diese seinen Blick. Mit seiner Reaktion hatte sie wohl nicht gerechnet.

„Pfff. Sucht ihn doch selber." Schwungvoll
trat sie zur Seite und quetschte sich neben Akio
her. Obwohl genug Platz war rempelte sie ihn
leicht an und ging, ohne sich noch einmal umzudrehen, weiter zu den kleinen Tischen, die vor
dem Restaurant standen.

Dann sah Akio wieder zu mir.

„Warum willst du etwas über die Craigs wissen?" Er schien zu vermuten, dass ich sie aus
Schottland kannte. Doch er traute sich anscheinend nicht diese Ahnung mit mir zu teilen.

„Sie waren meine Eltern."

Überrascht sah er mich an.

„Das tut mir unfassbar leid." Er legte seinen
Arm wieder um mich. Diese Berührung war nach
wie vor ungewohnt, doch sie gab mir Kraft.

„Dann lass uns jemanden finden, der dir... ich meine uns deine Fragen beantworten kann."

Zielstrebig ging er auf einen der anderen Kellner zu.

„Kon'nichiwa", begrüßte er ihn. „Könnten wir vielleicht mit dem Inhaber sprechen? Wir haben nur ein paar wichtige Fragen an ihn."

„Natürlich. Kommt mit", sagte er etwas verblüfft und ging voran. Akio und ich folgten ihr. Mit dem runden Tablett in der Hand blieb der Kellner schließlich an der kleinen Bar stehen. Ein um die fünfzig Jahre alter Mann trocknete gerade ein Glas mit einem leicht zerrissenen Handtuch ab.

„Mr. Yamamoto. Die beiden Gäste hier würden Sie gern sprechen", sagte der Kellner nett. Der Mann wandte sich uns zu, womit der Kellner wieder ging.

„Hallo, ihr Beiden. Was kann ich für euch tun?", fragte er sympathisch.

Akio sah zu mir. Mein Herz pochte.

„Konwitschiwa", fing ich aufgeregt an. Aus den Augenwinkeln sah ich Akio schmunzeln. Ich glaube ich hatte das Wort vollkommen falsch ausgesprochen. Ich räusperte mich. „Ich bin Jamielle Craig. Meine Eltern, Fiona und Logan Craig waren vor ein paar Jahren hier in Japan. Leider sind sie... verstorben." Ich schluckte.

„Durch Fotos weiß ich, dass sie hier waren. Jetzt wollte ich Sie fragen, ob sie mir vielleicht etwas über sie erzählen könnten." Leicht zitternd atmete ich auf. Schutzsuchend sah ich zu Akio hoch. Warm lächelte er mir zu.

„Ja, die Namen sagen mir was. Ich kann dir leider nicht viel sagen. Ich kann mich nur wage an sie erinnern. Aber sie haben oft über dich geredet. Sie waren wirklich nett. Welche von den Guten. Es tut mir sehr leid, dass sie gestorben sind."

„Vielen Dank." Glücklich blickte ich den Mann an. Er hatte zwar nicht viel gesagt, doch diese wenigen Worte reichten mir vollkommen.

„Keine Ursache. Wollt ihr vielleicht noch was essen?", bot er an. „Ich lade euch ein."

Fragend blickte ich zu Akio auf.

„Sehr gern, vielen Dank", sagte dieser schließlich.

„Wundervoll", freute sich der Mann, „Folgt mir doch bitte."

Wir taten was er sagte und nahmen schließlich an einem kleinen Tisch mitten im Raum Platz. Das Restaurant war gut besucht. Kurz fragte ich mich, warum er uns einlud, wo er doch den Platz an zahlende Gäste hätte geben können. Doch seine netten Worte verscheuchten diese Frage schnell.

„Dann sucht euch erstmal was Schönes aus."
Gütig sah er zu uns runter und ging dann wieder
hinter die Bar. Wir setzten uns gegenüber an den
kleinen Tisch.

Akio nahm sich eine der riesigen Speisekar-
ten, sah aber zu mir, bevor er sie öffnete.

Ich lächelte und nahm mir ebenfalls eine Karte. „Danke."

„Wofür?"

„Dass du mit mir hier bist. Die Informationen
über meine Eltern bedeuten mir viel."

„Dafür brauchst du dich nicht bedanken. Für
Menschen, die einem etwas bedeuten tut man
vieles."

Kurz schwiegen wir und ich blickte weiter auf
die Speisekarte, die ich absolut nicht lesen konnte.

„Warum wolltest du eigentlich erst so schnell
gehen?", fragte ich dann.

„Das erklär ich dir, wenn wir wieder bei mir
sind, Jamie. Nicht hier."

Ich nickte und die Worte von Seya fielen mir
wieder ein. Ich solle niemandem vertrauen. Wollte Akio deshalb nicht in der Öffentlichkeit darüber sprechen? Er hatte gesagt, dass jeder ein
Mitglied der Ichizoku sein könnte. Doch woran
könnte ich sie erkennen? War ich vielleicht sogar
schon einem begegnet?

Ich dachte an das, was ich schon alles hier in Japan erlebt hatte. Die Unterkunft, in die mich Jotaro gebracht hatte. Ihre wunderschönen, verspielten Räume und Dekorationen, die ich am liebsten mitgenommen und in mein eigenes Zimmer gestellt hätte. Das schlagende Herz, das Heiligtum der Li-Götter, das in sechs Teilen verteilt – für jeden Gott eines – in Japan war. Drei davon hatten die Ichizoku schon gestohlen. Das hatte zumindest einer von Akios Komplizen gesagt.

Es war ein Wettrennen gegen die Zeit. Wer das schlagende Herz zuerst vollständig, inclusive Schlüssel, von dem scheinbar keiner wirklich wusste, wo er war, in der Hand hielt, besaß die Macht der Götter. Und das mussten wir sein, damit es nicht die Ichizoku sein würden.

Dann war da noch der Drache, der mich gejagt hatte – ich fragte mich immer noch, warum – und erwischt hätte, wäre Akio nicht gewesen. Akio. Der, der mir gerade gegenüber saß, die Speisekarte studierte und immer mal wieder zu mir rüber sah. Der, der mich gestern in einer kleinen dunklen Gasse geküsst und mir dann vorgeworfen hatte, dass dieser einfache Kuss mir etwas bedeutet hätte. Hatte er auch.

„Dir hat der Kuss auch etwas bedeutet", zog ich ihn schließlich auf und war mir erst nicht sicher, warum ich das gerade gesagt hatte.

Verlegen sah er von der Karte auf. „Vielleicht." Er grinste und deutete dann auf die Speisekarte. „Soll ich dir ein paar Wörter erklären?"

Leise schmunzelte ich in mich hinein. Der Kuss hatte ihm etwas bedeutet. Trotzdem nickte ich, dankbar um seine Hilfe. Damit ich ihm besser folgen konnte stand ich auf und wechselte den Platz. Jetzt saß ich ihm nicht mehr gegenüber sondern über Eck, schräg neben ihm. Es war ein sehr kleiner Tisch, an dem wir saßen, weshalb sich unweigerlich unsere Knie berührten. Würden wir gerade Karten spielen, hätte Grandpa mir vorgeworfen zu schummeln, und Akio heimlich, per Knie-Zeichen meine Karten zu verraten. Doch wir spielten nicht Karten. Kurz hatte ich Angst, die Sorgen um Grandpa würden mit einem Schlag zurückkehren, doch Akios tiefe melodische Stimme gab dem keine Chance.

Minuten verstrichen, in denen er mir Zeichen übersetzte. Wie hypnotisiert folgte ich seinen Worten. Ich habe die japanische Schrift schon immer faszinierend gefunden, und sie nun von Akio erklärt zu bekommen, war unfassbar spannend.

Nach einer Weile kam schließlich der Kellner, der uns eben noch zu Mr. Yamamoto geführt hatte und nahm unsere Bestellung entgegen. Akio empfiehl mir eine Suppe, die ich dann auch bestellte. Der Kellner sprach, den Göttern sei Dank, auch meine Sprache. Ich blieb auf meinem neuen Platz sitzen und sah mich zum ersten Mal ausgiebig in dem Raum um. Rote Samtvorhänge zierten die großen Fenster. Der Boden war mit einem hellen Holz belegt und die einzelnen Tische mit je einer Kerze geschmückt. Die Atmosphäre war ruhig, die Gäste redeten leise miteinander und es wirkte auf einmal wie ein fünf Sterne Restaurant.

„Vermisst du dein zu Hause?", fragte Akio, als mein Blick wieder in seinen Augen ruhte.

„Ich glaube schon." Ich dachte kurz an mein Leben, wie es noch vor drei Tagen gewesen war. „Es ist dort viel passiert, an das ich mich nicht gern erinnere. Das meiste, was hier passiert ist, ist schön."

„Das meiste?", hakte Akio nach, ohne auf meine negativen Worte einzugehen. In diesem Moment war ich ihm dankbar für seinen Fokus auf das Gute. Also versuchte ich es ihm gleich zutun.

„Naja, ich habe Kirei und Seya kennengelernt." Ich überlegte theatralisch lang. „Und Jotaro ist auch sehr nett. Ach und da ist so ein Steine stehlender Typ, der ist auch ganz in Ordnung."

Wir mussten lachen. „Ich habe da so ein Mädchen kennengelernt. Sie ist auch ganz Ok."

„Dann könnten die Beiden sich ja gut verstehen."

Wieder lachten wir und mein Blick verlor sich langsam in seinem. In seinen tiefen, dunklen Augen.

Es dauerte nicht lang, bis wir unsere Bestellungen bekamen. Genüsslich verschlang ich die köstliche Suppe. Der Gebrauch der Essstäbchen fiel mir zwar, nach wie vor, etwas schwer, doch das Essen war grandios. Ich musste letztendlich auch nur die Nudeln aus der Suppe mit den Stäbchen essen, die Suppe an sich ging auch mit einem Löffel.

Mr. Yamamoto kam immer mal wieder vorbei, um zu fragen, ob alles bei uns passte. Doch er fragte nicht nur nach unserem Hunger, sondern auch persönlichere Dinge. Zum Beispiel, was ich bisher hier in Japan erlebt hatte, wie lang Akio und ich schon *zusammen* waren und wie lang ich noch in Japan bleiben würde.

Ich antwortete auf die Fragen nur kurz, denn ich wollte ihm, trotz seines netten Charakters, nicht zu viel über mich erzählen. Bei der Frage, die Akio und mich betraf, wurde mein Puls schneller. Wir waren nicht wirklich *zusammen*. Oder?

Akio antwortete schnell mit einem halben Jahr, damit es nicht zu seltsam wirkte. Wir kannten uns schließlich eigentlich erst erst seit ein paar Tagen.

Bevor wir das Restaurant verließen, bedankten wir uns noch einmal bei Mr. Yamamoto.

„Gern geschehen. Dann wünsche ich euch beiden noch einen angenehmen Abend." Der Mann sah erst zu mir und dann zu Akio.

„Den wünschen wir auch", meinte Akio und wandte sich dann von dem Mann ab. Zusammen gingen wir durch den Eingang des Restaurants nach draußen.

Mittlerweile war es dunkler und die Straßenlaternen beleuchteten den Asphalt.

„Das war ein wunderschöner Abend", schwärmte ich.

„Er ist noch gar nicht zu Ende", korrigierte Akio mich leise. Still dachte ich über seine Worte nach, während wir im dunklen Licht zurück schlenderten. Er hatte recht. Der Abend hatte gerade erst angefangen. Hatte er noch irgendetwas vor? Auf einmal machte ich mir Vorwürfe. Vielleicht hatten er und Jotaro etwas vorgehabt und ich habe den ganzen Tag durch mein dummes Gefühlschaos durcheinander gebracht. Es war dumm von mir gewesen, einfach wegzulaufen. Allerdings hätte ich dann nicht diese lieben Worte über meine Eltern hören können. Und das Essen war auch ziemlich gut gewesen.

Die untergegangene Sonne ließ die kleine Gasse mit der halbrunden Tür wie eine dunkle Kammer wirken, in der man böse Schatten und dunklen Nebel eingesperrt hatte. Dieser Anblick schüttete ungewisse Angst über mir aus, als wir in die Gasse abbogen.

Akio sah kurz auf seine Uhr – es war ein Wunder, wenn er etwas erkannt hatte – und öffnete dann die Tür.

Langsam betraten wir den Raum. Jotaro war scheinbar schon gegangen. Ob er wusste, warum wir nicht wiedergekommen waren? Er war schließlich Teil der Götter und verfügte vielleicht über die gleichen telepathischen Fähigkeiten, wie Kirei.

Etwas erschöpft setzte ich mich aufs Sofa.

Ruhig drehte ich mich nach hinten um und sah, wie Akio die Tür abschloss und den Schlüssel auf den hohen Schrank legte. Auf einmal breitete sich ein mulmiges Gefühl in mir aus. Was wäre, wenn ich Akio doch nicht vertrauen konnte?

Horrorszenen spielten sich wie von allein in meinen Gedanken ab. Ich sollte weniger Krimiserien mit Grandpa schauen. Aber warum legte er den Schlüssel an einen, für mich unerreichbaren Ort?

Er drehte sich zu mir um und ich zuckte zusammen.

Akio sah mich etwas verunsichert an. Er schluckte, womit sein Adamsapfel kurz nach oben hüpfte.

„Du… hast du Angst vor mir?", fragte er leise und es klang so, als ob er sich vor dieser Vorstellung fürchtete. Er ging aufs Sofa zu und setzte sich neben mich. Sein Blick verharrte dabei ununterbrochen auf mir und in meinen Augen. Ich antwortete nicht auf seine Frage, da ich nicht wusste, was ich hätte antworten sollen.

Seine warme Stimme beruhigten mich zwar etwas, trotzdem hatte ich jetzt zum ersten Mal darüber nachgedacht, ob ich ihm *wirklich* vertrauen konnte.

Allerdings hätten Jotaro und Seya mich sonst nicht in diese Situation gebracht. Oder? Waren sie nicht so etwas, wie meine übernatürlichen Aufpasser?

Akio atmete auf und beugte sich etwas vor. Meine Augen weiteten sich.

„Die Frau aus dem Restaurant wusste vom *Betrug* deiner Eltern. Diese Information haben meines Wissens nach nur die Ichizoku bekommen." Er sah auf und blickte in meine Augen, die vor Skepsis wahrscheinlich funkelten.

„Ich weiß es durch meine Brüder. Ich bin keiner mehr von denen." Er fuhr sich durch die Haare. Den Augenkontakt mit mir brach er dabei nicht ab. Seine Worte ergaben Sinn, doch ihre Begründung beruhigte mich nicht. Kurz sah ich zum Schlüssel.

„Ach so", meinte er dann aufatmend und stand noch einmal auf. „Ich lege den Schlüssel immer an einen anderen Ort. So kann keiner genau wissen, wo er ist. Es beruhigt mich, wenn ich der einzige bin, der weiß, wo er gerade ist." Er nahm das kleine Metallstück wieder vom Schrank und legte ihn stattdessen in eine der Küchenschubladen. Dann setzte er sich wieder zu mir. „Besser?"

Ich nickte. „Aber ich weiß jetzt, wo er ist." Ich musste grinsen. „Kannst du denn jetzt noch ruhig schlafen?"

„Ich denke, das Risiko gehe ich ein." Er hob ebenfalls einen Mundwinkel und zeigte mir damit eins seiner Grübchen.

Ein Augenblick verging, in dem keiner von uns etwas sagte. Dann tastete ich mich zu seiner

Hand vor und berührte sie leicht. Er öffnete sie und ließ den Kontakt zu. Seine Haut war rau, aber trotzdem warm und fein.

Sein Grinsen erreichte nun auch seine andere Gesichtshälfte und wagte sich bis zu seinen Augen vor. Dann drückte er meine Hand einmal ganz sanft in seiner.

Ein Kichern stieg in meiner Kehle nach oben und ich setzte mich näher zu ihm. Er hob seinen Arm von der Lehne und legte ihn um mich, wie gestern in diesem seltsamen Lokal. Leicht legte ich meinen Kopf an seine Brust.

Sein regelmäßiger, kräftiger Herzschlag pulsierte direkt an meinem Ohr.

Kraftlos beschloss ich, dass ich Akio vertrauen konnte. Ich wollte ihm trauen und wenn dies ein Fehler war, dann war es eben ein Fehler.

Minuten vergingen.

„Hast du schon viele Mädchen geküsst?", fragte ich endlich die Frage, die die ganze Zeit auf meinem Herzen lag. Er lächelte. „Wäre das so dramatisch?"

Ich überlegte kurz. „Nein. Ich wollte es nur wissen."

Er kniff die Augen zusammen. „Ich bin neunzehn und Straßendieb. Wer würde mich küssen wollen?"

„Wen würdest *du* denn küssen wollen?", entgegnete ich leise. Verschmitzt sah er zu mir runter und ich hatte das Gefühl, dass ich gleich die Antwort auf meine Frage bekommen würde. Doch er sah mich nur an, als würde ihm der Blickkontakt reichen.

Für eine Weile verflochten sich unsere Blicke weiter miteinander. Dann legte ich meinen Kopf wieder an seine Brust und passte mich an seinen ruhigen Atem an.

Meine Muskeln fingen an sich zu entspannen und ließen mich immer schwerer werden.

Es konnte nicht lang gedauert haben, bis ich eingeschlafen war.

„Schlaf gut, Löckchen", hörte ich Akio lautlos in meinem Traum flüstern.

*K*apitel 8

Aluna

Göttin der Zuneigung

Ich wusste nicht, was ich sagen sollte. Dass die Situation auf der Erde so drastisch war, hatte ich nicht gewusst. Was sollten wir jetzt tun? Unser Herz, *das* Herz wurde immer weiter zusammen gesucht. Wir hätten damals auf ihn hören müssen. Er hatte gesagt, dass wir dann nicht mehr die Kontrolle über unsere Macht haben würden. Er hatte recht gehabt.

Und jetzt? Diese törichten Menschen meinten schon wieder, ihnen gehöre alles.

Seya hatte gesagt, dass mein Teil des Herzens eines der letzten war, das noch nicht gestohlen wurde. Was sollte ich denn jetzt damit machen? Ja, selbstverständlich hatte ich meinen Tempel mit diversen Rätseln und Fallen ausgestattet, doch das würde die Menschen sicherlich nicht lang aufhalten.

Plötzlich hallten von hinten Schritte durch den Saal, bis zu mir auf den Balkon. Ich drehte mich um. Es konnte nur Seya sein, denn von den anderen trug keiner so hohe Schuhe, dass dieses helle Klackern zu hören wäre. Außer Yuki hatte sich wieder den Spaß erlaubt, sich in eine Frau zu verwandeln. Das ging natürlich nur vom Äußeren her, doch erschreckt hatte ich mich trotzdem, als in unserem Palast auf einmal eine Frau auf dem Flur stand, die eigentlich keinen Zutritt zu diesem hatte.

Seit das Dunkle uns vor Jahrtausenden von der Erde geholt und hier eingesperrt hatte, wurde es Jahr für Jahr langweiliger. Manchmal besuchten wir zwar die Erde, unser einstiges Zuhause, doch wir konnten maximal vierundzwanzig Stunden am Stück dort bleiben. Und für diese kurze Zeit lohnte es sich nicht einmal die Beschwörung zu sprechen.

Das Klackern, das aus dem Saal zu mir geschritten war, verstummte nun. Seya stand vor mir und sah mich aus ihren blauen Augen heraus an. „Du denkst wieder an die Erde, oder?", fragte sie leise, doch ihre Worten breiteten sich trotzdem bis in die letzte Ecke des Saals aus.

„Ich… Ich habe daran gedacht, was passieren würde, wenn die Menschen unser Herz zusammensetzen würden." Ich hatte Angst davor, dass die Menschen es wirklich soweit schaffen könnten.

„Wenn sie den Schlüssel haben und unsere Kräfte dann wirklich kontrollieren könnten..." Seya machte eine kurze Pause und atmete einmal tief durch. Ihre Stimme kratzte, als sie weiter sprach. „Ich denke, erst würde dieser Mensch von der Energie überrumpelt werden. Dann würde er die Macht wahrscheinlich ausnutzen und sie gegen andere lenken. Vorausgesetzt, das Dunkle holt ihn nicht vorher."

Ich schluckte. Als wir damals das Herz zusammengefügt hatten, war das Dunkle gekommen und hatte uns hier eingesperrt. Das selbe würde bei den Menschen passieren und die Welt wäre erneut zerstört.

Seya legte mir eine Hand auf die Schulter und ihre Stimme klang jetzt weicher. „Ich habe eine Idee, wie wir das alles verhindern können."

Mein Herz setzte eine Schlag aus und Hoffnung machte sich in mir breit. Erwartungsvoll sah ich sie an.

„Ich habe eine Idee, wie die Teile unserer Macht sicher sein werden. Selbstverständlich kann ich sie hier nicht laut aussprechen. Das wäre zu gefährlich. Doch du vertraust mir, Aluna. Nicht wahr?"

Ich nickte, vollkommen von ihren Worten gebannt.

„Ich kann auch auf dein Herzstück achten. Ich kann es beschützen. Ich kann die Welt beschützen."

Einen kleinen Moment dachte ich über ihren Vorschlag nach. Wäre mein Herzstück bei ihr wirklich besser aufgehoben, als in meinem Tempel? Die anderen Götter konnten diesen nicht betreten, und die Menschen wussten nicht, wie man unsere heiligen Stätte öffnete. Nein, sie wusste, wie man sie öffnet. Sie hatten schließlich schon drei der sechs Teile gestohlen. Das hieß, die bösen Menschen wussten, wie sie an das Herzstück kamen. Vielleicht wäre es bei Seya wirklich besser aufgehoben.

„Es wäre sicherer", ergänzte Seya ihre Worte. Kurz wanderte mein Blick über die karge schwarze Landschaft in der Ferne. Dann fand ich wieder zu ihr.

„In Ordnung", sagte ich und sog etwas zitternd die Luft ein. Zum ersten Mal seit viel zu langer Zeit bediente ich mich meiner Macht. Ich begrüßte das freudige Kribbeln, das von meinem Herzen bis in meine Fingerspitze wanderte. Die Energie pulsierte durch meine Adern und ließ mein Herz schneller schlagen. Dann schickte ich sie zu meinem Tempel. Ich stellte mir vor, wie sie mein Herzstück umgab und lückenlos einschloss. Meine Macht hielt es fest und umklammerte es.

Als ich mir sicher war, das Teil des Herzens vollkommen umschlossen zu haben, ließ ich meine Energie los und führte sie zu Seyas Tempel. Leise spürte ich die pulsierende Stärke.

„Gib auf es Acht", flüsterte ich und übergab Seya damit meine Macht. Sie lächelte nur und verließ dann wieder den Saal. Ich konnte nicht glauben, was ich gerade getan hatte. Zweifel breiteten sich in mir aus und spannten meine Nerven. Jetzt hatte Seya mein Teil des schlagenden Herzens und damit einen Teil meiner Selbst. Hatte ich damit das Richtige getan?

Jamie

Leise Geräusche kämpften sich durch die Steinwände. Die Stille, die sich mein Kopf im Schlaf vorgestellt hatte, verblasste langsam. Leises Dröhnen, Rauschen und Raunen fand den Weg von den Straßen Inas bis zu meinen Ohren und ließ mich die Augen öffnen. Blinzelnd versuchte ich mich an das Licht zu gewöhnen, das durch das kleine, hohe Fenster in den Raum fiel.

Ich lag auf dem Sofa, neben Akio. Sein Atem strich über die Härchen an meinem Arm, wie der Wind über eine weite Ebene. Seine Brust hob und senkte sich im selben Abstand.

Still bewegte er seinen Kopf. Er war scheinbar auch schon wach. Ich sah zu ihm auf und sah keine Spur von Müdigkeit in seinem Blick.

„Na?", flüsterte er ruhig.

Ich schloss noch einmal die Augen und atmete tief ein. Sein Geruch füllte meine Lunge und mein Herz machte einen Hüpfer.

„Es ist schon spät. Jotaro kommt sicher gleich. Vielleicht sollte er uns nicht so sehen."

Ich öffnete wieder die Lider und kicherte. „Wahrscheinlich nicht."

Erneut war ein Moment lang Stille.

„Heute wird ein aufregender Tag", sagte Akio dann und lächelte etwas nervös in sich hinein.

„Was passiert denn heute?", fragte ich und hatte etwas Angst vor dem, was er jetzt sagen würde.

„Wir holen Alunas Herzstück", verkündete Akio sah mir in die Augen. „Wie wir es dir gestern erzählt haben."

Ich schluckte. „Habe ich eure Pläne durcheinander gebracht? Weil ich gestern weggelaufen bin? Ich wollte nicht…"

Bevor ich ausreden konnte, legte Akio seine Zeigefinger ganz leicht auf meine Lippen. Ich verstummte.

„Du hast nichts falsch gemacht", versicherte er mir mit tiefer Stimme. „Wir hatten das für heute geplant, versprochen."

Ich war gerührt von seinen beruhenden Worten und überwältigt von seiner tiefen Stimme. Er hatte mir gerade mit zwölf einfachen Worten meine Schuldgefühle genommen, woraufhin Schmetterlinge in meinem Inneren anfingen ihre Flügel auszubreiten.

Ein paar Minuten blieben wir noch liegen. Dann löste Akio sich von mir und stand auf. Mit einigen geübten Bewegungen fuhr er durch seine Haare und brachte sie in einen verspielten Stil.

Auch ich richtete mich auf. „Wie spät ist es?"

Er sah auf die silbern glänzende Uhr an seinem Handgelenk. „Halb acht."

Auf einmal hallte ein dumpfes Klopfen durch den Raum.

Leise schlich Akio zur Tür, wartete allerdings noch kurz, bis auch ich bereit war. Wir hatten in unseren Klamotten geschlafen, also brauchten wir uns nicht umzuziehen. Trotzdem brauchte ich einen Moment, um meine Haare zu bändigen und schließlich in einem Pferdeschwanz zu sammeln.

Dann öffnete er die Tür.

Jotaro stand mit einem breiten Grinsen davor und wippte von einem Bein aufs andere.

„Komm rein", lächelte Akio freundlich.

Als Jotaro den Raum betrat und er mich sah musste er sich deutlich ein noch breiteres Grinsen verkneifen.

„Guten Morgen", sagte ich nett und machte es mir wieder gemütlich.

„Ich wünsche dir auch einen wundervollen Morgen", sagte Jotaro und ließ sich motiviert in den Sessel fallen. Akio kam zu uns und machte es sich, wie gestern morgen neben mir bequem.

„Wir haben nicht lang Zeit, um uns hier aufzuhalten", sagte Jotaro, „wenn wir nicht erst morgen früh wiederkommen wollen, müssen wir gleich los." Aufgeregt bewegte er sich hin und her.

„Du hast recht", stimmte Akio zu.

Noch etwas müde lehnte ich mich an Akio an. Beiläufig sah er zu mir, richtete seinen Blick aber direkt wieder zu Jotaro. Der kleine Mann sah seinem Schüler in die Augen und wackelte vielsagend mit den Augenbrauen. Scheinbar verlegen schüttelte Akio leicht den Kopf.

„Bist du bereit, Jamielle?", fragte Jotaro dann mit einem aufforderndem Unterton.

„Klar", sagte ich und versuchte dabei möglichst viel Energie in meine Stimme zu stecken.

Aufatmend setzte ich mich wieder aufrecht hin. Vorfreude stieg, wie ein gerade entfachtes Feuer, leise in mir auf.

„Ich bin bereit", ergänzte ich meine Worte. Ich konnte es auf einmal kaum noch erwarten endlich loszufahren. Ein echtes Abenteuer. In manchen Momenten wurde es mir zwar etwas *zu* echt, doch die Götter zählten scheinbar auf uns.

„Na dann…" Jotaro stand auf. „Nimm Seyas Herzstück am besten mit. Hier ist es nicht sicher", riet er.

Mein Herz stockte, ebenso wie mein Atem. Erschrocken sah ich mich um. Wo war das Herzstück? Bei dem ganzen Gefühlschaos wusste ich nicht mehr, wo ich es hingetan hatte oder wann ich es das letzte Mal in der Hand gehabt hatte.

„Alles gut, Jamie. Ich hatte vergessen es dir zu sagen. Du hattest es, als du vorgestern hier angekommen warst, auf den Couchtisch gelegt. Ich hab es hier." Er stand auf, ging zur Küche und holte den Stein aus einer der Schubladen. Erleichtert atmete ich auf. „Das hättest du mir auch früher sagen können." Beleidigt boxte ich ihn leicht am Arm.

„Pass lieber auf, Akio", grinste Jotaro.

„Tue ich", sagte dieser reizvoll und rieb sich theatralisch den Arm. „Verzeih, dass ich dir nicht Bescheid gesagt habe." Er blinzelte mich an und verwandelte sein Gesicht in eine entschuldigende Grimasse. Ich konnte mir ein Lächeln nicht verkneifen. „Jaja, passt schon", lachte ich, obwohl ich dass Gefühl hatte, dass ein etwas kräftigerer Schlag sein Versteckspiel besser quittiert hätte.

„Gut. Wir müssen los", sagte Akio schließlich, ging zur Tür und hielt sie uns auf.

Belustigt ging Jotaro gefolgt von mir an ihm vorbei.

Kurz blieb ich vor Akio stehen und hielt die Hand auf. Doch anstatt Seyas Herzstück legte er seine Hand hinein.

„Wäre es ok, wenn ich es mitnehme?", fragte er vorsichtig.

Ich blinzelte etwas verwirrt. Warum wollte er es nehmen? Vertraute er mir nicht? Doch bevor ich antworten konnte ließ Akio das Teil des Herzens in seiner vorderen Hosentasche verschwinden. Dann hielt er meine Hand fester und zog mich mit sich durch die Tür.

Jotaro wartete schon am Ende der Gasse auf uns und sah uns ungeduldig entgegen. Akio schloss noch schnell die Tür ab, dann gingen wir los.

Wir brauchten nicht lang, bis wir ein paar Straßen weiter ein schwarzes Taxi fanden. Jotaro klopfte leicht an die Scheibe.

Der Fahrer sah auf und nickte steif. Er machte keinen besonders seriösen Eindruck.

Jotaro öffnete die hintere Tür der Beifahrerseite.

Etwas nervös stieg ich nach Akio, als Zweite ein. Zum Schluss folgte Jotaro und schloss hinter sich die Tür. Eine kleine Portion Angst mischte sich unter meine Gefühle. Ich war vorher noch nie mit einem Taxi gefahren. Doch die feste Trennwand aus Plexiglas, zwischen den vorderen Sitzen und der Rückbank, beruhigte mich etwas.

Ich konnte nicht viel von dem Fahrer erkennen. Er war etwa Mitte dreißig und hatte einen dichten Bart. Seine Kleidung, die ihm zerlöchert vom knochigen Körper hing erinnerte eher an einen Stadtstreicher, als an einen Taxifahrer.

„Nach Aichi, bitte", sagte Jotaro. Der Fahrer nickte erneut und fuhr los. Erst jetzt bemerkte ich, dass der Motor schon die ganze Zeit lief, und er zum Anfahren gar nicht den Zündschlüssel betätigen musste. Hatte er auf uns gewartet? Vielleicht hatte er auch gerade erst andere Personen hier abgesetzt. *Kein Grund zur Panik,* versuchte meine innere Stimme mich zu beruhigen.

Ich saß nah an Akio, weil ich Jotaro ungern berühren wollte. Dass ich dafür fast in Akios Arm lag störte mich weniger. Seine rechte Hand weilte reglos auf seinem Knie. Wie von allein legte ich meine Hand auf seine. Akio sah mich an und drehte seine Hand, sodass meine automatisch in seiner lag.

„Darf ich fragen, was Sie genau in Aichi machen wollen?", fragte der Fahrer mit einer unerwartet hohen Stimme.

„Wir wollen Verwandte besuchen", log Jotaro schnell.

Akio grinste mich an. „Verwandte be…" Plötzlich änderte sich sein Gesichtsausdruck, seine Mimik wurde weich. Kein Muskel rührte sich mehr.

„Akio?" Mein Puls beschleunigte. Was war mit ihm los? Bewusstlos sackte er vor mir zusammen. Panisch rüttelte ich an seinen Schultern, versuchte ihn wieder zu sich zu bringen, doch es half nichts. Erschrocken fiel mir auf, dass auch Jotaro nicht mehr bei Bewusstsein war. Hilflos sah ich zum Fahrer. Im Rückspiegel konnte ich sein gefährliches Lächeln sehen, dass mir die Haut zerschneiden könnte. Ich versuchte zu atmen und meinen Puls wieder in den Normalzustand zu bringen. Der rauchige Geruch des Taxis hatte sich allmählich in einen leicht Süßlichen verwandelte.

Langsam wurden auch meine Augen schwer. Mühsam kämpfte ich um meine Besinnung, doch es brachte nichts. Nach nur einem kurzen Kampf

sah ich nur noch die näher kommende Dunkelheit.

Es war dunkel. Ein regelmäßiges Piepen hallte alle paar Sekunden durch den Raum. Sonst
war es still. Zu still.

Vorsichtig blinzelte ich die Augen auf und
spürte, wie mein Bewusstsein langsam in meinen
Körper zurückkehrte. Ich saß auf einem Stuhl.
Gefesselt. Meine Handgelenke waren hinter meinem Rücken zusammen gebunden und schmerz-
ten von den engen Striemen. Auch meine Fußknöchel waren zusammengebunden. Ein grobes
Tuch um meinen Mund verhinderte, dass ich
meine Stimme nutzen konnte.

Was war passiert? Wo war ich?

Ich konnte nichts sehen, außer eine weite,
schwarze Leere. Ich hatte keine Ahnung, wie
groß der Raum war, wo der Raum war, oder…
wer noch in diesem Raum war. Ich versuchte die
eiskalte Panik, die sich in mir bildete, unter Kontrolle zu halten und mich zu konzentrieren.

Es roch modrig. Als wäre hier seit Jahren keiner mehr gewesen. Das Piepen wurde immer unregelmäßiger. Es erinnerte mich an das, eines
EKGs, das bei jedem gemessenem Herzschlag
einen ähnlichen Ton von sich gab.

Mein Herz begann schneller zuschlagen und es wurde immer komplizierter, die Panik zu unterdrücken. Wer war noch hier? Wie kam ich hier her? Und noch viel wichtiger: wie kam ich hier wieder weg?

Im nächsten Moment zogen zischende Geräusche durch den Raum. Eine einzelne, von der Decke runterhängende Glühbirne flackerte auf und durchschnitt die Dunkelheit.

Kurz mussten sich meine Augen an das Licht gewöhnen. Dann erkannte ich ein paar Meter vor mir einen weiteren Stuhl.

Akio!

Er stand nicht ganz an der gegenüberliegenden Wand.

Seine Augen waren geschlossen. Er war ebenfalls gefesselt und geknebelt.

Aus seiner Nase lief Blut in den Knebel. Sein Hemd war etwas zerrissen und blutverschmiert.

Seine blanken Arme, die unter den Löchern seiner Ärmel hervor blitzten, waren von roten Striemen durchzogen. Manche davon waren scheinbar aufgeplatzt, sodass auch diese leicht bluteten. Akios Anblick war grausam. Was hatte man mit ihm gemacht? Angst gesellte sich zu der Panik in mir. Außer uns war der Raum zum Glück leer, doch das beruhigte mich nicht. Ich wollte zu Akio, wollte ihn aus seinem benommenem Zustand zu mir holen. Ich wollte seine Wunden versorgen, damit ich nicht länger seine offene Haut sehen musste.

Doch wie sollte ich das anstellen? In Filmen fanden die Figuren immer einen Weg sich aus solchen Situationen zu befreien. Doch das hier war echt, und kein ausgedachtes Abenteuer.

Plötzlich öffnete sich rechts von mir eine Tür. Es quietschte und ein groß gewachsener Mann trat, gefolgt von drei etwas Kleineren, anmutig in den Raum.

Der Mann trug, wie sein Gefolge, einen schwarzen Umhang mit weißen Rändern und einer weiten Kapuze. Abrupt blieb er genau unter der Lampe stehen und sah bedrohlich auf mich herab. Im Gegensatz zu den anderen hatte er seine Kapuze nicht auf. Irgendwoher kannte ich sein Gesicht.

„Du bist also die berühmte Jamielle Amaya. Die Tochter, die aus dem Betrug geboren wurde." Mein Herz setzte einen Schlag aus und ich vergaß die Angst. Wut brannte stattdessen in mir auf und verteilte sich rasend schnell in meinem Körper. Er durfte nicht so über meine Eltern reden.

Ein finsteres Grinsen, durchwachsen von etwas, was mir nicht gefiel, legte sich über sein Gesicht. Er wusste genau, was seine Worte mit mir machten, und er genoss diese Macht viel zu sehr.

„Zu schade, dass dein Freund zu naiv war, um dich beschützen zu können." Der Mann machte einen Schritt zur Seite, damit ich Akio wieder sehen konnte. „Nicht einmal sich selbst konnte er schützen." Er klang gespielt besorgt und hob mit seinem langen, dünnen Finger Akios Kinn an. „Und in *ihn* hast du dich *verliebt*?" Skeptisch wanderte sein Blick wieder zu mir.

In mir sträubte sich alles, ihn anzusehen. Er konnte nichts von meinen Gefühlen für Akio wissen. Es musste eine schamlose Vermutung sein. Dieser Typ war ekelhaft. Ich hasste es, wie er redete. Hasste es, wie er Akios Kinn mit einem Ruck losließ und sich wieder kerzengerade hinstellte.

In diesem Moment bewegte Akio sich langsam. Er kam zu sich. Sachte richtete er seinen Kopf auf und öffnete sanft seine Augen.

Der Mann drehte sich wieder zu ihm um.

„Na, Akio? Da bist du ja wieder." Der Mann fing an, Akio zu umkreisen. „Wie kommst du dazu, mich zu hintergehen und lieber einer wildfremden Göre zu helfen? Sag jetzt nicht, du hast auch Gefühle für sie." Sein Lachen klang so, als wäre letzteres vollkommen unmöglich.

Etwas erschöpft blickte Akio zu mir.

„Immerhin haben wir dadurch das vorletzte Herzstück bekommen können", sprach der Mann weiter und machte einen Schritt auf ihn zu. Moment, das *vorletzte*? Bedeutete das, dass er Seyas Herzstück hatte? Natürlich. Akio hatte es gehabt, aber diese Leuten hatten uns mit Sicherheit durchsucht. Shit.

„Du hättest uns helfen können. Du, mit deiner Intelligenz und deinen Fähigkeiten." Der Mann stoppte vor Akio, beugte sich etwas vor, damit er ihm besser ins Gesicht sehen konnte und wandte mir somit den Rücken zu.

Kurz war es still.

„Was für eine Verschwendung", zischte er dann und verließ mit einer Handbewegung und wehendem Umhang den Raum. Die Anderen folgten ihm. Wieder war nur das unheimliche Piepen zu hören. Das Licht ließen sie zum Glück an.

War das Senshi gewesen? War Akio, wie meine Eltern als Spion unter den Ichizoku gewesen? Ich musste ihm helfen. Aber wie?

Matt blickten seine Augen in meine.

Doch dann verjagte auf einmal etwas Sicheres die Mattheit aus seinem Blick. Wie ein Anker, der ihn auf einmal festhielt und ihm half. Ein Ruck durchfuhr ihn. Seine Hände waren frei. Schnell nahm er sich den Knebel vom Mund.

„Haben sie dir was getan?" Angst verwob sich mit seinen Worten. Ich schüttelte den Kopf unfähig durch den Knebel zu sprechen. Erleichtert löste er die Fesseln an seinen Beinen. Er hatte ein Messer. Woher hatte er ein Messer?

Endlich kam er zu mir und knotete vorsichtig meinen Knebel los.

„Was haben sie mit dir gemacht?" Meine Stimme klang klein und leise. Heiser.

Akio sah auf seine Arme. „Das… das ist ok", sagte er, während er mich befreite. Als ich aufstehen konnte fiel ich ihm in die Arme, bedacht darauf, diese nicht zu berühren. Leise nahm ich seinen wohltuenden Geruch in mir auf. Er erwiderte die Berührung und legte seine Arme um meine Taille. Seine Nähe war wie eine Auszeit von dem, was um uns herum geschah. Am liebsten hätte ich jetzt die Wunderlampe von Aladin in den Händen gehalten und uns an irgendeinen weit entfernten Ort gewünscht. Kurz verlor ich mich in dieser verträumten Vorstellung, in der alles so einfach war. Doch dann kehrte die Wirklichkeit zurück. Wir waren eingesperrt und wussten weder, wo wir waren, noch wie wir diesen Ort verlassen konnten.

„Wir müssen hier weg", sagte Akio dann und löste sich von mir, damit wir uns in die Augen sehen konnten.

„Was ist mit Jotaro?", fragte ich, als dieser mir wieder einfiel. Ich hatte gar nicht mehr an ihn gedacht, doch nun machte ich mir direkt Sorgen um ihn.

„Du weißt, er ist eine Art Gott. Er kann sich, wie Kirei in Luft auflösen und woanders erscheinen."

Sehr gut. Immerhin ging es Jotaro gut.

Akio ging zur Tür und drückte leise die Klinke nach unten. Sie war verschlossen. Natürlich. Leise fluchte er und ging dann ratsuchend im Raum auf und ab. Auch ich fing an zu überlegen, wie wir hieraus kommen könnten. Die Tür war aus Metall, die Wände aus rauem Stein. Es gab weder Fenster, noch Gegenstände – außer die zwei Stühle, die allerdings eher Zahnstocher, als richtige Möbelstücke waren.

Ich sah genau zwei Möglichkeiten, wie wir hier rauskamen. Vielleicht wären mir irgendwann noch mehr eingefallen, doch gerade beschränkte sich mein Einfallsreichtum auf diese zwei.

Option eins: Wir warteten so lange, bis jemand die Tür wieder öffnete und überrumpelten diesen Jemand dann. Doch vielleicht würden die Ichizoku, die uns hier festhielten, auch nie wieder kommen. Dann würden mutige Einbrecher irgendwann unsere Knochen hier finden.

Option zwei: Wir suchten etwas, womit wir das Türschloss aufknacken könnten. Als die Wachen die Tür abgeschlossen hatten, klang es wie ein einfaches Schloss. Möglicherweise ein Zylinderschloss mit nur wenigen Stiften. Leicht zu knacken für jemanden, der Übung darin hatte. Ich hatte nur ein paar Mal versucht, leichte Schlösser auf zu bekommen. Dieses Können ist auf dem ersten Blick vielleicht nicht gerade ehrenhaft, doch Dennis hat es mir trotzdem öfter gezeigt. Wieso er das konnte, wollte ich gar nicht wissen. Meistens blieb mein Erfolg dabei mäßig. Doch ein Versuch war es wert.

Leider trug ich nicht, wie die ganzen Filmcharaktere, den Kopf voller Haarnadeln, aber vielleicht würden wir trotzdem etwas finden. Unsere Kettenanhänger, oder vielleicht könnten wir es sogar mit dem Messer schaffen.

Auf einmal vernahm ich das Klacken eines Schlüssels im Schloss. Reflexartig wollten Akio und ich uns wieder auf die Stühle setzen, doch wir waren nicht schnell genug. Zwei in Umhängen getarnte Gestalten schritten im nächsten Moment in den Raum. Meine erste Option ging scheinbar in Erfüllung.

„Senshi will mit dir sprechen", nuschelte die eine in meine Richtung. Irgendwoher kannte ich die Stimme. Doch woher? Langsam kam die Gestalt auf mich zu. Ich wich wie automatisch zurück, bis die dunkle Wand hinter mir mich aufhielt.

„Ihr werdet ihr nichts tun", protestierte Akio und stellte sich zwischen uns und die Tür, sodass ich nicht rausgebracht werden konnte. Doch die Gestalt vor mir machte es mir unmöglich mich aus der Situation zu retten. Eine große Hand legte sich um meinen Arm und zog mich von der Wand. Dann wurden meine Handgelenke wieder zusammengeschnürt. Den kleinen Klicken nach zu urteilen mit Kabelbindern. Akio wollte ihn aufhalten, doch der andere Vermummte hielt ihn schnell an den Armen fest und warf ihn zu Boden. Schmerzerfüllt stöhnte Akio auf. Mein Herz zog sich zusammen. Am liebsten hätte ich jetzt wild um mich geschlagen, oder die zwei Unbekannten aus dem nächstbesten Fenster geschmissen.

Doch Widerstand brachte keinen Sinn, also ließ ich mich aus dem Raum führen. Laut fiel die Tür zwischen Akio und mir ins Schloss. Als wäre die Angst von diesem lauten Klicken geschickt worden, machte sie sich in mir breit und legte sich über meine Nerven.

Hier war es nur etwas heller, als in dem Raum, in dem Akio nun allein war. Breite Flure bahnten sich nach rechts und links ihre Wege.

Die Unbekannten in den Umhängen bogen mit mir nach rechts ab. Die alten Leuchtröhren über uns flackerten bei jedem zweiten Schritt, den ich unsicher setzte. Ob sie mich wirklich zu Senshi brachten? Zu dem, gegen den wir die ganze Zeit vorgingen?

Wir waren nicht oft in weitere Gänge abgebogen und es hatte nicht lang gedauert, bis die zwei Gestalten mit mir vor einer hohen Tür standen. Sie war glänzend weiß und passte überhaupt nicht zum Rest dieses Gebäudes. Ohne geklopft zu haben wurde sie von innen geöffnet. Der große Mann, der eben noch mit Akio gesprochen hatte, stand mit erniedrigendem Blick vor mir. „Komm rein, Jamielle Amaya", bat er zu höflich und deutete seinen Leuten an, draußen zu warten. Leicht eingeschüchtert wagte ich mich in den Raum.

Dann schlug die Tür hinter mir zu.

Dieser Raum war viel heller, als die anderen. Geblendet kniff ich die Augen zusammen, um mich an das plötzliche Licht zu gewöhnen. Erst nach ein paar Sekunden blinzelte ich sie wieder auf.

Ich sah Senshis dunkle Gestalt. Mächtig stolzierte er zu dem hohen Schreibtisch, der mitten im Raum stand. Schlicht weiß zierten kleine Möbel die Wand rechts von mir. Ein paar Gegenstände, Bürozubehör und kleine Skulpturen von Göttern und Drachen zierten sie wie in einem Museum. Dieser Raum war das exakte Gegenteil von dem, in dem ich eben aufgewacht war.

Zwei Wände bestanden vollkommen aus Glas, das die blendenden Sonnenstrahlen in den Raum ließ. Wir befanden uns also in einer Ecke dieses Gebäudes. Als ich durch die Scheiben sah, konnte ich meinen Augen nicht trauen. Dieses Zimmer lag unfassbar weit oben. Von hier aus konnte man auf die meisten Dächer der umliegenden Häuser sehen. Wir waren mitten in der Stadt, und doch soweit weg von ihr. Unter mir tummelten sich die Menschen und bahnten sich, wie Ameisen, den Weg zu ihrem Ziel.

„Faszinierend, nicht wahr?" Senshis Stimme triefte nur so vor Machtgefühl und brannte sich in meine Seele ein. Wut begann in meinem Inneren zu glühen. Langsam spürte ich, wie sie sich zu einer Flamme entwickelte, die sich wild auf und ab bewegte. Er machte mir keine Angst. Die Wut in mir brannte heller, heißer, gefährlicher, als es die Angst je tun könnte.

„Was haben Sie mit Akio gemacht?" Mein Stimme war viel zu ruhig für den Sturm, der sich in mir zusammenbraute.

„Ich wollte ihn dazu bringen mir etwas zu sagen, was er mir vorenthält."

„Was?"

„Das schlagende Herz. Seine fünf Teile, die ich besitze, haben nicht die Macht von fünf Teilen."

„Das heißt…?", fragte ich verwirrt.

„Das heißt, dass dein kleiner dummer Freund irgendwas mit dem Herz angestellt hat, als er die Teile für mich gestohlen hat!" Seine Stimme war laut und wütend. Doch schon im nächsten Moment wandelte sich sein ernster Gesichtsausdruck wieder. Amüsiert sah er zu mir. Ein Lachen, wie vom Teufel höchstpersönlich füllte den Raum. „Ich musste ihn dazu bringen, mir zu sagen, was er getan hat und ich kann dir sagen, Jamielle," Langsam kam er auf mich zu. „Es hat furchtbaren Spaß gemacht. Und das schönste daran: ich bin noch nicht fertig. Der liebe Akio hielt es scheinbar für ehrenhaft zu schweigen. Tja, manche bleiben eben naiv."

„Sie haben ihn gefoltert!", schrie ich aufgebracht.

„Falsch." Er machte eine viel zu lange Pause. „Foltern ist ein sehr böses Wort. Vielleicht sagen wir eher… leichtes heraus kitzeln von Informationen."

„Sie sind ein Monster!" Panik löste meine Wut wieder ab. Schnell ging ich zur Tür, wollte sie öffnen und zu Akio kommen. Sie war verschlossen.

„Manche bleiben naiv", wiederholte Senshi seine Worte bedächtig. Er genoss es, die Macht über alles zu haben. „Pass auf", sagte er auf einmal streng und ernst, ohne jenen Anschein von Belustigung. Ich hörte seine Schritte, die auf mich zukamen. Fast wie in Zeitlupe hörte ich mein Herz gegen meinen Brustkorb schlagen. Als Senshi schließlich vor mir stand, beugte er sich langsam zu mir runter, sodass er mir direkt in die Augen sehen konnte. Seine kurzen schwarzen Haare fielen ihm ein paar Zentimeter auf die Stirn. „Du gehst zu deinem Freund und wenn du es schaffst, die Information, die ich will, aus ihm raus zu quetschen, dann lasse ich euch gehen." Er machte eine kurze Pause, in der ich seinem Blick versuchte standzuhalten. „Außerdem wirst du mir den Schlüssel geben, *Jamielle*." Meinen Namen sprach er langsam aus und ließ ihn sich förmlich auf der Zunge zergehen.

Ich schluckte und versuchte seine Worte zu verarbeiten. Er brauchte den Schlüssel, um die Macht des schlagenden Herzens kontrollieren zu können. Doch warum sollte gerade ich wissen, wo dieser Schlüssel war? Wenn dies eine seiner Bedingungen war, könnte ich diese unmöglich erfüllen. Ich wusste weder, wo der Schlüssel war, noch wie er überhaupt aussah. Soweit ich wusste, konnte es alles sein. Ein Ring, ein Buch oder vielleicht war es eine der Stauen auf Senshis Regalen.

Schnell schüttelte ich die Fragezeichen aus meinem Kopf. Senshi sollte sich nicht noch überlegender fühlen, als er es sowieso schon tat.

„Bedaure, doch ich weiß nicht, wo sich der Schlüssel befindet."

„Du solltest mich nicht belügen", knurrte er gefährlich, wie ein Wolf, der sich bedrohlich vor einem kleinen Kaninchen aufbaute. Mein Mund wurde plötzlich staubtrocken. Meine Knie begannen zu zittern und auf einmal war ich froh, die Tür in meinem Rücken zu haben. Wäre ich jetzt vor dem Anführer der Ichizoku zusammengebrochen, würde er mich für schwach halten. Wobei das vielleicht ein Vorteil wäre. So könnte ich auf einen Überraschungseffekt hoffen und bis dahin das kleine, zerbrechliche Mädchen spielen.

„Aber ich weiß wirklich nicht, wo der Schlüssel ist", jammerte ich nach ein paar stockenden Atemzügen. Hoffentlich klang es nicht zu übertrieben.

„Tja ich weiß aber, dass er in deinem Besitz ist", ahmte er meinen verzweifelten Ton nach. Seine dunklen asiatischen Augen musterten mein Gesicht und wanderten an meinem Körper herab.

Als er sie wieder nach oben schweifen ließ, blieb sein Blick auffällig lang an meiner Brust hängen. Alles in mir rief danach, auszuholen und ihm kräftig in sein perfektes Gesicht zu schlagen.

„Deine Kette", sagte er dann, hob die Hand und nahm den Anhänger. Leise spürte ich, wie sich das Gewicht der Kette von meinem Nacken hob. Ich traute mich kaum zu atmen.

„Lass meine Kette los", keifte ich und starrte ihm in die Augen. Toll, danke für deine Beherrschung, Jamie. Das war's dann mit dem Überraschungseffekt.

„Sie ist dir wichtig", stellte Senshi fest, ließ dann aber von der Kette ab. „Du wirst jetzt zu deinem Freund gehen und ihm das entlocken, was ich wissen will."

Ich sah zu Senshi hoch, der mittlerweile wieder aufrecht vor mir stand. Das überlegene Lächeln, dass jetzt seine Lippen säumte, hetzte mir eine Gänsehaut über den Rücken. Ich hasste es, aber ich hatte keine Wahl. Entweder Akio verriet mir, was mit dem schlagenden Herz los ist, oder Senshi würde mit allen Mitteln dafür sorgen, dass er es täte.

„Was haben wir als Garantie, dass Sie uns danach freilassen?", fragte ich schließlich und verschränkte die Arme vor der Brust.

Erneut hallte sein Lachen durch den Raum und ich hörte meine dumpfen Herzschläge nur noch aus der Entfernung. Er drehte sich zu den Bodentiefen Fenstern und blickte über die Stadt. Als er sich ein paar Schritte von mir entfernte atmete ich endlich auf. Ich hatte scheinbar die letzten Sekunden die Luft angehalten.

Als meine Lungen sich wieder gefüllt hatten, sah ich zu den Schränken. Ein paar der Statuen erinnerten mich an Abbildungen der Li-Götter. Mächtig und elegant zierten sie in verschiedenen Goldtönen die weißen Möbel.

Langsam schritt ich ebenfalls vor und lehnte mich leicht gegen den Schrank. Mit einer schnellen Bewegung griff ich nach einem Haufen Büroklammern. Sie waren vielleicht nicht perfekt, doch mit etwas Glück könnten wir mit ihnen die Tür aufkriegen.

„Mein Wort wird dir genügen müssen, *Jamielle Amaya*", antwortete Senshi endlich auf meine Frage.

Ich schluckte. „Ich hoffe, Ihr Wort bedeutet Ihnen etwas."

„Meine Worte bedeuten vieles", knirschte er in einem Ton, der mich sofort in den gestrigen Tag zurückschickte. Ich war vor Akio und Jotaro weggelaufen, um meine Emotionen unter Kontrolle zu kriegen. *Er* hatte mich angerempelt und mich vor dem Drachen gewarnt. In dem Moment hatte ich nicht wirklich auf äußere Merkmale geachtet, doch jetzt viel es mir wie Schuppen von den Augen. Warum hatte ich ihn erst jetzt wiedererkannt?

Er drehte sich wieder zu mir um und sah mich treu an. Warum machte er es mir so schwer ihn einzuschätzen? Nein, eine viel bessere Frage war: Wie sollte ich ihn einschätzen und konnte ich seinen Worten vertrauen?

Kapitel 9

Schweres Atmen kroch mir entgegen, als man mich zurück in den dunklen Raum, in dem Akio festgehalten wurde, brachte. Die Glühbirne gab langsam ihren Willen zu Scheinen auf und flackerte immer wieder leise.

Die Gestalten hinter mir gaben mir einen Ruck und ließen dann die Tür hinter mir in Schloss fallen.

„Akio", hauchte ich und suchte den Raum nach ihm ab.

Langsam trat er aus einer der Ecken. Seine Schritte hallten leise in die Dunkelheit, die gegen das Licht der Lampe ankämpfte.

„Haben sie dir was getan?", fragte er schnell. Wir trafen uns in der Mitte, unter dem leisen Licht.

Ich schüttelte den Kopf. „Und du?"

„Nein, alles gut."

Erleichterung lockerte die Anspannung in mir, wurde aber schnell von einem anderen Gefühl abgelöst. „Was hast du mit dem Herzen gemacht?", flüsterte ich. Nicht, dass uns die Wachen hörten. Falls sie überhaupt noch hinter der Tür standen.

Akio schluckte. „Darum geht es ihm also", sagte er leise und sah kurz auf den Boden. „Liwanos Herzstück ist eine Fälschung."

Seine Augen glänzten im flackerndem Schien der Glühbirne. Überrascht blinzelte ich ihn an.

„Es hat sich nicht ergeben, sonst hätte ich es dir gesagt, versprochen", ergänzte Akio still. Erst wollte ich mich beschweren, dass er mir dieses wichtige Detail vorenthalten hatte, doch dann ließ ich es. Ich glaubte und vertraute ihm. Und außerdem war jetzt definitiv nicht der richtige Zeitpunkt, um darüber zu streiten.

„Du musst ihnen sagen, wo das echte Herzstück ist, Akio", sagte ich dann leise. „Sie werden alles dafür tun."

„Ich weiß", murmelte er nachdenklich. Sein Blick wich meinem aus und ich wusste, worüber er nachdachte. Er hatte nicht vor, den Ichizoku das echte Herzstück zu geben. Nein, auf gar keinen Fall würde er das tun. Also gab es nur eine andere Möglichkeit: Wir würden fliehen. Und das bevor sie uns nochmal befragen konnten.

„Wie kommen wir hier raus?", fragte ich ihn vorsichtig.

„Ich weiß es nicht. Ich glaube zwar nicht, dass Senshi sonderlich viele Wachen aufgestellt hat – dafür haben sie uns zu lang nach möglichen Waffen oder so durchsucht – aber es ist ihm zu wichtig, als dass er uns einfach gehen lassen würde."

Akio hatte gerade zu Ende gesprochen, da machte sich ein schlechtes Gefühl in mir breit. Kurz hatte ich Senshi geglaubt, dass er uns frei lassen würde. Warum war ich nur so leichtsinnig gewesen?

Leicht lehnte ich mich gegen Akio. Er atmete stoßweise. Fast unregelmäßig.

In diesem Moment flackerte die Glühbirne über uns, mit letzter Kraft auf, und erlosch dann. Als wäre es ihr letzter Atemzug gewesen baumelte sie nutzlos an dem drahtigen Kabel.

Mein Herz beschleunigte. Ich hasste vollkommene Dunkelheit. Alles könnte um mich herum passieren, ohne, dass ich es mitbekam. Vielleicht gab es hier riesige Ratten oder irgendein anderes Ungeziefer, das uns irgendwann als seine Malzeit ansehen würde.

Schnell hörte ich auf, darüber nachzudenken. Vorsichtig bewegte ich meine Hand zu Akios. Ich mochte es, wenn wir uns berührten. Es gab mir

Kraft und ließ mich wissen, dass ich nicht allein war.

Leise nahm er meine Hand entgegen und streichelte mit seinem Daumen über meinen Handrücken. Ein angenehmes Prickeln tanzte meinen Arm hinauf. Es war ein Gefühl, das nicht zu dieser Situation passte, doch ich genoss es trotzdem. Das Prickeln wanderte weiter, und auf einmal wünschte ich mir, an einem ebenso einsamen Ort zu sein, wie dieser es war. Mit Akio. Ich versuchte mir vorzustellen, was zwischen uns passieren würde. *Wenn* etwas passieren würde. *Wenn* er mich überhaupt mochte. Doch warum sollte er diese Nähe, die gerade zwischen uns herrschte, sonst zulassen?

„Jamielle Amaya", hörte ich plötzlich eine Stimme, weit weg von mir. Hastig riss ich mich von meinen Gedanken los. Ich kannte die Stimme. Seya.

„Du bist nicht schwach." Mein Herz verstärkte seine Schläge wieder, die damit ein kleines Licht durch meine Adern trieben. „Dieses Gebäude ist geschützt", sprach die göttliche Stimme weiter. „Kirei kann hier nicht eintreten. Du musst es nur nach draußen schaffen."

Verwirrt blinzelte ich und richtete mich wieder auf. Es reichte also, wenn wir ans Tageslicht kämen? Das sollten wir doch irgendwie schaffen.

Doch wie, wenn es stockdunkel war? Nur der Spalt unter der Tür ließ mich die Umrisse der Stühle und Akios Silhouette erahnen. Wir mussten die Tür aufkriegen. Fenster gab es scheinbar nicht und die Wände waren aus hartem Stein.

„Die Wachen sind nur zu zweit", flüsterte die Stimme und hallte lang nach. Mir wurde kalt. Schnell griff ich in meine Hosentasche. Drei kleine Metallstücke fanden sich in meiner Hand. Die Büroklammern, die ich aus dem Büro von Senshi mitgenommen hatte.

„Akio", flüsterte ich und drehte mich zu ihm. „Kannst du einfache Schlösser knacken?"

Ich konnte kaum etwas von ihm erkennen. Umso überraschter war ich, als ich seinen Atem im nächsten Moment über meine Wange streifen spürte.

„Löckchen, ich bin Straßendieb, kein Einbrecher." Er machte eine kurze Pause. „Natürlich kann ich Schlösser aufbrechen." Leicht legte er seine Hand auf meine Schulter. „Nur würden wir hier schon nicht mehr sitzen, wenn wir irgendwas passendes zum knacken hätten."

Ich konnte mir ein stolzes Lächeln nicht verkneifen. „Hier", sagte ich und reichte ihm die Klammern. Ich konnte seine Gesichtszüge nur vermuten, doch ich spürte Verwunderung und Staunen, dass mir entgegen strömte.

„Genial, Jamie", lobte er mich mit tiefer Stimme. „Woher hast du die?"

„Senshis Büro weist scheinbar ein paar Sicherheitslücken auf."

Sein leises, tiefes Lachen schwappte mir entgegen und brachte mir prompt eine Gänsehaut.

Dann ging Akio zur Tür, kniete sich hin und machte sich an dem Schloss zu schaffen. Ich war mir sicher, dass drei etwas verbogene Büroklammern nicht gerade das perfekte Werkzeug waren, allerdings hallte schon bald ein erleichterndes Klicken durch den Raum.

„Genial", flüsterte ich wahrscheinlich etwas zu leise, als dass er mich hätte verstehen können.

Akio erhob sich wieder und ließ die Tür Zentimeter für Zentimeter auf schweifen. Der mir bekannte Flur, den ich eben noch mit Angst um Akio betreten hatte, breitete sich vor uns aus. Wie an dem Start eines Labyrinths sahen wir vorsichtig auf unsere möglichen Wege. Die Wachen waren nicht zu sehen.

Ich lehnte mich noch etwas vor… doch das war mein Fehler. Im selben Moment standen die zwei Mitglieder der Ichizoku vor uns. Unter ihren dunklen Kutten sah ich den Schaft einer Waffe und ihr selbstgefälliges Grinsen verriet mir, dass sie nicht zögern würden, sie einzusetzen.

Ich spürte, wie sich mein Innerstes zusammenzog und mir immer wieder Kälteschauer über den Rücken jagte.

„Wollt ihr schon gehen?", fragte der linke mit einer unerwartet hohen Stimme. Ich war mir unsicher, wie ich reagieren sollte, da kam Akio mir zuvor. Ohne länger zu warten stürmte er, beinahe lautlos, auf die beiden zu. Den rechten trat er zur Seite, sodass dieser unbeholfen über seine eigenen Füße stolperte und schwer zu Boden fiel. Dem anderen legte er schnell seinen Ellenbogen um den Hals und drückte zu. Während Akio unserem Gegner die Luft abdrückte, stand der andere schon wieder auf und sah abwechselnd zu mir und dann zu Akio. Hastig ging ich auf ihn zu und wollte mit der Faust zuschlagen, doch er fing meinen Angriff an, bevor ich überhaupt eine Gefahr darstellen konnte. Seine Hand legte sich um meine Faust. Mein Herz wurde schneller. Der Ichizoku drückte zu und ich hatte das Gefühl er würde mir jeden Moment die Finger brechen. Kurz sah ich zu ihm auf. Gelbe Zähne lagen schief hinter seinen flachen Lippen. Anstrengung und Hass stand ihm im Gesicht. Verzweifelt holte ich mit dem Bein aus und traf ihn mit voller Wucht zwischen den Beinen. Er stöhnte auf und ließ ruckartig meine Hand los.

Akio kam zu mir. Bevor die Wache mit den gelben Zähnen seinen Schmerz überwunden hatte, schlug Akio ihm von unten den Kiefer nach oben. Erschrocken zuckte ich zusammen, als das Knacken von brechenden Zähnen durch die Flure flirrte und der Ichizoku schließlich zu Boden sackte.

Ich sah Akio an. Er grinste, obwohl er gerade zwei Menschen des Bewusstseins beraubt hatte. „Gute Arbeit. Ich sollte dich wohl nie wütend machen."

Ich versuchte zu lachen, doch es blieb mir im Hals stecken. „Das solltest du nie." Dann sah ich mich um.

Von rechts, der Richtung, in der Senshis Büro lag, hörte ich leise Stimmen. Bildete ich mir das ein, oder wurden sie langsam lauter? Ich deutete nach links.

Leise schlichen wir den kaum beleuchteten Flur entlang. Akio ging geduckt vor mir, bereit, bei dem kleinsten Geräusch in den Schatten eines Türrahmens zu verschwinden. Unsicher sah ich ihm über die Schulter.

Ich hörte Akios Herz schlagen. Oder war es mein eigenes, das ich so schnell pulsieren hörte?

Hinter jeder Ecke vermutete ich einen der Ichizoku. Zumindest vermutete ich, dass die vermummten Gestalten zu ihnen gehörten.

Überraschender Weise trafen wir auf Niemanden. Keine Wachen, kein Feinde.

Wir bogen nach rechts ab. Die Leuchtröhren über uns flackerten nach wie vor, wodurch die Spannung in der Luft noch weiter anwuchs. Ich traute mich kaum zu atmen. Der modrige Geruch aus dem Raum zog sich auch hier über den Boden. Zäh und fast greifbar.

Wir schlichen weiter. Was würde passieren, wenn man uns hier finden würden? Was wäre ihr nächster Schritt? Angst, vor dem, was passieren könnte mischte sich in mein Blut.

Mein Atem zuckte bei jedem kleinen Geräusch zusammen, bis wir endlich, einen Flur später, ein Treppenhaus erreicht hatten. Doch die Erleichterung hielt nicht lang an.

Denn mit einem Mal wurden die Stimmen, die uns den ganzen Weg über leise in den Ohren gelegen hatten, lauter. Nur schwerlich konnte ich die Richtung, aus der sie kamen, ausmachen.

„Da sind sie!", schrie plötzlich eine tiefe Stimme hinter uns.

„Schnell", hauchte ich und wollte die Treppen nach unten laufen, doch auch von dort kamen schwarze Schatten.

„Nach oben", entschied Akio schnell, nahm meine Hand und zog mich mit sich. Wie in Zeitraffer zogen die Stufen unter meinen Füßen vorbei. Nach dem ersten überwundenen Geschoss begann ich, immer zwei der schmalen Stufen auf einmal zu nehmen, wodurch meine Beine schnell anfingen zu brennen. Auch meine Lunge machte sich durch Stiche bemerkbar. Wie hoch war dieses Haus bitte? Bisher war uns keine weitere Tür zur Rettung gekommen, also liefen wir weiter. Mit stetigen Rufen und krachenden Schritten im Rücken.

Gerade drohten die Stiche in meinen Seiten Oberhand über meine Sinne zu nehmen, als endlich, am Ende der Treppe eine schwere Metalltür auftauchte. Schnell drückte Akio die Klinke nach unten und warf sich mit voller Wucht gegen die Tür. Eilig rannten wir durch und drückten sie wieder ins Schloss.

Wild kreisten meine Haare um mein Gesicht. Wind. Ich drehte mich um und sah… Häuser. Nein, ich sah die flachen Dächer der Häuser. Helle Sonnenstrahlen strömten uns entgegen.

„Mist!", fluchte Akio laut und fuhr sich durch die Haare. Warum kam Kirei nicht? Die Stimme hatte doch gesagt, dass wir nur hier raus mussten.

Hinter uns hörte ich unsere Verfolger. Es konnten nur noch Sekunden sein, bis die Tür aufschwingen würde. Auf diesem Dach gab es keine

Möglichkeiten, sich zu verstecken. Außer vielleicht hinter dem kastenförmigen Raum des Treppenhauses. Doch wenn wir uns dahinter verstecken würden, säßen wir in der Falle. Wir hatten also keine andere Möglichkeit, als langsam vor den Geräuschen unserer Gegner zu fliehen. Dabei kam uns die Kante des Flachdaches immer näher.

Mein Herz verdreifachte seinen lebenden Takt.

Schon sprang die Tür auf. Unzählige schwarze Kutten rauschten zu uns auf das Dach. Zwei von ihnen lösten sich schnell von den anderen. Als würden wir sie magnetisch anziehen, schritten sie auf uns zu.

Meine Atemzüge rauschten in den Wind. Sekunden vergingen.

„Na, Bruderherz?", erklang dann eine mir bekannte Stimme. Langsam nahmen die Gestalten ihre weiten Kapuzen ab. Moment, *Bruderherz*?

„Hast du dir eine neue Freundin geangelt?" Ich wusste wer die beiden waren. Seine rauchige Stimme, sein stämmiges Erscheinungsbild. Das waren Akios Brüder.

Der etwas größere hatte eine riesige Narbe, die sich quer über sein Gesicht erstreckte und seine kleinen Augen schienen kaum zu dem großen Kopf zu passen. Im Gegensatz zu ihm, sah der andere Akio wirklich ähnlich. Er hatte den selben Glanz in den Augen und verwandte Gesichtszüge. Der große Unterschied war, dass sein Grinsen nicht frech, sondern herablassend war.

Ausgiebig musterten sie mich.

„Ich weiß ja nicht. Vermutlich ist so eine aufdringliche Göre nicht das Beste für dich. Ich meine sieh sie dir an." Der Blick des größeren, der denke ich Naohito war, schweifte von mir zu seinem kleinen Bruder.

„Oder ist sie gar nicht deine Freundin, sondern eine Ausrede für deine ständige Abneigung zu den Ichizoku?" Kurz tauschten die zwei Brüder ihre Blicke aus.

„Oder sie ist nur Mittel zum Zweck? Vielleicht wolltest du ja einfach nur mal wieder jemanden küssen?", sagte der andere, wahrscheinlich Rau, und lachte laut los. Als hätte man ihn in Fiesem getränkt, tropfte dieses nun in Klumpen auf den Boden.

Naohitos Blick wanderte Akios Wunden entlang. „Aua. Das muss wehgetan haben", sagte er sarkastisch. „Und deine Freundin hat dir nicht geholfen? Gutes Mädchen." Hämisch fing er ebenfalls an zu lachen.

Akios Miene verfinsterte sich. Jotaro hatte mit dem Einfluss seiner Brüder wohl Recht gehabt.

„Schau doch nicht so. Liebe kann nunmal blind machen." Ich sah, wie Akios Hände sich zu Fäusten formten. Seine Wut war so präsent, dass ich sie bis in mein Innerstes spüren konnte. Mein Herz wurde noch einmal schneller. Keine der Vermutungen von Akios Brüdern traf zu. Das hoffte ich zumindest. Die beiden Brüder fingen sich wieder und sahen uns dann ernst entgegen. Kurz herrschte Stille.

Plötzlich spürte ich Raus kräftige Hand, die nach meinem Arm griff. Schnell wollte ich nach hinten ausweichen, doch die Tiefe ließ mich wehrlos. Mit einem Ruck zog er mich von Akio weg und drückte meinen Rücken fest an seinen Oberkörper.

„Sag uns, was du mit dem Herzen gemacht hast! Dann bekommst du deine kleine Freundin wieder", befahl er.

Ich schluckte. Dieser Mann wirkte so, als würde er uns eigenhändig ausweiden, wenn wir ihm nicht sagen würden, was er wissen wollte.

„Das kann ich nicht!", rief Akio aufgelöst und wütend zugleich.

Naohito sah ihn ernst an und Rau verstärkte seinen Griff um mich noch weiter. Ich bekam kaum noch Luft. Verzweifelt ließ ich den Kopf hängen. Doch ich hatte eine Idee. Eine Art Plan, wenn man es trotz der kurzen Überlegung so nennen konnte.

„Vertraust du mir?", fragte ich Akio etwas unsicher.

„Löckchen", begann er, wurde aber von Rau unterbrochen.

„Mach ihr keine Hoffnungen, Brüderchen", raunte er.

„Das nehme ich als ein Ja", sagte ich schnell, ohne die Worte des Mannes, der immer noch drohte mich zu erdrücken, zu beachten. Entschlossen holte ich aus und trat Rau mit voller Kraft gegen sein Schienbein. Ein keuchendes Zucken entwich ihm und ich konnte mich losreißen. Schnell stürmte ich zu Akio, der mich überrascht ansah, griff nach seiner Hand und sprang.

*K*apitel 10

Das Gefühl zu fallen überwältigte mich. Angst umarmte mich und ich ließ mich in diesen Kontakt fallen. Meine Haare peitschten, wie wild geworden um mein Gesicht. Ich hielt Akios Hand, zerquetschte sie gerade wahrscheinlich. Schnell sah ich die Kante des himmelhohen Hauses klein und unscheinbar werden. Dafür wurde der zerstörend harte Boden unter uns immer größer und gefährlicher. Ich versuchte zu atmen, doch die Geschwindigkeit raubte mir die Kraft dazu. Langsam schloss ich meine Augen. Das Blut pulsierte ohne Takt durch meine Adern. Laut hörte ich es durch meine Ohren rauschen. Oder war es der Wind, der das kreischende Pfeifen verursachte?

Der Asphalt unter mir war kalt. Vorsichtig richtete ich mich auf. Ich lebte. Schwer öffnete ich die Augen und versuchte mich an das Licht zu gewöhnen. Ich sah die leere, graue Straße, auf der ich lag. Fröhlich kroch Kirei in mein Blickfeld.

„Du hättest auch vorher Bescheid sagen können", zischte sie sarkastisch. „Dann hätte ich dich auch direkt nach dem Sprung teleportieren können."

„Wo ist Akio?", fragte ich und stand auf.

„Machst du dir etwa Sorgen um mich?", fragte seine amüsierte Stimme hinter mir.

Erleichtert fiel ich ihm in die Arme. „Was ist mit deinen Verletzungen?", fragte ich verwundert, als ich wieder gerade vor ihm stand.

„Kirei hat mich geheilt."

Ich erinnerte mich an den Splitter, den Jotaro aus meiner Hand gezaubert hatte. Freude und Erleichterung vertrieben den Rest an schwarzer Angst, die sich in den Ecken meines Inneren versteckt hatte.

Kirei war rechtzeitig gekommen. Erst jetzt kam mir der Gedanke meiner Freundin für die Rettung zu danken.

„Bedanke dich später. Im Moment fehlt einer der Götter immer öfter bei den Sitzungen. Bei dem Chaos muss ich helfen", sagte sie und verschwand mit dem Klang ihrer Worte.

„Wir müssen bald das echte Herzstück von Liwano holen", meinte Akio nach einem kleinen leisen Moment.

„Wo hast du es hingetan?", fragte ich, noch immer etwas erstaunt, dass er es wirklich geschafft hatte, das Original durch eine Fälschung zu ersetzen.

„Du hattest doch eine Vision davon, als wir es genommen hatten." Fragend sah er mich an. „Oder nicht?"

„Doooch."

„Du hast gesehen, dass ich gestolpert bin." Kurz dachte er nach und schien an meinem Gesichtsausdruck zu prüfen, ob ich seinen Sturz wirklich gesehen hatte. Als er sich scheinbar versichert hatte, sprach er weiter. „Übrigens danke, dass du es nicht Jotaro erzählt hast."

Ich verdrehte die Augen. „Jetzt komm zum Punkt. Ich weiß, was ich gesehen habe."

„Denkst du, ich bin aus Versehen gestolpert?", fragte er rhetorisch und ein stolzes Lächeln breitete sich bis zu seinen Grübchen aus.

„Du hast es durch die Fälschung ersetzt", fügte ich laut meine Gedanken zusammen. „Die Fälschung, die du vorher, als der Drache uns in dem

Park verfolgt hatte da versteckt hattest." Erstaunt blickte ich abwechselt ihn und den Boden an.

Akio nickte. „Und eine Freundin hat das richtige Stück in Sicherheit gebracht."

Ruckartig fand mein Blick seinen. Eine Freundin?

Akio verengte die Augen zu Schlitzen. „Alles gut? Hana ist so etwas, wie eine Schwester, die ich nie hatte." Sein Grinsen wurde breiter. „Bist du etwa eifersüchtig?"

„Nein", entgegnete ich zu schnell.

„Du bist eifersüchtig", hielt er fest und ging noch einen Schritt auf mich zu. Mit einer Hand strich er mir langsam meine verwilderten Haare hinters Ohr. Fest sah er mir in die Augen. „Deine Wangen werden rot, wenn du lügst, Löckchen."

Ich spürte mein Herz schlagen. Erst nach Sekunden löste ich mich aus dem Bann seiner Augen. „Stimmt nicht", widersprach ich ihm und trat einen kleinen Schritt zurück. „Wo ist denn jetzt das Herzstück?", fragte ich dann, um wieder zum Wesentlichen zu kommen.

„Wir holen es morgen. Komm, wir gehen zurück." Er machte eine auffordernde Handbewegung und ging los.

Der Weg zurück, zu Akios kleinem Heim verging schnell. Kirei hatte uns zwar ein kleines Stück entfernt von unserem Ziel erscheinen lassen, doch wir brauchten trotzdem nicht länger als eine Viertelstunde. Es waren nur noch wenig Leute unterwegs. Dunkel schien der Mond uns entgegen und beleuchtete die Straßen zusätzlich zu den Laternen. Nach ein paar Minuten konnte ich einen roten Drachen, auf der anderen Straßenseite ausmachen. Das Restaurant von gestern!

Langsam erkannte auch ich die restliche Umgebung wieder und ging immer selbstbewusster neben Akio.

Nur noch einmal abbiegen und dann…

Wir waren wieder in der kleinen Gasse mit der halbrunden Tür angekommen.

„Wir haben es geschafft", sagte ich erleichtert, während wir langsam zu der Tür gingen.

Lächelnd schloss Akio diese auf und ließ mich eintreten.

„Ohne dich hätte ich das alles heute nie hinbekommen", erinnerte er mich und schloss die Tür hinter uns wieder.

Etwas verlegen sah ich auf den Boden. Akio drehte sich zu mir und machte dann einen Schritt auf mich zu. Er stand direkt vor mir. Behutsam hob er mein Kinn mit seiner Hand an.

Seine Augen glänzten im spärlichen Licht.

Leicht beugte er sich zu mir vor. „Aber Rau hatte Recht", flüsterte er, „ich würde dich tatsächlich gern küssen."

Mein Atem stockte.

Höchstens ein Zentimeter trennte meinen Oberkörper noch von Akios. Ruhig sah er auf mich herab, direkt in meine Augen.

„Ich sehe keinen, der dich davon abhalten könnte", flüsterte ich schließlich. Er lächelte.

„Ich bin sicher, du könntest mich abhalten", hauchte er.

Ich musste lachen.

Langsam legte er seine Hand an meine Wange und senkte seinen Kopf meinem entgegen.

Unsere Nasenspitzen berührten sich leise. Leicht schloss ich die Augen und genoss den Moment.

Dann ging ich leicht auf die Zehenspitzen und überwand die letzten Zentimeter zwischen unseren Lippen. Kurz wich er, wahrscheinlich etwas überrascht zurück, ließ unsere Lippen aber aufeinander. Ganz langsam kam er mir wieder entgegen und erwiderte den Kuss.

Eine Strömung von Aufregung nahm mich mit und zog mich nach unten. Ich spürte seine Hand, die von meiner Wange an meinen Hinterkopf wanderte.

Wir fanden einen Rhythmus, der sich wie ein leichter Stoff um uns legte, uns leitete.

Mein Herz beschleunigte, ebenso das Tempo unserer Bewegungen.

Überwältigt legte ich eine Hand auf seine Brust. Wie ein Donnern durchfuhr sein Herzschlag meinen Körper. Seine zweite Hand legte sich an meine Taille und drückte meinen Körper gegen seinen.

Zum ersten Mal auf dieser Reise wünschte ich mir nicht, dass das alles ein Traum war.

Das sollte für immer sein.

„Ich kann auf dein Herzstück achten. Ich kann es beschützen. Ich kann die Welt beschützen", flüstert eine Stimme. Lieblich verklingt die letzte Silbe in den Tiefen der Weite. „Du vertraust mir. Nicht wahr?"

„In Ordnung", sagt eine andere Stimme, die eher zurückhalten und klein wirkt.

Auf einmal. Ein Schein. Golden, wie die Krone eines Königs und ruhig, wie eine vorbeiziehende Wolke. Es ist da. Es ist aufgetaucht, aus dem scheinendem Licht, das gerade seinen Weg zurück ins Dunkle findet.

„Gib auf es Acht", sagt die schüchterne Stimme. Langsam ziehen sich die Worte durch die Luft und stoppen schließlich an der Grenze.

Am nächsten Morgen wachte ich in Akios Bett auf. Ich hatte etwas geträumt. Ob es wieder eine Vision gewesen war?

Kurz ließ ich die Augen geschlossen und erinnerte mich lieber an die Ereignisse des letztes Tages. Das Taxi, Senshi, der Sprung. Der Kuss. Langsam blinzelte ich meine Augen auf. Akio lag auf der Couch. Nachdenklich sah er an die Decke. Leise drehte ich mich auf die Seite, sodass ich ihn einfacher sehen konnte.

Eine Weile beobachtete ich ihn nur. Über was er wohl gerade nachdachte? Über unseren Kuss? Mein erster Kuss. Wir hatten uns geküsst!

In diesem Moment huschte sein Blick zu mir. Als er bemerkte, dass ich ihn ansah, lächelte er.

„Morgen, Löckchen", murmelte er.

„Morgen", lächelte ich zurück.

Ein paar Minuten lang blieben wir still liegen.

Schließlich richtete Akio sich auf und erhob sich. Ich blieb noch auf der Seite liegen und beobachtete, wie er sein Tanktop auszog. Er stand seitlich zu mir, sodass ich vor allem seinen trainierten Oberarm sehen konnte. Kurz drehte er seinen Kopf, sodass sein Blick auf mir lag. Dann nahm er sein Hemd, warf es sich über und drehte sich zu mir. Mit bedächtigen Schritten ging er auf mich zu und knüpfte beiläufig sein Hemd zu.

Trotzdem konnte ich für ein paar seiner Schritte seinen nackten Oberkörper sehen.

Ich setzte mich auf und sah ihm in die Augen. Ich hatte mich gestern Abend nicht mehr umgezogen, worüber ich jetzt froh war. Mit einer großen Geste bot Akio mir seine Hand an. Dankbar legte ich meine in seine. Sacht zog er mich auf die Beine.

„Gut geschlafen?", fragte er leise.

„Ja. Etwas einsam war es" flüsterte ich. Vorsichtig hob Akio seine Hand und strich mir eine kleine Strähne aus dem Gesicht.

„Löckchen", murmelte er und lächelte.

Für einen kleinen Moment schloss ich die Augen. Langsam mochte ich diesen Spitznamen. Vor allem, wenn er ihn aussprach. Auf einmal legte er seinen Arm schwungvoll um meine Taille, wie gestern Abend, und zog mich leicht an sich. Ich öffnete meine Augen und sah zu ihm auf.

„Das gestern", fing Akio mit tiefer Stimme an, „das war wirklich schön."

Ich lächelte. „Das war mein erster richtiger Kuss", gab ich zu, hob eine Hand und legte sie an seinen Kragen.

Er schmunzelte. „Und wie fandest du es?"

„Großartig."

„Vielleicht sollten wir das wiederholen." Reizend sah er mich an.

Plötzlich dröhnte ein aggressives Klopfen durch den Raum. Erschrocken sahen wir gleichzeitig zur Tür.

„Wer ist das?", fragte ich, etwas eingeschüchtert von der Lautstärke des Klopfens.

Akios Züge wurden ernst. „Ich weiß es nicht." Ruhig löste er sich von mir und ging langsam zur Tür. Ich ging ein paar Schritte mit ihm mit, blieb dann aber stehen und sah ihm nach.

Als er die Tür öffnete, stand Jotaro vor ihm. Freudig quetschte er sich an Akio vorbei und trat in dessen Heim. Verwundert drehte Akio sich um und schloss die Tür wieder. „Wo warst du? Ich hatte mir schon Sorgen gemacht", sagte er und ging Richtung Sofa. Jotaro hatte es sich schon wieder im Sessel gemütlich gemacht. Ich setzte mich dem kleinen Mann gegenüber.

„Die Götter hatten mich gerufen. Tane hat mir gesagt, wo sein Tempel ist. Wir müssen sein Herzstück finden, bevor es die Ichizoku tun."

„Und wo ist der Tempel?", fragte ich neugierig. Akio stand hinter dem Sofa und stützte sich von hinten auf der Lehne ab. Leise hörte ich seine Atemzüge.

„Der Tempel ist mitten in der Stadt. Es dauert etwa eine Stunde von hier", meinte Jotaro. Wie konnte der Tempel mitten in der Stadt sein? Würden nicht Mengen von Menschen uns sehen, wie wir das Herz stehlen? Verwirrt sah ich zu Akio hoch. Er schien zu verstehen. „Die Tempel können nur von denen gesehen werden, die Kontakt zu den Göttern haben oder hatten. Wie alles, was aus ihrem Reich kommt."

Ich erinnerte mich an den Drachen, den auch nur Akio und ich gesehen hatten.

„Wenn man zu diesen Personen gehört, wird man für die anderen unsichtbar, sobald man in die Nähe der Tempel tritt." Er zuckte mit den Schultern. „Ich denke, die Götter wollten nicht, dass ungebetene Leute, wie Senshi an das Herz kommen."

„Und irgendwie haben sie es trotzdem geschafft", stellte Jotaro eher an sich gewandt fest. Kurz sah ich zu ihm, dann wieder zu Akio. Leicht biss er sich auf die Unterlippe. Jotaro wusste nichts von Akios Diebestouren. Mein Blick wanderte wieder zu dem kleinen Mann. Seiner schien die ganze Zeit auf mir geruht zu haben, jedenfalls sahen seine Augen jetzt direkt in meine.

„Wir sollten also losgehen", drängte er mit einem etwas ungeduldigen Unterton. Er wirkte irgendwie anders, als sonst.

„Gut", meinte Akio und reichte mir wieder seine Hand. Entschlossen legte ich meine in seine.

„Darf ich bitten?" Ein Schmunzeln zog sich über seine Lippen.

„Sehr gern." Leicht stützte ich mich auf seine Hand und stand auf.

Unscheinbar schritt Jotaro an mir vorbei, zur Tür. Ob er von Akio und mir wusste? Also von dem, was zwischen uns passiert war? Konnte er sowas durch seine göttliche Magie sehen?

Schnell riss ich mich aus meinen Gedanken. Jotaros Fähigkeiten spielten jetzt keine Rolle. Eilig ging ich ihm und Akio hinterher.

Unterwegs erinnerte mein Magen mich immer wieder daran, dass ich gestern viel zu wenig gegessen hatte. Also nervte ich meine beiden Begleiter, die scheinbar auch drei Wochen ohne Essen ausgekommen wären, so lang, bis wir endlich an einem Stand hielten. Schon von weitem konnte ich die Köstlichkeiten riechen. Viele Menschen hatten sich um das kleine Geschäft versammelt. Wie konnten immer noch so viele Menschen auf den Straßen sein, wenn doch gefühlt halb Ina hier anstand?

Als wir endlich an der Reihe waren, bestellte ich mir drei der mit Gemüse bestückten Spieße, die Jotaro netter Weise bezahlte. Woher sollte ich auch japanische Yen kriegen?

Auf dem weiteren Weg aß ich auf und wünschte mir gleich, die doppelte Menge bestellt zu haben. Doch erstens wollte ich nicht unhöflich gegenüber Jotaro wirken, und zweitens hätte ich in der Zeit gar nicht so viel essen können.

Die Straßen waren, wie auch schon die letzten Tage über, gut gefüllt. Ein bisschen fühlte es sich an, wie an meinem ersten Tag, hier in Japan. Angestrengt versuchten Akio und ich, Jotaro nicht aus den Augen zu verlieren.

Wir hatten etwas über eine Stunde gebraucht, um nach strammen Schritten schließlich vor dem Tempel zu stehen. Ich hätte also doch mehr von den Gemüsespießen bestellen können. Kurz war ich etwas enttäuscht von meiner Entscheidung, doch dann ließ mich der Anblick aufsehen. Eingezwängt, wie eine Maus im tödlichen Maul einer Katze, versank der Tempel zwischen den hohen Häusern. Hübsche Verzierungen wandten sich elegant um die Wände, bis rauf zur Dachspitze. Soweit ich wusste, war Tane der oberste der sechs Götter und das hatte er durch diesen Tempel wirklich zum Ausdruck gebracht.

Dieses Gebilde hätte direkt aus einem Märchen kommen können. Kannte man in Japan vielleicht die Geschichte von Schneeweißchen und Rosenrot? Grandpa hatte mir diese Geschichte früher immer erzählt. Die beiden Schwestern töten in dem Märchen einen Zwerg, der zuvor einen Prinzen in einen grausamen Bären verwandelt hatte. Nach dem Tod des Zwerges nahm der Prinz wieder seine wahre Gestalt an. Wegen ihrer Namen wurde das Schloss, von Schneeweißchen und Rosenrot, von weißen und roten Rosen bewuchert. In allen Büchern über dieses Märchen hatte ich die Seite mit diesem wunderschönen Schloss immer am meisten gemocht. Der japanische Tempel vor mir wurde von diversen Blumen geschmückt, unter anderem Rosen. Mein Atem zitterte, als ich realisierte, dass ich vor einem japanischen Märchenschloss stand.

Laut hörte ich Akio ein und wieder ausatmen. Meine blumigen Gedanken verflogen, als er auf das imposante Gebilde zuging. Zielstrebig fing er an, die Wände abzusuchen, bis er eine kleine, lockere Stelle auf der Höhe seiner Brust fand. Neben dieser klopfte er ein paar Mal an die Steinwand. Das Li-Klopfzeichen. Dann sah er zu mir, brach die porösen Steine ein und murmelte irgendetwas, was ich nicht verstehen konnte.

Ein tiefes Donnern erklang. Dazu wurde es windiger, und der städtische Geruch der Straßen wurde von einem modrigem verschlungen. Die Wand des Tempels zerbrach langsam und feiner Staub verteilte sich in der Luft.

„Keine Angst", flüsterte Akio, halb zu mir und halb zu sich selbst. Dann verschwand er in der Wand aus hartem Staub.

Zeit verging. Viel Zeit. Was machte Akio solang da drin? Die Dauer brachte Sorge, die sich in mir einnistete. Sorge vor den Ichizoku, Sorge um Akio. Nervös sah ich zu Jotaro, der mit ebenso besorgtem Gesicht neben mir stand. Leise atmete ich durch den Mund, sodass sich ein leichter Schleier aus Staub auf meiner Zunge bildete.

Im nächsten Moment trat Akio aus der immer noch vorherrschenden Staubwolke heraus. Eilig ging er zu uns. In der Hand hielt er einen scheinbar geschliffenen Stein. Das fehlende Herzstück. Ein leicht goldener Glanz ging vom ihm aus. Langsam richtete ich meinen Blick vom Herzstück ab und sah stattdessen in Akios Augen. Seine Haare fielen ihm ungebändigt ins Gesicht.

Sein Gesichtsausdruck trug Furcht und Verzweiflung. Was war passiert? Hatte er sich verletzt?

„Akio…", begann ich, doch dann stockten meine Worte. Denn plötzlich traten zwei Gestalten hinter ihm aus dem, sich langsam auflösenden, Nebel. Ichizoku. Ihre schwarzen Kutten mit dem weißen Rand hatten sich wegen des Staubes leicht grau verfärbt. Wie in Zeitlupe schritten sie auf uns zu, bis sie unmittelbar vor uns standen. Die Sorge, die sich tief in mir versteckt hatte, wurde zu Angst und begann Wurzeln zu treiben. Ich wusste, wozu die Ichizoku in der Lage waren.

„Gib mir den Stein", zischte eine mir zu bekannte Frauenstimme. Bei dem Klang der Worte zuckte ich zusammen. Nein, das konnte nicht sein. Sie konnte nicht hier sein. Sie konnte nicht…

Scheinbar wusste sie, dass ich sie erkannt hatte und gab ihre Tarnung durch die weite Kapuze auf. Langsam nahm sie diese ab. Meine Adoptivmutter stand mit herablassendem Blick vor mir. Deshalb war sie unterwegs? Deshalb hatte sie mich allein zu Hause in Schottland gelassen? Nicht, dass ich deswegen sonderlich traurig war. Es ging ums Prinzip.

Auch der andere Vermummte nahm seine Kopfbedeckung ab. Natürlich war es Dennis. Sie hatten mir die ganze Zeit etwas vorgespielt. Mich belogen. Mich hintergangen.

„Guck doch nicht so, Spätzchen", beteuerte Sashiko theatralisch. „Schockiert es dich so sehr? Es sind doch nur wir. Deine Eltern."

„Moment", meinte Akio verwirrt. Sein starrer Blick verfing sich in meinem. „Ich dachte, deine Eltern wären die Craig's gewesen?"

„Das sind sie auch", bestätigte ich, „das sind meine *Adoptiv*eltern." So streng, wie ich nur konnte versuchte ich in ihre Seelen zu starren.

„*Das* sind deine Adoptiveltern?!" Akios Stimme war hoch, als ob ich ihm gerade gesagt hätte, dass am Ende eines Regenbogens wirklich ein Topf voll Gold stand. Ich nickte nur, damit ich den Augenkontakt mit Sashiko nicht abbrechen musste. Aus den Augenwinkeln sah ich, wie Akio kurz zu Jotaro wich, aber sofort wieder neben mir stand.

„Adoptiert oder nicht", schnippte Sashiko weiter „Gebt mir das Herzstück!"

Leise spürte ich Akios Hand, die sich zwischen meine Finger legte. Etwas hartes lag zwischen unseren Handflächen. Das Herzstück. Was hatte er vor? Er hob seine andere Hand. Auch in dieser hatte er einen Stein. Doch er sah nicht aus, wie eines der Herzstücke. Er sah *normal* aus. Langsam richtete er es Sashiko entgegen.

„Guter Junge", raunte diese gierig und streckte ihm ihre Hand entgegen. Mit einer Wucht schlug Akio ihr plötzlich den Stein in die Handfläche. Sashiko schrie auf. Blut rann in ihre Hand und tropfte dann an ihren Fingern herab.

Schnell wandte sich Akio mit mir ab und lief.

Kapitel 11

Wir rannten. Immer weiter trugen mich meine Beine, weg von Sashiko und Dennis. Angestrengt versuchte ich, meinen Atem regelmäßig zu halten. Wo rannten wir hin? Verfolgten meine Adoptiveltern uns? Sashiko war wahrscheinlich zu eitel dazu. Und Dennis würde sich diese Mühe auch nicht machen. Ich vermutete, dass die beiden Senshi oder andere der Ichizoku schon über unseren neuen Besitz informiert hatten. Es war verdammt riskant mit dem letzten Herzstück durch das Labyrinth aus Hochhäusern zu laufen. Was war überhaupt unser Ziel? Irgendwie kamen mir ein paar Ecken bekannt vor. Ich war hier schon mal gewesen. Vor ein paar Tagen, mit Jotaro. Wo war dieser eigentlich? Ich hatte ihn in dem ganzen Durcheinander mit Sashiko und Dennis vollkommen vergessen. Erst wollte ich Akio fragen, doch mein Atem hatte nicht genug Kraft.

Nach ein paar weiteren Schritten hatten wir das kleine Gästehaus erreicht, in dem ich meine ersten zwei Nächte hier in Japan verbracht hatte. Es fühlte sich an, als wären seitdem Wochen vergangen. Doch in Wirklichkeit lagen nur ein paar Kapitel meiner Reise zwischen diesen Erinnerungen und unserer jetzigen Situation.

Akio wurde langsamer, was mich aus meinen verworrenen Gedanken warf. Unmittelbar traten wir in das kleine Gebäude ein. Hier hatte alles begonnen. Das dunkle Holz und die vielen Pflanzen, die einladend im Eingangsbereich platziert waren, fühlten sich so heimisch und sicher an. Der Geruch von frischen Blumen und alten Büchern hüllte mich ein und hieß mich so herzlich willkommen, dass ich fast eine Träne verdrücken musste. Dieser Ort war wundervoll.

Die Frau mit den langen Haaren stand hinter der Rezeption und lächelte uns erleichtert entgegen. „Akio und *Jamielle*?." Ihre Stimme klang nett und freundlich. Ich nickte.

Akio hatte den Stein, dass Harzstück von Tane, während des Rennens wieder eingesteckt. Jetzt ging er auf die Frau zu. „Hast du es?"

Sie nickte und ging zu der Kommode, auf der das aufgeschlagene Gästebuch lag. Bedächtig holte sie etwas aus einer der Schubladen. Dann gab sie es Akio. Es war ein Stein. Nein, es war viel mehr als das. Es war eines der sechs Herz-stücke. Liwanos Herzstück.

„Hana hatte von Anfang an das Original", meinte Akio, um es mir noch einmal zu erklären. Das war also Hana, seine *Freundin*. „Sie hat es von der Lichtung abgeholt, als ich dort *gestolpert* war und es durch die Fälschung ausgetauscht habe."

Etwas erstaunt erwiderte ich seinen Blick. Sekunden vergingen, bis Akio mich aus den Tiefen seiner dunkel braunen Augen zog. „Wir werden eine Nacht hier bleiben. Sie könnten mittlerweile von meiner Wohnung wissen. Und mit zwei Herzstücken dort zu sein wäre jetzt zu gefährlich."

Hana nickte. „Das hab ich mir schon gedacht. Zimmer zehn und elf sind gerade frei. Meinen Vater wird es nicht stören, Freunde für eine Nacht zu beherbergen."

„Arigatō, Hana. Danke." Mit diesen Worten nahm Akio die kleinen Schlüssel der besagten Zimmer entgegen. Dann sah er zu mir. „Alles in Ordnung, Jamie?"

„Ja", antwortete ich und lächelte.

„Gut, denn wir haben noch eine Sache zu erledigen." Er drehte sich um und betrat die knarrende Holztreppe. Verwundert sah ich ihn an.

„Kommst du, Löckchen?"

„Was müssen wir erledigen?", fragte ich, anstatt ihm zu antworten, und ging ein paar Schritte auf ihn zu.

„Wir haben etwas, das Senshi unter allen Umständen haben möchte." Er blinzelte ein paar Mal und strich sich die Haare aus der Stirn. „Da ist es nicht schlecht etwas göttliche Macht auf seiner Seite zu haben."

Wir erreichten das Zimmer mit der Nummer zehn. Schmuckvoll waren die Zahlen in den hölzernen Türrahmen geschnitzt. Die Erinnerungen an meine erste Nacht in Japan kamen zurück. Wie ich allein vor einer dieser Türen gestanden habe.

Neben mir hörte ich Akios laute Atemzüge. Er schien nervös zu sein.

„Ist bei *dir* alles in Ordnung?", fragte ich, während er die Tür aufschloss.

Er nickte. „Früher bin ich öfter von zu Hause abgehauen. Du weißt, wegen… meiner Familie." Als er schluckte sprang sein Adamsapfel nach oben. „Dieser Ort ist etwas *Besonderes* für mich."

„Wenn du mir von der Zeit erzählen möchtest, habe ich immer ein offenes Ohr für dich", bot ich leise an. Das schüchterne Lächeln, das ich jetzt auf seinem Gesicht fand, ließ mein Herz einen Purzelbaum machen.

„Danke, Jamie. Ich werde dir davon erzählen. Später."

Ich grinste ebenfalls und war glücklich über sein Versprechen. Für ihn war es sicherlich nicht einfach, darüber zu reden.

Die Tür schwang auf und wir gingen in das kleine Zimmer. Das Quietschen der Türscharniere hallte nach, bis die Tür wieder geschlossen war.

Wie auch in dem Zimmer, das mir vor Tagen zugewiesen worden war, standen unzählige Pflanzen und Blumen in den Ecken des Raumes. Der frische Geruch, der mich an die Highlands, zu Hause in Schottland, erinnerte, zog sich von unten bis in dieses Zimmer. Auf dem Boden zierte ein beigefarbener, kuschliger Teppich die Holzdielen.

„Was machen wir jetzt?", fragte ich und unterbrach damit die Stille, die zwischen uns entstanden war.

„Wir beschwören einen Gott."

„Wir machen *was*?!"

Akios Grinsen zog sich bis zu seinen dunklen Augen. „Kennst du diese ganzen Serien über Dämonen?"

Etwas unsicher nickte ich.

„Die Existenz dieser verschiedenen Dämonen ist erfunden. Außer die Oni, die auch im Reich der Li-Götter leben, aber das ist jetzt egal. Die Bannkreise, die in den Serien gezogen werden sind ähnlich wie den den wir jetzt ziehen werden."

Ich brauchte einen kurzen Moment, um festzustellen, dass er das wirklich ernst meinte. Wir würden, wie in der endlos langen Fantasie-Serie, die ich mit Dee gesehen hatte, einen Bannkreis herstellen, um ein übernatürliches Wesen zu treffen.

„Kann da nicht verdammt viel bei schief gehen? Und warum brauchen wir gerade jetzt die Hilfe von einem Gott? Bisher waren sie doch auch der Ansicht, dass wir auch gut ohne sie auskommen."

„Im Gegenteil. Bei jedem Schritt, bei jeder Situation haben sie im Hintergrund die Fäden in der Hand. Deshalb haben sie uns Jotaro und Kirei geschickt", er überlegte kurz, „Und ja, es kann einiges nicht nach Plan laufen. Wir könnten zum Beispiel einen Riss in den Dimensionen verursachen. Oder wir ziehen den Bannkreis falsch, sodass wir eine Kreatur des dunklen Reiches beschwören."

„Des dunklen Reiches?", wiederholte ich seine Worte leise. Langsam machte sich ein ungutes Gefühl in mir breit.

Akio nickte. „Das Reich der Li-Götter ist in zwei Bereiche aufgeteilt. Die helle Seite, in der die Götter und die hellen Wesen Leben. In der dunklen Seite herrschen Oni, also japanische Dämonen, Drachen und andere Gestalten, denen du lieber nicht über den Weg läufst." Akio machte eine kurze Pause und sah sich kurz im Raum um. Dann trafen sich unsere Blicke wieder. „Der Drache, der dich in dem Garten verfolgt hatte. Er wurde auch aus dem dunklen Reich beschworen."

Ich schluckte und dachte an meinen ersten ganzen Tag in Japan. Dieser Drache hätte mich getötet, hätte Akio mir nicht geholfen.

„Aber keine Angst", beruhigte er mich, „Solange wir den Bannkreis richtig ziehen wird alles gut gehen. Jotaro hat mir, bevor wir vor deinen *Adoptiveltern* weggelaufen sind, geraten, Liwano zu beschwören. Er würde uns sagen, was wir mit den Teilen des schlagendem Herzens machen sollen. Damit es sicher ist."

„Wie zieht man einen Bannkreis?" Neugierde übernahm das ungutes Gefühl. Wenn Jotaro uns geraten hat, dies zu tun, dann musste es wichtig sein. Auch, wenn es gefährlich war.

„Um Wesen des hellen Reiches heraufzubeschwören ziehen wir den Kreis aus etwas lebendem." Akio ging zu einer der Pflanzen. „Blätter von lebenden Pflanzen sind ein guter Weg, um keinem Lebewesen zu schaden."

Wahrscheinlich standen deshalb in dem gesamten Haus diverse Pflanzen. Hana kannte die Li-Götter scheinbar ja auch. Doch was meinte Akio mit seinen letzten Worten?

„Warum sollte man damit einem Lebewesen schaden können?"

„Der Bann nimmt seine Energie aus der Lebensenergie des Kreises. Würde man den Kreis aus echten Lebewesen herstellen, würden diese sterben." Für einen Moment starrte er auf den Boden. „Früher hat man oft Schlangen oder Eidechsen für die Bannkreise genutzt."

Kurz öffnete ich den Mund, um etwas zu erwidern, doch mir fiel nichts ein. Akio machte sich daran, ein paar der Blätter zu pflücken und sie in einem Kreis auf den Boden zu legen.

Ich fragte mich, was man tun müsste, wenn man ein Wesen aus dem dunklen Reich beschwören wollte. Ob der Bannkreis in dem Fall aus etwas *Toten* bestehen müsste? Ich wollte Akio nicht fragen. Ich wollte die Antwort auf diese Frage auch gar nicht wissen.

Der dichte Kreis aus verschiedenen Blättern, die sich mit ihrem leuchtenden Grün stark von dem dunklen Boden abhoben, war etwa so groß, wie ein Reifen. Damit nahm er die gesamte freie Fläche des Raumes ein. Zufrieden stemmte Akio die Hände auf seine Hüften.

„Ich denke, wir sind fertig."

„Das denke ich auch", sagte ich und flocht gerade noch die letzten Stiele einiger Blätter zusammen. Dann stellte ich mich wieder aufrecht hin. „Und jetzt?"

„Jetzt müssen wir die Bannformeln aussprechen." Er stellte sich vor den Kreis, zwischen das Bett und einer kleinen Kommode. „Wir dürfen den Bannkreis jetzt nicht zerstören und vor allem nicht hineintreten", sagte Akio leise. Ich nickte schnell und versuchte so viel Abstand, wie möglich zwischen mich und dem Blätter-Kreis zu bringen.

Mein Blick richtete sich wieder zu Akio, der nun damit begann, lateinische Wörter aufzusagen. Latein war eines der wenigen Fächer, das mir immer Spaß gemacht hatte. Also verstand ich einige Bruchstücke.

„…Itaque intra id imperium quieto modo", beendete er die Formel.

Bevor ich über die Bedeutung einiger Wörter nachdenken konnte, wurde es im nächsten Moment eisig kalt. Schnell schlang ich die Arme um meinen Oberkörper. Kleine Wölkchen formten sich bei jedem meiner Atemzüge. Ein weißer Schleier legte sich in das Zimmer und sperrte die Sonnenstrahlen des Fensters aus. Es war auf einmal so, als wäre hier noch nie Wärme gewesen. Gedämmtes knistern hallte durch den Raum. Eis kroch an den Möbeln hoch und bildete kleine Eisblumen auf den Holztexturen. Auch die Fensterscheibe war vollkommen mit Eis überzogen.

Ich sah zu Akio, der ebenfalls die Arme vor der Brust verschränkt hatte.

„Götter brauchen die Energie, um die Grenze zwischen den Dimensionen übertreten zu können", stotterte er mit klappernden Zähnen. Dann war die Kälte gut? War sie ein Zeichen dafür, dass einer der Li-Götter auf dem Weg hierher war?

Plötzlich fingen die Blätter des Bannkreises an, golden zu glühen. In pulsierenden Abständen wurde es immer heller und gleichzeitig im Raum immer kälter. Ich hatte mich schon fast damit abgefunden, zu Erfrieren, bis mit einem Schlag die Wärme in den Raum zurückkehrte. Langsam kroch sie durch meine Kleidung und erreichte endlich meine zitternde Haut. Wie eine Tasse heißer Tee donnerte jetzt warmes Blut durch meine Adern. Langsam entspannten sich meine

Muskeln wieder. Erst jetzt fiel mir auf, dass ich meine Augen geschlossen hatte. Vorsichtig öffnete ich sie und erschrak im selben Augenblick.

Vor mir, in dem Bannkreis, stand ein Mann. Er war zu Akio gerichtet, sodass ich ihn nur von der Seite sehen konnte.

Er trug einen eleganten dunkelblauen Umhang, der sich perfekt um seine Schultern legte. Sein Blick war auf den Boden gerichtete, und soweit ich es erkennen konnte, waren seine Augen geschlossen. Wie ein Vampir, der gerade aus seinem Schönheitsschlaf gerissen wurde, hatte er seine Arme überkreuzt und seine Hände auf seiner Brust abgelegt. Er war vielleicht Mitte Zwanzig, etwas größer, als Akio und sein kurzes braunes Haar hing ihm über der Stirn.

Es war mucksmäuschenstill.

Ich sah zu Akio, der gerade in eine tiefe Verbeugung ging. Schnell tat ich es ihm gleich, um nicht den Zorn irgendeines Gottes auf mich zu ziehen. Für ein paar Sekunden ließ ich den Oberkörper nach vorn gebeugt, dann richtete ich mich wieder auf.

Der Mann in dem Bannkreis regte sich. Seine Arme glitten nach unten und sein Kopf richtete sich auf. Er hatte, wie Akio, leicht asiatische Züge. Langsam ließ er seinen staunenden Blick durch das Zimmer wandern.

„Ich hab's geschafft!", rief er dann plötzlich und ein breites Lachen warf sich auf seine Lippen. Seine Stimme war nicht besonders tief, klang aber trotzdem erwachsen. „Ich habe es wirklich geschafft!" Der Gott legte sich die Hände auf den Kopf, wahrscheinlich um zu realisieren, dass er wirklich hier war. Scheinbar hatte er ja nicht damit gerechnet.

„Oh Verzeihung", sagte er dann und sah endlich zu uns, „Ihr… ihr wolltet nicht mich beschwören, oder?"

Ich zuckte nur mit den Schultern, unfähig meine Stimme zu nutzen.

„Du bist Yuki, richtig?", fragte Akio. Er wirkte ruhig und nicht so angespannt, wie ich es gerade war.

„Ja", antwortete der Mann. Das war also Yuki? Der Zwilling von Seya? In meinem Kopf drehte sich alles. Ich konnte nicht verstehen, warum auf einmal der Gott der Wahrheit vor uns stand. Ich dachte, wir wollten Liwano beschwören?

„Du hast recht", meinte Yuki, der scheinbar meine Gedanken verfolgt hatte. Seya hatte dies in ihrem Tempel auch getan, als sie mich nach Japan geholt hatte. Überrascht war ich trotzdem ein bisschen, dass alle Götter einfach meine Gedanken lesen konnten.

„Wenn ein Mensch nach uns wünscht, können wir diesen Wunsch sehen. Allerdings wolltet ihr mit Liwano sprechen." Yuki schluckte. „Wollen wir uns nicht setzen?", fragte er und setze sich auf die Dielen. Kurz ließ ich meinen Blick zu Akio schweifen. Er nickte mir locker zu und setze sich dann ebenfalls. Auch ich ließ mich auf den Boden sinken.

„Ich bin übrigens Jamie und das ist Akio", sagte ich schnell bevor Yuki weiterreden konnte. Er sollte schließlich auch wissen, mit wem er es zu tun hatte.

„Ich weiß", antwortete dieser amüsiert, „ihr denkt viel an den jeweils anderen."

Mein Innerstes verstummte und ich spürte, wie sich das Blut in meinem Kopf ansammelte.

Akio räusperte sich. „Also, warum konnte Liwano nicht zu uns kommen?"

„Er ist in letzter Zeit viel unterwegs. Ich vermute auf der Erde. Er ist nicht so einer, der unser Reich erkundet. Er will in unser Altes zurück."

„In euer Altes?", fragte ich etwas verwirrt. Meinte er damit die Erde?

„Ja, einst lebten wir hier. Doch das ist jetzt einige Millionen Jahre her. Wir wurden damals von der Dunkelheit geholt, die uns in das dunkle Reich gebracht hatte. Also in den bösen Teil unserer Dimension. Wir haben lange gegen Oni und

Drachen gekämpft und versucht, uns dort irgendwie ein Leben aufzubauen. Dabei haben wir herausgefunden, dass wir scheinbar unsterblich sind. Vor allem Tane, der als Gott des Krieges bekannt ist, hat sich immer mit dem Bösen angelegt, um uns andere zu schützen. Deshalb haben wir ihn zu unserem Oberhaupt ernannt." Yuki machte eine kurze Pause und sah sich um. Ich fühlte mich, als ob ich selbst bei allem, was er erzählte dabei gewesen war. Die Art, wie er mit seiner Stimme spielte beeindruckte mich.

„Naja", setzte Yuki wieder an, „irgendwann waren wir das Kämpfen leid und zogen los. Es war ungewiss, ob wir einen besseren Ort finden würden, doch uns war eines klar: Wir könnten nicht weiter an diesem Ort leben. Und nach nur wenigen Jahren fanden wir es endlich. Das helle Reich. Keine Drachen und keine Dämonen. Stattdessen fanden wir Pflanzen, die uns Nahrung bieten konnten. Wesen, wie geflügelte Hasen, beerenfarbene Schafe und Pferde mit Hörnern auf der Stirn, die sie zu Königen machten. Wir hatten unser neues zu Hause gefunden." Yuki sah zu mir. „Doch Liwano hatte dieses Land nie als Unseres akzeptiert. Er wollte stets zurück auf die Erde. Und ich denke, auch jetzt gerade ist er irgendwo hier. Deshalb konnte er nicht zu euch." Er wandte den Blick wieder von mir ab und kratze sich verlegen an der Schulter. „Aber ich war neugierig und habe die Beschwö- rung angenommen. Ich hatte nicht gewusst, dass ich, trotz eures Wunsches nach Liwano, bis auf die Erde kommen würde."

„Ihr wart also als erste auf der Erde", wieder- holte Akio sachlich, „habt ihr hier auch das schlagende Herz erschaffen?"

„Ja, es war Seyas Idee. Sie liebt Dinge, die etwas bedeuten oder eine Geschichte haben."

„Wie mächtig ist das Herz genau?", meldete ich mich zu Wort.

„Es beinhaltet die Kraft von jedem Li-Gott. Und natürlich auch von den zwei Göttinnen. Bei euch Menschen muss man das ja noch extra dazu sagen." Er verdrehte die Augen. Ich konnte ein Kichern kaum unterdrücken. Grandpa hatte sich auch immer über das gendern beschwert.

„Es ist also so stark, wie ihr alle zusammen?", fragte Akio ernst.

„Ja, aber keine Angst", Yuki machte eine be- ruhigende Handbewegung, „die einzelnen Teile des Herzens sind gut versteckt. Seine Macht wird nie an die Welt kommen."

Verwirrt betrachtete ich den Gott, der gerade zwischen grünen Ranken im Schneidersitz vor mir saß. Dann sah ich zu Akio, der meinen Blick, mit ebenso großer Verwirrung, erwiderte.

„Warte", begann ich schließlich, „du weißt nichts von den Ichizoku?"

„Wer soll das bitte sein?", fragte Yuki lächelnd. Ich schluckte.

„Sie wollen das schlagende Herz für sich. Kein einzelnes Teil ist mehr in seinem Tempel."

„WAS?!" Yuki stand auf und ging aufgeregt im Bannkreis auf und ab. „Das kann nicht wahr sein." Sein Flüstern wurde leise. Verzweifelt fuhr er sich durch die Haare.

Akio und ich standen ebenfalls auf.

„Wie konnte das passieren?"

„Ich habe sie gestohlen", gab Akio kleinlaut zu, „Ich wurde erpresst und habe mit dem Wissen von Liwano die Tempel geöffnet."

Yuki blieb stehen und sah zu Akio.

„Liwano hat dir gesagt, wie du die Tempel öffnen kannst?"

„Er ist mein Lehrer. Ich dachte…" Akio verstummte. „Wissen die anderen Götter nichts davon?"

Yuki verschränkte die Arme vor der Brust. „Dass wir Sterblichen den Weg zu unserem Heiligtum bereiten wäre mir neu. Und Liwano hat es dir wirklich gezeigt?"

„Nicht direkt." Akio ging einen kleinen Schritt auf den Bannkreis zu. „Er hat jemanden geschickt, der es mir beigebracht hat. Einen Zwerg."

„Das kann nicht sein. Wir können zwar entscheiden, wann wir auf die Erde wollen, und wir können auch anderen Wesen einen Weg durch die Dimensionen geben. Allerdings haben Zwerge bei uns eine hohe Stellung. In unserem Palast sind sie so etwas, wie Berater, die uns helfen Entscheidungen zu den Reichen und zu der Erde zu treffen. Es gibt nicht viele von ihnen. Und soweit ich weiß fehlt keiner von ihnen."

Ich ging zu Akio, sah aber weiter in Yukis Richtung. „Das heißt den Zwerg, der mir das alles beigebracht hat, gibt es eigentlich gar nicht?"

„Ich kann es mir auch nicht erklären. Wenn ich zurück im Li-Reich bin, werde ich sofort nachsehen, ob alle da sind."

Akio nickte. „Was sollen wir mit dem schlagendem Herz machen?"

„Schützt es. Und haltet es unbedingt von Bergen fern. Dies sind die Stellen, an denen die Grenzen zum Li-Reich am dünnsten sind. Damit wäre die Kraft des Herzens wahrscheinlich noch stärker." Yuki bückte sich und nahm eines der Blätter aus dem Bannkreis. Langsam lösten sich leichte Fäden aus seinem Körper und lösten sich dann auf. „Ich werde euch eine Nachricht senden. Mein Begleiter ist der Tiger." Ein goldenes

Licht flimmerte aus Yukis Innerem und verschlang die Fäden, die sich in die Luft nach oben zogen. „Er wird euch finden", hallte die Stimme des Gottes ihm nach. Dann erlosch das Licht und der Kreis war leer. Wärme drängte sich auf meine Haut. Es war, als wäre Yuki nie hier gewesen.

Eine kleine Weile standen Akio und ich einfach nebeneinander. Erst, als die letzten Eisblumen schwer auf den Boden getropft waren, fand ich meine Stimme wieder.

„Wer ist Jotaro?"

„Ich weiß es nicht", flüsterte Akio und setzte sich auf die Bettkante. „Ich dachte, ich könnte ihm vertrauen. Er war der einzige, dem ich vertraut habe. Und jetzt stellt sich heraus, dass alles, was er mir gesagt hat wahrscheinlich eine Lüge war. Er ist weder mein Lehrer, noch mein Freund. Er ist irgendjemand, der eigentlich gar nicht existiert." Seine sonst so melodische, tiefe Stimme brach bei den letzten Worten.

„Das wird sich aufklären, Akio", sagte ich und setzte mich neben ihn. „Wir sind gestern entführt worden und sind von einem Hochhaus gesprungen. Was sollte es noch geben, was wir nicht schaffen könnten?"

Langsam blickte er mich zwischen seinen dunklen Haarsträhnen an. Seine braunen Augen funkelten in dem wiederkehrendem Sonnenlicht.

Trotz dem, was er gerade erfahren hatte, sah er perfekt aus.

Als würde mein Herz mir zustimmen wollen, schickte es ein Kribbeln durch meine Adern. Es fühlte sich an, als ob es eine Flamme mit sich tragen würde, denn auf einmal wurde mir warm. Wie von selbst hob sich meine rechte Hand und bewegte sich langsam auf ihn zu. Als ich seinen Handrücken an meinen Fingerspitzen spürte, wich sein Blick nach unten. Der eben noch gleichmäßige Takt meines Herzens beschleunigte sich.

„Du hast recht", flüsterte Akio und strich meinen Arm nach oben, bis er mein Gesicht erreichte. „Aber ich…"

Leicht legte ich meine Zeigefinger auf seine Lippen. Ich wollte das Aber nicht hören. Ich wollte für einen Moment alles vergessen. Ohne Aber und ohne einen Gedanken an das Böse, das dort draußen lauerte. Ich wollte ihn.

„Bitte lass mich das alles kurz vergessen. Nur für diesen Moment", sagte ich genau so leise und lehnte mich zu ihm vor.

„Sag mir, was du möchtest, Löckchen", sagte er und grinste mich frech an.

Ich lachte empört und schubsten ihn leicht nach hinten. Er wusste genau, was ich wollte.

„Ich will dich", sagte ich schließlich und war voll und ganz überzeugt von meinen Worten.

Akio schluckte kurz, nahm dann aber meinen Arm, zog mich zu sich und legte endlich seine Lippen auf meine. Ein Schwall von dem, was noch so unbekannt war, nahm mich mit sich. Es war anders, als gestern Abend. Gestern Abend war es ein Kuss gewesen. Jetzt war es mehr. Ich wollte mehr.

Als lägen meine Gedanken offen vor ihm ließ er seine Hände über meine Arme und weiter über meinen Körper wandern. Ein inniges Gefühl umarmte mich. Überwältigt ließ ich mich fallen und vertraute Akio damit meinen gesamten Körper an. Und er nahm ihn und zeigte mir Gefühle, die nun zum ersten Mal aufblühten und dann in Flammen aufgingen.

Yuki

Gott der Wahrheit

Meine Schritte hallten den weiten Flur entlang und bahnten sich ihren Weg über die Marmorplatten. Das Gespräch mit den beiden Sterblichen verunsicherte mich. Wusste Liwano davon, dass jemand in seinem Namen unser wichtigstes Geheimnis bekannt gab? Wo war er eigentlich schon wieder? In letzter Zeit fehlte er immer mal wieder bei den Sitzungen. Er war zwar schon immer recht eigen, doch dieser Verrat wäre zu viel. Selbst für ihn.

Schon damals, als wir das schlagende Herz zusammen aus Teilen unserer Tempel erschaffen hatten, musste er sich wieder gegen die anderen stellen. Doch das spielte jetzt keine Rolle mehr.

Meine Schritte wurden noch einmal größer und das Donnern der Absätze wurde lauter. Wut übernahm mich aus Gründen, die mir selbst unklar waren.

„Liwano!", brüllte ich in den leeren Gang hinein. Nur die vielen verschiedenen Wesen auf den Bildern schienen mich wahrzunehmen. In goldenen Rahmen gefasst starrten sie in die Weiten des kühlen Flures. Zwischen den Bildern waren alle paar Meter breite Türen eingelassen, die zu den unterschiedlichsten Räumen führten.

Plötzlich stolperte einer der Zwerge erschrocken aus einer Tür vor mir.

Kurz zuckte ich zusammen. Ich hatte nicht erwartet hier auf einen Zwerg zu stoßen. Doch jetzt kam sie wie gerufen.

„Gwen, wo ist Liwano?", fragte ich und hoffte, die Zwergen-Dame nicht zu sehr einzuschüchtern.

„Ich denke er ist in der Bibliothek. Wie immer", sagte Gwens leise und zarte Stimme. Ihre großen, lilafarbenen Augen sahen freundlich zu mir auf.

„Danke, Gwen", sagte ich ruhig und ging weiter.

Schnell fand ich meinen schnellen Schritt wieder, sodass mein Umhang, wie eine Feder hinter mir her schwebte. Zwischen jedem Aufkommen meiner Sohlen hörte ich mein Blut durch meine Ohren rauschen. Ich hasste es, wütend zu sein.

Ein paar Gänge weiter stand ich vor der breiten Flügeltür. Ohne zu klopfen öffnete ich sie schwungvoll und rauschte in den Raum. Der bekannte Geruch nach alten Büchern schwoll mir entgegen. Genauso, wie…

„Schwester!"

Seya sah auf und ließ von ihrem Gegenüber ab.

„Yuki", sagte sie leise und ließ ihre Hand von seiner Schulter über seine Brust streifen. Liwanos tiefes Atmen hallte bis in den Flur hinter mir. Die Wut in mir brannte weiter auf. Warum waren sie sich so nah?

„Ich muss mit dir sprechen, Liwano." Mein Blick blieb zwischen den beiden hängen. Stumm standen sie nebeneinander. Seyas Blick war genervt, Liwanos ernst.

Schließlich nickte er und sah wieder zu meiner Schwester. Enttäuscht verdrehte sie die Augen. Erst wollte ich mich räuspern, doch dann ließ ich es. Wenn ich Seyas Wut auf mich ziehen würde, weil ich zu ungeduldig war, würden die nächsten Jahrzehnte eine Qual werden.

Nach einem weiteren Blick in Liwanos Richtung stapfte sie schließlich zu mir. „Nur weil ich eine Frau bin heißt das nicht, dass ich immer alles mache, was ihr wollt." Sie ging an mir vorbei und verließ dann die Bibliothek. Dann schloss ich die beiden Türelemente.

„Was ist, Yukiki?", fragte Liwano herablassend, „hast du wieder irgendwelche Wahrheitsstörungen?" Er zog eine Augenbraue nach oben und verschränkte die Arme vor der Brust.

„Nenn mich nicht so", brummte ich und ging auf ihn zu. „Ich war gerade auf der Erde."

„Schön. Irgendwas neues? Hast du vielleicht mal jemanden nettes kennengelernt?"

„Ich bin einem Schwur gefolgt, der eigentlich dir galt."

Liwanos Miene verdunkelte sich. Hätten seine Emotionen Auswirkungen auf sein Umfeld wären die Bücher jetzt sicher in Flammen aufgegangen. Ich schluckte und bereute es, ihm die Wahrheit so ins Gesicht gesagt zu haben. Doch was sollte ich sonst tun?

„Du warst an meiner Stelle auf der Erde?",
fragte seine dünne Stimme.

„Du warst ja scheinbar auch dort. Sonst hättest du die Beschwörung doch entgegengenom-
men."

„Es geht dich nichts an, was ich wann
mache", fauchte er und stürmte auf mich zu.
Kurz vor mir stoppte er jedoch.

„Auch nicht, wenn es mit meiner Schwester
zu tun hat?", fragte ich leise und sah ihn ernst an.

„Erst recht nicht dann", antwortete er mit
ebenso strengem Ton.

Kurz herrschte Stille. Es fiel mir schwer, Liwano einzuschätzen. Er war der Gott des Geschickes und das zeigte er mit jedem Atemzug, den
er tat. Ich sollte ihn nicht provozieren.

„Ich habe etwas auf der Erde erfahren", begann ich so ruhig, wie möglich, „das schlagende
Herz wurde von den Sterblichen gefunden."

Liwano blinzelte verwirrt, als ob er gerade
aus einer Trance erwacht war. „Das Herz…"

„Wir müssen etwas unternehmen, bevor die
Sterblichen unsere Macht zusammenbringen. Sie
wären so stark wie wir. Wenn nicht stärker. Sie
würden die Erde zerstören. Sterbliche sind nicht
dafür gemacht so viel Kraft in ihren Händen zu
halten." Erst, als ich die Worte ausgesprochen
hatte realisierte ich selbst die Konsequenzen.

Wenn ein Sterblicher die Teile des Herzens zusammenbringen würde, würde er die Macht nicht steuern können. Er würde sie unkontrolliert ausnutzen. Die Erde wäre kein sicherer Ort mehr.

„Dir gebührt das Recht", meinte Liwano und fuhr sich langsam den Arm auf und ab. „Ich werde mich darum kümmern."

Missmutig nickte ich. „In Ordnung. Aber in der nächsten Sitzung werden wir das besprechen. Und du wirst dabei sein."

Liwano winkte ab und öffnete neben mir die Flügeltür. „Ich werde tun, was ich für richtig halte."

$\mathcal{K}$apitel 12

Jamie

Leise Sonnenstrahlen kitzelten die kleinen Härchen in meinem Gesicht. Es war warm, das Kissen unter meinem Kopf weich und die Erinnerungen an den gestrigen Abend unvergesslich. Ich drehte mich auf den Rücken, ließ die Augen aber noch geschlossen. Ich spürte das Licht auf meiner Haut. Die Decke bedeckte nur meine Beine und einen kleinen Teil meiner Taille. Sonst berührte nichts meine Haut, was sich wundervoll anfühlte. Noch gestern hatte Akio genau diese Haut berührt. Das Gefühl, das er damit auslöst hatte, dämmerte immer noch durch meine Adern. Und das, obwohl wir danach noch etwas gegessen hatten. Wie schon bei meinem ersten Besuch hier, war das Essen in dem kleinem gemütlichem Speiseraum eine Wohltat gewesen.

Schließlich öffnete ich langsam die Augen. Erst mussten diese sich an die Helligkeit gewöhnen, doch dann konnte ich die Silhouetten des Raumes ausmachen. Eine kleine Kommode, ein Stuhl und das Bett, auf dem ich lag. Wie die gesamte Unterkunft war natürlich auch dieses Zimmer in wunderschönen dunkelbraunen und grünen Tönen gehalten.

Ob Akio schon wach war? Er hatte die Nacht im Zimmer 10 verbracht, während ich im Nebenzimmer geschlafen habe. Erst hatte ich ihn fragen wollen, ob uns nicht ein Zimmer reichen würde, doch ich hatte mich nicht getraut. Schon während des Essens wirkte Akio zurückhaltender als sonst.

Ich seufzte und setzte mich langsam auf. Meine Kleidung hatte ich über die Bettkante gelegt. Wahrscheinlich hätte ich sie eher auf den Stuhl tun sollen, denn die Hälfte lag jetzt durcheinander auf dem Boden. Schlief ich wirklich so unruhig?

Ich beschloss, mich fertig zu machen und dann bei Akio zu klopfen, sodass wir zusammen frühstücken konnten.

Also stand ich auf und zog mich an. Grandpas Kette lag dabei angenehm kühl auf meiner Brust. Ich trug sie auch in der Nacht, obwohl das manchmal etwas unbequem war. So fühlte es sich jedenfalls nicht an, als könnte ich sie noch einmal verlieren.

Ein hohles Hallen erklang, als ich mit den Fingerknöcheln gegen die Holztür von Akios Zimmer schlug. Etwas ungeduldig spielte ich mit dem Anhänger meiner Kette. Warum brauchte Akio so lang? Schlief er etwa noch? Sonst war er doch stets früher wach gewesen, als ich.

Ich klopfte erneut. Nichts. Auch nach mehreren Minuten hatte sich die Tür nicht geöffnet. Verwirrung bahnte sich den Weg durch mein Inneres. Was war mit Akio? Und was war mit den beiden Herzstücken, die er bei sich trug?

Angespannt ging ich die knarzende Holztreppe nach unten. Vielleicht wusste Hana ja, wo er war.

Als ich den Eingangsbereich betrat drang freudige Stimmung aus dem Speiseraum. Japanisches Murmeln und klirrendes Besteck erinnerten mich an den gestrigen Abend. Kurz genoss ich die angenehme Atmosphäre, dann ging ich zur Theke, an der Hana, wie jeden Morgen, ihren Posten bezogen hatte. Als ich vor ihr stand sah sie von einigen Papierstapeln auf.

„Jamie, guten Morgen", grüßte sie mich.

„Morgen", murmelte ich, bis ich direkt vor ihr stand, „weißt du, wo Akio ist? Ich habe an seinem Zimmer geklopft, aber er öffnet nicht."

Etwas unsicher sah Hana kurz auf die Papiere und dann wieder zu mir. „Ja, er ist eben gegangen. Er meinte, er wolle dich nicht in Gefahr bringen."

„Er ist einfach gegangen?!" Eine Mischung aus Wut und Sorge legte sich, wie ein kratzender Schal um mich. „Wohin wollte er?"

„Er meinte, er müsse sich um das Herz kümmern." Hanas Stimme wurde leiser.

„Gut, dann werde ich ihn jetzt suchen gehen", beschloss ich und nahm mir noch einen Apfel aus der kleinen Obstschale, die am linken Rand der Theke ihren Platz gefunden hatte.

„Du solltest nicht gehen", widersprach Hana, „es könnte wirklich gefährlich werden, *Jamielle Amaya Craig*."

Kurz erschrak ich bei dem Klang meines ganzen Namens. Doch ich wollte nicht hier rumsitzen, während Akio gerade mit zwei Teilen des schlagenden Herzens auf sich allein gestellt war. Auch, wenn er scheinbar lieber allein sein wollte.

„Ich kann nicht einfach nichts tun", sagte ich unruhig und sah entschlossen in Hanas dunkelbraune Augen. Für einen Moment schien sie mich noch mit ihrem Blick von meinem Plan abhalten zu wollen. Dann seufzte sie und stand auf.

„Kuso ttare, bist du hartnäckig." Starr ging sie an mir vorbei. „Doch bevor du dich auf die Ichizoku stürzt, sollte ich dir wahrscheinlich noch etwas geben." Kurz schwieg sie, als ob sie sich für etwas schämen würde. „Vor einigen Jahren wohnten hier schon mal Leute mit deinem Namen. Wir haben selten europäische Gäste. Außerdem haben sie einen halben Roman in unser Gästebuch geschrieben." Mit großen Augen verfolgte ich ihre Worte. Ihre Stimme war jetzt leiser und ruhiger. „Und sie haben einen Umschlag mit deinem Namen hinterlassen."

Mein Herz stockte. Meine Eltern waren hier gewesen. Genau hier. Schon von Anfang an. Schon an meinem ersten Tag in Japan hatte ich den gleichen Boden, wie meine Eltern betreten. Ich hatte die selben Bilder an den Wänden gesehen und dieselbe Aufregung verspürt. Und sie hatten mir etwas hinterlassen.

„Ich hätte ihn dir schon bei deinem ersten Besuch hier geben sollen, doch ich war mir unsicher", entschuldigte sich Hana, „ich wollte ihn nicht in falsche Hände geben."

„W-Wo ist der Umschlag?", fragte ich vollkommen überfordert.

„Hier", meinte sie und holte einen breiten, etwas vergilbten Umschlag aus der gleichen

Schublade, aus welcher sie gestern Abend noch Liwanos Herzstück genommen hatte.

Schwer legte sie ihn in meine Hand. Mit geschwungenen Buchstaben stand *Jamielle Amaya Craig*, mein Name, auf der Oberfläche. Die Handschrift meines Vaters. Ein Gefühl des Geborgenseins umgab mich, wie ein schützendes Schild.

Es war irgendetwas, außer einem Brief in diesem Umschlag. Jedenfalls beulte er sich nach unten hin etwas aus. Mit schlagendem Herzen öffnete ich langsam das Papier. Vorsichtig nahm ich den Brief und ein silbernes, fein gearbeitetes Armband heraus. Ich sah zu Hana auf. Ein feines Lächeln, wie mit einem dünnen Pinsel gemalt, umrahmte ihre Lippen. Fragend hob ich mein linkes Handgelenk in ihre Richtung und gab ihr das hübsche Schmuckstück.

„Würdest du…?"

„Aber natürlich." Verständnisvoll legte sie es mir um und schloss den Verschluss. Mein Innerstes schickte ein Schmunzeln auf meine Lippen. Dieses Armband war wunderschön. Es fühlte sich an, als wäre ich dadurch auf eine ganz neue Art und Weise mit meinen Eltern verbunden.

Dann wandte ich mich wieder dem Brief zu. Bedächtig faltete ich das Papier auf und las.

Liebste Jamielle,

Wir wissen nicht, wie wir diesen Brief an dich beginnen sollen. Wenn du ihn nun in den Händen hältst ist die Situation nicht die, die wir uns für dich erhofft hatten. Wir können endlos in Gedanken schwelgen, doch es gibt Dinge, die du wissen solltest.

Als erstes ist es wichtig, dass du auf das Armband Acht gibst. Es wird sehr wichtig sein.

Zweitens solltest du wissen, dass es mehr, als nur die Menschen gibt. Es gibt Wesen, die weitaus mächtiger sind, als wir. Man nennt sie die Li-Götter. Sie können auf dieser Erde, in gewählter Hülle wandeln. Sie regieren über die Kraft des Unmöglichen. Das mag für dich jetzt viel klingen, doch du sollst wissen, dass du nicht allein bist. Du wirst niemals allein sein, Jamielle.

Kurz machte ich eine Pause. Tränen hatten sich in meinen Augen gesammelt und warteten nur darauf, dass ich sie losließ. Meine Eltern hatten von den Göttern gewusst. Ich erinnerte mich an den Verrat. Sie waren under Cover gewesen. Warum? Warum waren sie hier, in Japan gewesen? Und warum hatten sie alles dafür aufs Spiel gesetzt? Sogar ihr eigenes Leben…

Die besagten Götter besitzen gemeinsam etwas von unsagbarer Kraft und Macht. Nur sie selbst können es beherrschen und es trägt die Form eines steinernen Herzens.

Du fragst dich sicher, warum wir dich allein gelassen haben. Nun, wir mussten dafür sorgen, dass dieses Herz nicht in die falschen Hände gerät. Es gibt eine Gruppe, die diesen mächtigen Gegenstand um alles in dieser Welt für sich besitzen wollen. Um dies zu verhindern haben wir uns ihnen angeschlossen. Wir haben versucht herauszufinden, was genau sie vorhaben und wie sie ihre Pläne umsetzen wollen. Und dabei hatten wir Erfolg.

Die Ichizoku führen ihre Operationen im Namen eines großen, mächtigen Mannes durch. Er ist der Kopf, vielleicht auch das Herz des Ganzen und er ist gefährlich. Hüte dich vor ihm, Jamielle. Er versucht das Herz ge-

gen das Gute, gegen die Götter einzusetzen. Hat er das vollständige steinerne Herz, wird er damit wohl der Mächtigste der gesamten Reiche sein und diese ins Chaos stürzen.

Diese ganze Geschichte wird dich wahrscheinlich an das Buch erinnern, welches wir dir immer vorgelesen hatten. Du hast es geliebt. Die Macht der Geschichte ist ähnlich, wie die, die uns nun beschäftigt.

Nun müssen wir aufbrechen, Jamielle. Falls wir keinen Erfolg haben werden beende du, was wir versucht haben. Finde das steinerne Herz und beschütze es. Gebe es den Göttern, auf dieser Welt ist es nicht mehr sicher. Du hast die Waffe deines Verstandes und deines Mutes. Doch vergiss nie: Die mächtigste aller Waffen ist die Liebe. Vergiss das nie, Jamielle.

Hier geben wir dir diese Liebe,

Mum und Dad

Leises Atmen füllte meine hungernde Lunge. Wahrscheinlich hatte ich die Luft angehalten.

Dieser Brief veränderte alles. Meine Eltern wussten von Senshi. Von dem Kopf, oder *dem Herzen* der Ichizoku und des Vorhabens undenkbare Macht zu beherrschen. Ich musste ihn besiegen. Ich musste das Werk meiner Eltern zu Ende bringen. Ich musste die Welt vor diesem grausamen Menschen bewahren. Mit Tränen gefüllten Augen blickte ich zu Hana auf. Mein Kopf schmerzte, doch ich wollte jetzt nicht weinen. Dieser Brief ließ mich zwar an die wundervollen Erinnerungen, die ich mit meinen Eltern hatte zurück denken, doch er gab mir Kraft. Er gab mir die Kraft, die ich brauchte.

Also atmete ich ein paar Mal tief durch. Ich füllte meine Lungen, hielt kurz den Atem an und ließ ihn dann langsam wieder frei. Einige Male wiederholte ich diese Atmung, bis meine Augen aufgehört hatten zu brennen. Schnell wischte ich mir mit meinem Ärmel ein paar entflohene Tränen weg.

Ich wusste, dass es mir nicht peinlich sein musste. Doch es war ein komisches Gefühl vor Hana weinen zu müssen.

„Vielen Dank", sagte ich schließlich, wobei meine Stimme wahrscheinlich viel zu leise war, „dieser Brief bedeutet mir unfassbar viel, Hana."

„Dank mir bitte nicht dafür." Ihr Blick wanderte von mir zur Tür und wieder zurück. „Viel Glück, Jamielle."

Ich denke, es war ungefähr zehn Uhr vormittags, als ich das kleine Hotel und damit auch Hana hinter mir ließ. Den Brief meiner Eltern hatte ich gefaltet und in meine Jackentasche gesteckt. Ihre Worte durfte ich auf keinen Fall verlieren. Sie waren viel zu wichtig. Sowohl für mich, als auch für die Mission, das schlagende Herz zu retten.

Ich dachte an das, was kommen würde. Wir mussten Senshi aufhalten. Das schlagende Herz musste den Göttern zurückgegeben werden. Konnte Jotaro nicht die Teile von Tane und Liwano mit ins Reich der Götte nehmen? Apropos Jotaro. Wo war er seit gestern? Vermutlich saß er schon wieder in Akios Sessel und wartete, bis wir endlich wiederkamen. Doch heute müsste er darauf wohl länger warten. Erst musste ich Akio finden. Was hatte er nur mit dem Herzen vor? Ist es nicht unfassbar gefährlich *allein* mit Tanes und Liwanos Herzstücken durch Ina zu laufen? Wo wollte er damit nur hin?

Vielleicht war er ja zu sich nach Hause gegangen. Vielleicht hatte er dort etwas vergessen oder brauchte irgendetwas anderes. Es wäre auf jeden Fall keine schlechte Idee, meine Suche dort zu beginnen.

Entschlossen folgte ich dem Weg, den ich vor ein paar Tagen mit Jotaro gegangen war.

Hoffentlich lief ich dabei nicht zufällig meinen Adoptiveltern über den Weg. Mein Innerstes sträubte sich immer noch zu akzeptieren, dass die beiden auch hier, in Japan waren. Und noch dazu zu einer riesigen Verbrecherbande gehörten. Ob sie schon immer Teil der Ichizoku waren? Hatten sie vielleicht sogar meine Eltern verraten? Kurz schnitt sich Wut durch mein Fleisch. Es war eine tiefe und dreckige Wunde, die sich von meinem Herzen aus, in alle Richtungen erstreckte. Wenn Dennis und Sashiko wirklich meine Eltern verraten hatten, würde ich mich an ihnen rächen. Ich wusste noch nicht wie, doch ich müsste es tun. Schließlich waren sie mit meinen Eltern befreundet gewesen.

Aber vielleicht haben die beiden auch erst mit meinen Eltern zusammen gearbeitet. Es könnte sein, dass sie sogar immer noch under Cover waren. Aber warum wollten sie uns dann gestern das Herzstück von Tane wegnehmen? Sie waren allein dort gewesen und hätten uns einweihen können.

Und dann ist da noch die Sache mit Jotaro. Bisher war ich davon ausgegangen, dass Yuki sich einfach vertan hatte, und einer der Zwerge im Li-Reich doch fehlte. Doch was wäre, wenn nicht? Was wäre, wenn Jotaro ein Spion war? Für wen würde er Akio und mich ausspionieren wollen? Und warum? Wer hatte ein Interesse an unserem Plan, das schlagende Herz zu retten? Die Ichizoku natürlich. Woher sollten diese jedoch ein mächtiges Wesen, wie Jotaro kriegen? Ich hatte seine Kräfte selbst erlebt, als er mir den Splitter aus der Hand gezaubert hatte.

Für wen also arbeitete Jotaro? *Wenn* er wirklich nicht auf unserer Seite war…?

Frustriert darüber, nicht die Wahrheit zu wissen und stattdessen im Dunkeln zu tappen, konzentrierte ich mich wieder auf meine Umwelt. Zum Glück erkannte ich einige Schlüsselpunkte, die ich mir gemerkt hatte, wieder und mit jedem Schritt wurde mir klarer, dass es nicht mehr weit war. Gleich würde ich an dem Restaurant mit dem roten Drachen vorbeikommen. Das Restaurant, in dem meine Eltern so oft gegessen hatten.

Ich hatte nicht viel Platz auf dem Bürgersteig, da auch heute draußen, vor dem Lokal, Tische und Stühle standen. Außerdem waren außer mir noch viele andere Menschen unterwegs.

Kurz stellte ich mich vor den Eingang des Lokals. Der riesige Drache thronte wie ein herrschender König über mir. Der Eingang war verschlossen. Vermutlich öffnete das Restaurant erst später.

Auf einmal zuckte ich zusammen. Ein leises Quietschen erreichte meine Ohren, und die Eingangstür, unter dem roten Drachen, schwang auf. Der nette Chef, der Akio und mich vorgestern so herzlich in seinem Lokal aufgenommen hatte, stand vor mir. Strahlend begrüßte er mich.

„Kon'nitchiwa, Jamielle." Sein Blick war warm, doch ich hatte das Gefühl, als würde etwas hinter dieser Wärme lauern. Schnell vergaß ich diesen Gedanken.

Mach dich nicht verrückt bei diesen ganzen Verschwörungen, sagte ich mir selbst. Stattdessen freute ich mich lieber, ihn wieder zu sehen. Er hatte mir geholfen, meine Eltern kennen zulernen, wenn auch nicht persönlich.

„Komm doch rein", bat er und machte eine einladende Geste.

„Nein, Danke, Mr. Yamamoto. Ich suche meinen Freund, Akio. Haben Sie ihn vielleicht gesehen?"

Das Lächeln auf seinen Lippen verschwand und ein antrainiertes Pokerface erschien. „Oh ja, er ist drinnen. Erst vor ein paar Minuten ist er hier vorbei gekommen und hat sich dann dazu entschieden, bei uns zu frühstücken." Das Lächeln war wieder da, doch mein mulmiges Gefühl blieb.

„Würden Sie ihn bitten raus zukommen?", fragte ich freundlich aber trotzdem etwas nervös.

„Er würde sich bestimmt mehr freuen, wenn du rein kommst", merkte Mr. Yamamoto an. „Er sitzt gleich da vorn."

Ich machte einen kleinen Schritt über die Türschwelle, um nachzusehen. Doch das war ein Fehler.

Eine fremde Kraft berührte mich von hinten und stieß mich weiter in den Raum. Leise schloss sich die Tür hinter mir. Erst jetzt bemerkte ich, dass weder Kellner, noch Gäste anwesend waren. Eine Falle.

Ich rappelte mich auf. Etwa ein Dutzend Leute in schwarzen Kutten mit weißen Rändern standen in einem Halbkreis im Raum. Und in der Mitte stand… Akio!

Gerade drehte er sich zu mir. Als er mich sah wurden seine Augen groß. Allerdings nicht vor Freunde. Sorge stand in seinem Blick. Ich konnte es nicht glauben. Er war hier! Ich hatte Akio gefunden. Fast Reflexartig rannte ich auf ihn zu und fiel ihm in die Arme.

„Was machst du hier?", flüsterte er mir mit hoher Stimme ins Ohr.

„Das könnte ich dich viel besser fragen", meinte ich streng und löste mich wieder von ihm.

„Wie herz allerliebst", brummte Mr. Yamamoto. Moment. Er war es! Seine Stimme hatte ich in dem Hochhaus erkannt! Langsam ging er auf uns zu. „Ihr wisst genau, warum ihr hier seit und was wir wollen. Also gib mir endlich Tanes Herzstück." Wütend sah er zu Akio. Seine Stimme hatte sich in ein schlangenähnliches Zischen verwandelt. Die anderen Anwesenden hatte einen lockeren Kreis um uns gebildet. Die Fluchtmöglichkeiten grenzten an die Null.

„Mach schon", drängte der Mann und schickte einem der Anderen eine kurze Augenbewegung. Die damit angesprochene Frau hielt plötzlich etwas in der Hand. Eine Schusswaffe.

„Entweder du gibst uns freiwillig das Herzstück, oder wir erschießen erst sie und dann dich", drohte der Restaurantchef Akio.

„Lasst sie da raus", sagte dieser streng. „Sie hat nichts damit zu tun."

„Von wegen", meinte Mr. Yamamoto und ging auf Akio zu. „Sie ist die Tochter der Craigs. Sie ist die Tochter von zwei Verrätern."

Ich schluckte und biss mir auf die Unterlippe. Er durfte nicht so über meine Eltern reden! Doch unsere Lage hielt mich von Protest ab. Mein Blick wich zu der Waffe. Diese Frau würde nicht wirklich abdrücken. Oder?

„Also, Akio", drängte Mr. Yamamoto weiter. „Tanes Herzstück. Jetzt."

Langsam griff Akio in seine Jackentasche und das vermeintlich letzte Stück des schlagenden Herzens erschien. Wussten sie nicht, dass etwas mit dem schlagenden Herz nicht stimmte, oder hatte Senshi es ihnen vorenthalten? Vielleicht hatten sie auch nur den Auftrag, Tanes Stück zu holen. Sonst hätten sie schließlich gewusst, dass wir auch Liwanos Herzstück besaßen.

Schnell griff sich der Restaurantchef den Stein aus Akios Hand und schubste ihn auf den Boden.

„Nehmt sie mit", befahl er seinen Angestellten. „Senshi will, dass sie dabei sind. *Lebend*." Mein Herz stockte gleichzeitig mit meinem Atem. Das letzte Wort hatte er betont, als ob es nicht selbstverständlich wäre.

Verzweiflung übernahm die Situation und fraß sich genüßlich durch meinen Geist. Diese Leute würden uns wer weiß wo hinbringen.

Gerade setzten die ersten Ichizoku dazu an, sich uns zu nähern, doch bevor sie uns erreichen konnten, erschien auf einmal ein goldenes

Leuchten. Wie aus dem Nichts stand Jotaro vor uns.

„Kommt", rief der kleine Mann eilig. Schnell half ich Akio auf und wir liefen zu unserem Retter. In dem Moment, als wir ihn berührten erfüllte uns ein goldenes Licht und ein Kribbeln wanderte meinen gesamten Körper ab. War es das Licht, das sich in mir ausbreitete? Ich kannte das Gefühl von den Malen, als Kirei mich teleportiert hatte.

Gerade spürte ich noch die Wut der Ichizoku im Rücken, da erlosch das Licht und der Kreis, der sich eben noch bedrohlich um uns verdichtet hatte, war leer.

Ich lag auf dem Boden. Es war kein Asphalt, dafür war es zu weich. Lockere Spitzen kitzelten meine linke Gesichtshälfte. Ich lag auf einer Wiese. Vorsichtig blinzelte ich meine Augen auf. Nein, es war nicht nur eine Wiese. Es war eine komplette Ebene, die sich vor mir ausbreitete. Vereinzelte Bäume hatten sich von den kleinen Wäldern, die um die Ebene herum in den Himmel ragten, getrennt.

Ich stützte meine Hände auf den Boden und drückte meinen Körper nach oben. Wo war ich? Mein Blick wanderte über die freie Fläche vor mir. Still wiegte sich das hohe Gras im Wind. Die Leichten Böen erreichten mich und warfen sich in meine Haare. Das Gefühl von Freiheit schlug durch meine Adern. Ich drehte mich um. Akio richtete sich gerade auf. Weit hinter ihm baute sich ein gigantisch hoher Berg aus dem Boden heraus auf. Ein goldener Glanz zog sich von der Spitze des Berges weit in den immer dunkler werdenden Himmel. Die letzten weißen Wolken verwandelten sich gerade in schwarze Schleier, die erhaben aneinander vorbei zogen. Ein leises Rauschen lag in der Luft.

Bedacht ging ich zu Akio, der sich mittlerweile ebenfalls umsah.

„Geht es dir gut?", fragte er leise.

„Warum bist du einfach weggegangen?", fragte ich stattdessen, ohne auf seine Worte zu hören.

„Ich wollte dich nicht in Gefahr bringen", flüsterte er und sah mir verlegen entgegen.

„Und deshalb lässt du mich einfach allein? Du bist nicht der einzige, der sich Sorgen macht."

„Es tut mir leid, Jamie. Ok? Ich möchte nur nicht, dass dir etwas passiert, weil…" kurz brach er ab und Betroffenheit bildete sich in seinen Augen. „Weil ich dich wirklich mag", beendete er seinen Satz. Mein Herz stolperte. Zwar hatten wir uns noch gestern geküsst, doch diese Worte zu hören und ihn dabei so entrüstet zu sehen, war etwas anderes.

Ich wusste nicht, was ich sagen sollte. Starr stand ich vor ihm, nicht in der Lage, ihm das selbe zu versichern.

Sein Blick wanderte kurz an mir runter und traf dann scheinbar das Armband meiner Eltern.

„Ein hübsches Armband", sagte er leise. Ich nickte.

„Hana hat es mir von meinen Eltern gegeben. Sie hatten mir einen Brief geschrieben und… sie meinten das Armband wäre sehr wichtig."

„Es ist ein schönes Andenken", sagte er und hob den Blick wieder.

„Ja, das ist es", bestätigte ich und lächelte. Dann sah ich mich um und betrachtete den gigantischen Berg.

„Das ist Fuji", sagte Akio, „laut Legende ist er die stärkste Verbindung zwischen der Welt der Götter und unserer."

Stimmt, Grandpa hatte mir früher immer von diesem Berg erzählt. Über ihn können die Götter auf die Erde kommen und hier *wandeln*, wie meine Eltern geschrieben hatten. Deshalb hatte Yuki uns auch von der Nähe dieser Orte abgeraten. Es war nicht gut, dass wir hier waren.

Mit einem Mal wurde das Rauschen stärker.

„Da seit ihr ja."

Blitzschnell drehten wir uns um und sahen *ihn*. Der große Mann, der uns gefangen gehalten hatte. Der Akio verletzt hatte. Der, der wegen seiner Gier nach Macht alles tun würde, um das Herz zu bekommen. Und nun hatte er es. Das dachte er zu mindest. Er konnte ja nicht wissen, dass Akio Liwanos Teil des schlagenden Herzens gegen eine Fälschung ausgetauscht hatte. Senshi wusste zwar, dass etwas mit diesem Herzstück nicht stimmte, doch vielleicht schob er es mittlerweile auf etwas anderes.

„Ich muss sagen, ihr habt gut gekämpft. Doch gereicht hat euer Bemühen nun doch nicht", sagte er mit aufforderndem Unterton. Breitbeinig stand er uns gegenüber. Seine Kutte wehte durch den Wind, der unkontrolliert durch die Luft wirbelten, nach hinten. Acht seiner Leute hatten sich mit etwas Abstand hinter ihm versammelt. Durch die großen Kapuzen konnte ich ihre Gesichter nicht erkennen.

Etwa zehn Meter trennten uns von unseren Feinden.

Senshi machte einen Schritt auf Akio und mich zu. „Ihr seid ja wirklich entzückend zusammen. Als hätten es die Götter gewollt, dass ihr euch kennen lernt. Doch das bringt euch jetzt auch nicht weiter. Ich habe gewonnen." Triumphierend ließ er sich, mit einer Handbewegung zu seiner Gefolgschaft alle sechs Teile des Herzens bringen. Wahrscheinlich dachte er, dass sich das Problem mit Liwanos Herzstück durch das Zusammenfügen des Herzens lösen würde.

Sein Lachen wurde finster.

„Ean", begann er dann, nahm eines der steinernen Stücke und legte es in seine Handfläche. „Der Gott des Schutzes." Kurz sah er zu uns auf.

„Seya, die Göttin der Freiheit." Er nahm ein weiteres Stück und steckte es an das andere. Als wären es zwei Puzzleteile verankerten sie sich ineinander. Wir hätten hinrennen und ihn aufhalten können, doch was hätte das gebracht? Die anderen Ichizoku hätten uns sicherlich aufgehalten. Also standen Akio und ich machtlos daneben.

„Yuki, Bruder von Seya und Gott der Wahrheit." Immer weiter baute er das schlagende Herz zusammen. Tane, der Gott des Kampfes, Aluna, Göttin der Zuneigung und schließlich Liwano. Gott der Geschicklichkeit.

Kurz bevor er dessen Teil des Herzens einsetzen konnte, hallten plötzlich ein knochenbrechendes „Stop!" durch die Luft. Leise begann die Luft zu zittern und auch mir lief ein Schauer über den Rücken. Wer war das? Alle Augenpaare richteten sich nach rechts, zur freien Grasfläche. Jotaro stand nur ein paar Meter von uns entfernt. Hatte er eben gesprochen? Nein, die Stimme war viel zu tief, viel zu dunkel gewesen. Jotaros Stimme war heller und vor allem freundlicher.

Mit großen Schritten kam er näher. Während er ging veränderte er sich. Ich stutzte. Er wurde größer. Viel größer. Etwas größer, als Senshi es war. Und sein Aussehen. Auch dieses verwandelte sich. Seine leicht gräulichen Haare wurden braun, seine Gesichtszüge jung. Seine Statur mächtig. Was passierte hier? Auch Akio schien das, was gerade geschah, nicht zu verstehen.

Senshi verneigte sich tief vor dem Mann, der eben noch Jotaro gewesen war. Dieser wandte sich allerdings erst uns zu.

„Wie leicht man euch Menschen doch täuschen kann. Betrüblich. Dabei warst du so ein guter Schüler, Akio. Wirklich Betrüblich."

„Wer bist du?", fragte Akio leise und streng zugleich.

Der Mann fing an zu lachen und drehte sich kurz zu Senshi und den anderen Ichizoku um. Diese begannen ebenfalls gezwungen zu lachen.

„Erkennst du mich denn nicht, Akio? Ich nehm es dir nicht übel. Ich bin nunmal der Gott der Geschicklichkeit und Täuschung." Grinsend sah er auf Akio hinab. Der Gott der Täuschung?

„Ihr solltet eure Gesichter sehen." Schwer lachte der Mann in sich hinein. Wie konnte das sein? Jotaro hatte uns geholfen. Er hatte mich hier in Japan aufgenommen. Und warum? Weil er das Herz wollte? Oder…?

Plötzlich fiel es mir wie Schuppen von den Augen. Warum ist es mir nicht früher aufgefallen? Sogar meine Eltern hatten es gewusst: *Die Götter können in gewählter Hülle wandeln.* Liwano war die ganze Zeit über in der Form eines kleinen, unscheinbaren Mannes auf der Erde gewesen. Er hatte alles überwacht!

Ich dachte weiter. Viel zu viel hatte keinen Sinn ergeben! Wie hatte Jotaro sich befreit, als wir von dem Taxi mitgenommen wurden? Das Haus ließ schließlich keine Götter-Magie zu. Es ging nur, weil er der Drahtzieher war. Er war nie betäubt. Kirei und auch Yuki hatten erwähnt, dass einer der Götter in letzter Zeit oft fehlt. Und warum? Weil Liwano die ganze Zeit über hier gewesen war. Er hat alles in die Richtung gelenkt, dass wir nun hier stehen. Er hatte uns hergebracht. Doch warum? Er ist ein Gott. Warum der Aufwand um das Herz?

„Süße Gedanken, Jamielle", meinte Liwano schließlich. „Ich will es dir erklären. Damals, als wir, die sechs Li-Götter, jeder einen Teil unseres Tempels abgebrochen hatten, haben wir sie mit sehr viel Macht gesegnet. Das Problem ist: Keiner der Götter kann die Tempel der anderen betreten. Das macht es sehr schwierig, das Herz, als einer dieser, zusammen zu sammeln. Also sucht man sich einen Jungen, der naiv genug ist zu denken, dass irgendein Gott sein Lehrer sein will und zeigt ihm, wie man die Tempel öffnet." Sein Blick glitt von mir zu Akio. Ich dachte an die Worte meiner Eltern. Sie hatten von einem großen Mann geschrieben. Ich hatte gedacht, dass, sie Senshi meinten, doch sie hatten von Liwano geschrieben. *Nur sie selbst können es beherrschen.* Es musste ein Gott sein, der das Herz ausnutzen wollte. Außer man hatte den Schlüssel, den Senshi so verzweifelt gesucht hatte.

Liwano drehte sich um und sah zu Senshi. „Gib mir das Herz", sagte er gierig und streckte seine Hand aus.

„Aber Herr. Ihr habt gesagt, dass ich es bemächtigen darf", sagte Senshi trotzig. Der Himmel verfinsterte sich weiter und der leuchtende Strahl über Fuji wurde noch greller.

„Dummer Narr", zischte der Gott und richtete seine rechte Hand auf sein Gegenüber. Angespannt formte er eine Kralle mit seinen Fingern. Ich sah zu Senshi. Mit weit aufgerissenen Augen schrie er schmerzerfüllt auf. Wollte Liwano ihn umbringen? Plötzlich riss dieser seine Hand runter und Senshi fiel schlaff, fast schwerelos auf den Boden. Als wäre sein Innerstes hohl landete er auf den leisen Grasspitzen. Er war tot.

Schockiert sah ich zu Liwano, der gerade auf die Leiche zu ging. Langsam hob er das fast zusammengesetzte schlagende Herz auf. Sein Blick fiel zu uns. Ich konnte immer noch nicht fassen, was gerade geschah. Einer der Li-Götter hatte gerade einen Menschen ermordet. Mein Innerstes begann zu zittern. Ich hatte sie mir immer anders vorgestellt. Gütig, Nett und…

„Mächtig?", fragte Liwano und sah mich fragend an. Als ich nicht antwortete ging er mit kleinen Schritten auf uns zu. „Nun Senshis Herz schlägt nun jedenfalls nicht mehr." Abwertend sah er zum Anführer der Ichizoku. „Ein Bauer in diesem Schachspiel." Sein Blick fand erneut unsere. „Doch ihr! Ihr seid wichtig. Ihr seid groß. Ihr seid die Läufer, die mir, dem König, das Herz gebracht haben." Ohne weiter darüber nachzudenken setzte er das vermeintlich letzte Stück, die Fälschung seines eigenen Herzstückes, ein. Nichts passierte. Liwano nahm es noch einmal weg und setzte es erneut ein. Wieder nichts. Wut flutete die Ebene. „Warum passiert nichts?!", brüllte er laut. Erst sah er zu Akio und mir, dann zu den Ichizoku. „Das ist nicht mein Teil! Eine Fälschung!"

Ich bekam Angst. Wut zusammen mit so viel Macht war keine gute Kombination. Angespannt sah ich zu ihm. Auf einmal spürte ich Akios Hand an meiner. Er gab mir etwas hartes. Liwanos Herzstück! Warum gab er es jetzt mir? „Steck es ein", flüsterte er. „Vertrau mir."

Mein Puls beschleunigte und trotzdem tat ich, was er sagte. Unauffällig steckte ich das Herzstück in meine Jackentasche.

Als mein Blick wieder auf Liwano lag, richtete dieser gerade seine Hand auf Fuji, den riesigen Berg. Es wirkte, als würde er seine göttliche Macht in den grellen Strahl schicken.

Im nächsten Moment löste sich etwas aus dem Licht. Es dauerte einen Moment, bis es sich *entwickelt* hatte. Leise glitt eine Kreatur aus Licht zu uns runter. Auf ihrem Weg verwandelte sich ihr leuchtender Körper in eine schuppige, eher matte Oberfläche. Ein Drache. Er sah fast genauso aus, wie der, der mich an meinem ersten richtigen Tag hier in Japan verfolgt hatte. Nur, dass er dieses Mal größer war.

Wie schwerelos bewegte er sich vorwärts, bis er schließlich neben Liwano stand.

Sein langer Körper und die leisen Fäden, die sich von seiner Schnauze aus bis zu seiner Schwanzspitze zogen, bewegten sich langsam in wellenförmigen Bewegungen. Als wäre dieses Geschöpf unter Wasser.

„Bring mir meinen Teil des schlagenden Herzens!", befahl Liwano dem Drachen.

Mein Herz wurde schneller. Warum zum Teufel hatte Akio mir das Herzstück gegeben? Wollte er mich umbringen?!

Kurz schloss das Wesen seine riesigen Augen. Ich wusste nicht, ob ich meinen Puls nicht spüren konnte, weil er zu schnell oder nicht mehr vorhanden war.

Dann schlug der Drache ruckartig seine Augen wieder auf und starrte direkt in meine Seele. Als wollte er diese herausreißen und mit seinen messerartigen Zähnen verschlingen. Ich schluckte.

Mit einem Mal sprang das gigantische Wesen los, direkt auf mich zu. Ich wollte ausweichen, doch dieser Instinkt setzte zu spät ein. Akio reagierte schneller.

$\mathscr{K}$apitel 13

Akio

Ich hatte Jamie das Herzstück von Liwano gegen. Ungebändigt donnerte mein Herz gegen meinen Brustkorb, als würde es aus meinem Körper fliehen wollen. Der Drache würde gleich auf Jamie losgehen. Das Wesen spürte die Li-Macht des Herzens. Doch es war die einzige Möglichkeit. Mein Plan war nicht sonderlich gut, doch was besseres fiel mir gerade nicht ein.

Jetzt setzte der Drache zum Angriff an. Mit gefletschten Zähnen galoppierte er auf Jamie zu. Schnell, bevor die Kreatur sie erreichen konnte, warf ich mich zwischen sie. Der Drache holte aus und wollte mich von ihr wegschlagen, doch er verfehlte mich.

„Lauf, Jamie! Liwano muss zwischen dir und dem Drachen bleiben", sagte ich schnell. Ohne lang zu zögern lief sie los. Mehr konnte ich nicht mitbekommen. Die Wut des Drachen wurde präsenter und strömte mir entgegen. Gerade wollte er wieder ausholen, da stolperte ich rückwärts über einen Ast. Ich spürte das Gras, das mir wieder nach oben helfen wollte, doch das Wesen beugte sich schon bedrohlich über mich. Sein Atem kroch mir schwül entgegen, seine Zähne lagen, wie das Waffenarsenal eines Serienmörders, vor mir.

Schnell griff ich nach dem schweren Holz, über das ich gestolpert war. Kurz bevor die Zähne des Drachens mich erreichen konnten, stieß ich den großen Ast zwischen seinen Gaumen und Unterkiefer. Überrascht wich er etwas zurück und versuchte das Holz loszuwerden. Erst atmete ich auf, doch auf einmal schlug eine der speerartigen Krallen mit Wucht in meinen Arm. Erschrocken schrie ich auf. Schmerz jagte, wie ein gefräßiges Raubtier durch meine Adern. Blut strömte über meinen Arm und tropfte ins Gras. Reflexartig drückte ich meine andere Hand auf die Wunde. Der pulsierende Brand reichte bis in meine Fingerspitzen. Keuchend presste ich die Zähne zusammen. Ich konnte Jamie jetzt nicht im Stich lassen.

Ohne weiter über den Schmerz nachzudenken zwang ich mich wieder auf und sah zu ihr.

Jamie

Ich rannte. Der Drache ging auf Akio los, doch ich tat, was er gesagt hatte. Liwano musste zwischen mir und dem Drachen stehen. Ich konnte ahnen, was Akio vorhatte. Schnell verbot ich mir den Gedanken an seinen Plan. Diese Götter konnten diese schließlich lesen.

Plötzlich hörte ich im Hintergrund einen Schrei. Inständig hoffte ich, dass er nicht von Akio kam. Links sah ich den Drachen. Er hatte einen riesigen Ast im Maul. Das Krachen, als er diesen durchbrach, ging mir bis in die Knochen. Erst wollte ich nach Akio sehen, doch dafür war keine Zeit.

Schnell lief ich auf Liwanos rechte Seite. Im selben Moment kam einer der Ichizoku, mit einem Kampfschrei auf den Lippen, auf mich zu. Mein Innerstes bekam Panik, doch mein Körper handelte, als wäre es ein Urinstinkt, der nur auf diesen Moment gewartet hatte. Angespannt ballte ich meine rechte Hand zur Faust und schlug sie dem Fremden mit aller Wucht ins Gesicht. Schmerz zog sich durch meine Finger, wurde aber schnell vom Adrenalin überflutet. Der Ichizoku stolperte zurück.

„Was tut ihr?", zischte Liwano, der nur ein paar Meter vor mir stand.

Mein Blick landete wieder beim Drachen. Wütend sah er sich um. Er schien sich neu orientieren zu müssen, doch im nächsten Atemzug fand sein Blick den meinen.

Dann geschah alles auf einmal. Der Drache sprang los, auf mich zu. Akio stand plötzlich neben mir. An seinem Arm tropfte Blut auf den Boden. Was war passiert? Schnell nahm er mich mit einem Ruck mit, zu Liwano. Etwa gleichzeitig kamen der Drache und wir bei dem Gott an. Mit überraschtem Gesichtsausdruck wechselte dieser seinen Blick zwischen uns und dem Wesen. Noch im Laufen trat Akio Liwano das zusammengesetzte Herz aus der Hand.

„Nein!", brüllte dieser, während das Herz einige Meter hoch in die Luft flog. Schnell sprang ich hoch, fing es auf und tauschte die Fälschung mit Liwanos echtem Herzstück aus. Der Drache erreichte uns, Liwano wurde wild vor Zorn. Dann verschwand alles im Licht.

Eine neue, unbekannte Macht flutet meine Adern. Sie erreichte meine Nerven, meine Sinne. Das Herz in meiner Hand begann zu pulsieren. Die Schlägen wanden sich meinen Arm hoch, bis zu meinem eigenen Herzen. Ich breitete meine Arme aus, um der Macht die Möglichkeit zu geben, sich auszubreiten. Ich spürte sie in meinen Fingerspitzen, in meinen Zehen, in meinem

Geist. Ein Kribbeln, als ob Kirei mich teleportiert, nur sechs mal so stark, rauschte meine Haut entlang. Unkontrolliert platzte die Macht in mein Innerstes und nahm alles mit, was sich ihr in den Weg stellte. Ich versuchte mich auf sie zu konzentrieren, sie unter Kontrolle zu bringen, doch sie entwischte mir jedes Mal. Alles drehte sich und ich fand keinen festen Punkt mehr. Ich sah nur noch die Dunkelheit meines tiefsten Innersten, das versuchte, diese Macht in sich aufzunehmen. Es fühlte sich an, als wäre ein Löwe in mir ausgebrochen, der jetzt wieder nach draußen wollte. Doch aufgeben würde ich nicht. Angestrengt zog ich das Dunkle zusammen, bis die Macht keinen Ausweg mehr finden konnte.

Ich wollte denken, konnte es aber nicht. Ich versuchte zu atmen. Ob es mir gelang, wusste ich nicht.

Akio

Jamie hatte es geschafft. Sie hatte das schlagende Herz. Ich hatte Recht gehabt. Sie hatte den Schlüssel.

Gespannt sah ich, wie Jamies Augen anfingen zu leuchten. Sie strahlten gar in der durchwachsenen Dunkelheit, wie die Augen einer Katze. Was wäre, wenn die Macht der Götter sie überwältigte? Darüber hatte ich nicht nachgedacht und jetzt verfluchte ich mich dafür. Warum handelte ich immer so kurzentschlossen?

Leicht erhob Jamie sich, als würde die Macht sie vom Boden abstoßen wollen. Ihre Arme und Haare stiegen schwerelos neben ihr auf. Ihr Ausdruck war gebannt, doch jeder hier konnte den inneren Kampf, den sie gerade bestritt, mitverfolgen. Sie musste die Macht unter Kontrolle bringen.

Die Ichizoku kamen näher, wie eine Gruppe wilder Tiere, die auf das Abstürzen ihrer Beute wartete. Einer stürmte auf Jamie zu. Reflexartig wollte ich ihn aufhalten, doch kurz bevor der Vermummte sie erreichen konnte, blieb er, wie versteinert, in der Luft stehen. Langsam drehte Jamie sich in der Luft zu ihm, dann wurde die fremde Gestalt mit einem Mal weggeschleudert.

Für einen Moment wurden Jamies Augen noch heller. Wie hypnotisiert konnte selbst Liwano nur dabei zusehen, wie sie gerade die Macht der Götte übernahm.

Es dauerte noch ein oder zwei Atemzüge, bis Jamie wieder zu Boden sank. Sie landete auf den Beinen, fiel dann aber kraftlos zusammen ins Gras. Erst regte sie sich nicht, dann stützte sie sich mit den Armen auf. Den Göttern sei Dank.

Vorsichtig blinzelte sie, womit das Leuchten ihrer Augen etwas verblasste.

„Wie ist das möglich?!", rief Liwano und eilte auf Jamie zu. Ich wollte mich zwischen sie stellen und Jamie aufhelfen, doch bevor ich mein Vorhaben umzusetzen konnte, schleuderte Liwano mich mit einer kleinen Handbewegung einige Meter weit weg. Hart kam ich auf dem Boden auf und erneute Schmerzen breiteten sich, wie Gift in meinem Körper aus. Ich war direkt auf die Tiefe Wunde gefallen, die mir der Drache verpasst hatte.

Hektisch sah ich auf.

Jamie

Was war passiert? Hatte *ich* gerade den Ichizoku aufgehalten? Meine Sicht klarte sich etwas auf und ich konnte den heimischen Boden unter mir spüren. Langsam rappelte ich mich auf. Ich fühlte mich stark, als hätte ich nicht nur meine Kraft in mir.

Plötzlich hechtete Liwano auf mich zu. Wo war Akio? Noch im Gehen richtete der Gott seine Hände auf mich. Ich spürte seine Absicht. Er würde seine zerstörende Macht auf mich lenken. Schnell, im Bruchteil einer Sekunde richtete ich meine Hände schützend vor mich. Im selben

Moment spürte ich die gefährliche Kraft meines Gegners. Vorsichtig öffnete ich die Augen. Unsere Mächte trafen, wie zwei gigantische Flutwellen aufeinander. Wieder lenkte ich Konzentration auf die Kraft des schlagenden Herzens. Dieses Mal gehorchte sie und raste aufgeregt auf Liwanos zu. Ich steckte jedes Stückchen Kraft, das ich finden konnte in meine Hände, in denen ich das steinerne Heiligtum hielt. Das schlagende Herz beschleunigte seinen Puls. Fest drückte ich es in meine Handfläche. Ich würde Liwano nicht lang standhalten können. Er war, trotz des Herzens stärker, als ich. Ich dachte, mit dem Herz wäre man der Mächtigste der Reiche?

Aus den Augenwinkeln sah ich Akio, der auf uns zu rannte. Es ging ihm gut!

„Lenk … Herz!", rief er mir zu. Erst jetzt wurde mir das laute Rauschen, das die ganze Zeit über durch die Luft peitschte bewusst. Was hatte Akio gesagt?

„Lenk sie aufs Herz!", rief er wieder. Nur ein paar Meter vor uns blieb er stehen. Natürlich! Ich musste die Macht auf das Herz richten. Ich könnte es zerstören! Doch dafür musste ich den Machtkontakt mit Liwano abbrechen. Wenn ich dies täte, würde seine Kraft mich treffen. Ich wollte schlucken, doch der Kloß in meinem Hals verhinderte es.

„Ich kann nicht", rief ich als Antwort. Ich kniff meine Augen zusammen. Der Aufprall der zwei Mächte raubte Kraft. Kraft, die ich eigentlich nicht hatte.

Plötzlich mischte sich eine Melodie unter die laute Geräuschkulisse. Sie erinnerte mich an die von Seya, doch diesmal war sie größer, epischer. Sie verjagte das Rauschen. Schweißperlen lagen auf meiner Stirn. Die Melodie schlängelte sich um das leuchtende Zusammentreffen der Mächte. „Lass los", flüsterte eine Stimme. Das war Yuki. War er hier? Wusste er, dass Liwano das Herz für sich wollte? Dass er die anderen Götter hintergehen wollte?

Langsam wurden meine Arme, mein ganzer Körper müde. „Lass los", befahl die Stimme wieder und eine kleine Silhouette eines Tigers sprang zwischen die Kräfte. Diesmal klang es ernst. Es kostete eine ganze Welt voll Überwindung, diesen Schritt zu wagen. Doch schließlich zog ich die Macht langsam zurück, wodurch Liwanos immer weiter auf mich zu strömte. Mein Unterbewusstsein kämpfte gegen meinen Willen an, doch es war zu leise, zu schwach. Endlich riss ich meine Hände nach unten, ließ das Herz fallen und richtete dessen Energie in das Herz des Herzens. Ich brachte Zerstörung in meine Gedanken und ließ diese mit in die Macht einfließen. Das schlagende Herz kreischte auf, als wolle es mich davon abhalten. Nein, es war nicht das Herz. Es war eine weibliche Stimme, die mich davon abhalten wollte das Herz ein für alle mal zu zerstören. Kurz sah ich vom Herz auf. Neben Liwano stand eine wunderschöne Frau mit hochgesteckten schwarzen Haar. Seya, wie sie in den Mythen beschrieben wurde. Ich ließ die Macht, die durch meine Fingerspitzen pulsierte, kleiner werden. Das Herz war kurz davor zu zerbrechen.

„Gut, Jamielle", sagte Seya ruhig. „Und jetzt gib mir das Herz." Mein Atem ging stoßweise. Kurz wollte ich auf sie hören und den herzförmigen Stein vom Boden aufheben, doch dann zweifelte ich. Warum ließ sie es mich nicht zerstören? Ich beobachtete sie weiter. Sie stand neben Liwano. *Neben* ihm. Warum tat sie nichts gegen ihn? Er wollte die Reiche zerstören, er wollte…

Nein. *Sie* wollten die Reiche zerstören. Wie hatte Senshi das Herzstück von Aluna bekommen? Die Vision. Seya hatte es ihr abgenommen!

Akio sollte das Herz für Liwano zusammensammeln. Für Liwano und Seya. Als das nicht perfekt geklappt hatte, hatten sie sich den Anführer ihrer Feinde auf ihre Seite geholt. Senshi. Dazu hat er uns aus dem Weg geräumt und betäubt. Sie wollten die Macht aller Götter. Zusammen wären sie die Stärksten aller Reiche gewesen! Ich konnte es nicht glauben. Die Göttin, die mich hergebracht hatte, mir geholfen und mich gerettet hatte. Sie arbeitete mit dem Bösen. Sie war das Böse. Zwei der Li-Götter arbeiteten gegen die anderen!

Doch warum hatte sie mich ausgesucht? Warum hatte sie mich von Schottland hier her gebracht?

„Sie hat uns enttarnt", lachte Liwano zu Seya. Sie nickte. „Erstaunlich, dass sie mir nicht früher auf die Schliche gekommen ist."

„Betrüblich", ergänzte Liwano.

„Nun, Jamielle", setzte Seya an „Ich habe dich hier her gebracht, weil dein Großvater dir seine Kette gegeben hat. Durch diese konnte ich dich kontrollieren und unseren Plan lenken. Wundervoll, nicht wahr?" Langsam kam sie auf mich zu.

„Was ist mit Grandpa?", fragte ich immer noch schweratmend von dem Kraftverlust.

„Er musste zurück. Er wusste, dass es nicht klug sein würde, da zu bleiben." Sie grinste. Was bedeuteten ihre Worte? Noch bevor ich weiter über diese nachdenken konnte sprach sie weiter.

„Womit wir nicht gerechnet hatten, war der Schlüssel. Wir haben dieses Metall unfreiwillig bei der Schöpfung des Herzens erschaffen. Da wir zu dieser Zeit noch auf der Erde lebten, macht es Menschen möglich, *unsere* Macht zu beherrschen."

Sie kam immer näher. Schnell riss ich mich von ihren Worten los und hob das Herz vom Boden auf. Leise schlug es in einem unregelmäßigen Takt.

Ein finsteres Lächeln zog sich über Seyas hübsches Gesicht.

„Gib mir das Herz, Jamielle." Die Strenge, die von ihr ausging war ohrenbetäubend. Kurz ließ ich meinen Blick zu Akio schweifen, der machtlos das Geschehen beobachtete und mir in die Augen sah. *Man hat immer eine Wahl,* erinnerte ich mich an die Worte, die ich ihm gesagt hatte.

Ohne weiter auf Seya zu hören, warf ich das schlagende Herz in die Luft, raffte die letzte Kraft, die sich in meinem Inneren versteckt hatte, zusammen und schleuderte diese auf das Heiligtum.

„Tu das ja nicht", mahnte Seya kreischend, doch es war zu spät. Die Macht traf das Herz. Ein gleißendes Licht, heller als das, welches Fuji mit dem dunklen Himmel verband, flutete die Ebene. Das Gras wich zurück und verneigte sich vor dem aufziehenden Wind. Auch ich sackte auf den Boden.

Die Götter kreischten auf, als hätte ich gerade ein Teil von ihnen selbst zerstört. Erschöpft sah ich nach oben. Asche rieselte leise auf uns herab. Das Herz war zerstört. Ich hatte es geschafft.

Entsetzt sah Seya zu mir. „Du hast alles zerstört!", zischte sie laut. Liwano kam zu ihr geeilt.

„Das wirst du bereuen", versicherte er mir und wollte seine Macht erneut auf mich abfeuern. Mein Geist schrie mich an, dass ich aufstehen und weglaufen sollte, doch mein Körper bettelten darum liegen zu bleiben. Mir fehlte die Kraft aufzustehen. Langsam schloss ich die Augen und wartete. Die Energie würde tödlich sein. Es vergingen Sekunden und nichts geschah. Mein Herzschlag, der mich so mühsam am Leben hielt, normalisierte sich langsam. Warum passierte nichts? Vorsichtig blinzelte ich meine Augen wieder auf. Liwano stand wie versteinert vor mir. Auch Seya bewegte sich nicht mehr. Was war passiert?

Ich sah mich um. Die Ichizoku waren verschwunden. Auch Senshis lebloser Körper war weg. Eine zerfallene Kutte lag auf dem Boden. Hatte ich diesen Menschen…?

Mein Blick wanderte weiter. Vier große Gestalten standen hinter mir. Auf einmal hörte ich Schritte und Akio stand neben mir. Seine warmen Hände halfen mir auf. „Alles in Ordnung?", fragte er leise. Ich nickte und schaute auf seinen Arm. Er blutete nicht mehr. Dann sah ich zu den Vieren auf.

„Wir können nicht lang bleiben", sprach eine unglaublich tiefe, angenehme Stimme, die zu einem etwas älteren Mann gehörte. „Die Verbindung zwischen den Reichen ist schwach."

Waren dies die anderen vier Li-Götter?

„Ja, wir sind es", bestätigte eine andere, mir bekannte Stimme. Yuki. „Wir werden Seya und Liwano mit in unser Reich nehmen und euch berichten, was mit ihnen geschieht."

„Ihr habt tapfer gekämpft", sagte die Frau unter den drei Männern stolz.

„Ich bin stolz auf dich, Jamina." Diese Stimme kam mir etwas bekannt vor. Doch ich wusste nicht woher und in diesem Moment war es mir auch egal.

„Nun müssen wir zurück. Die Grenze wird sich bald schließen", meinte der Mann mit der tiefen Stimme. „Kirei wird euch zurück bringen."

Mit diesen Worten zogen sich leuchtende Fäden an den Göttern hoch und verschlangen alle sechs. Mit einem letzten goldenen Lichtblitz verschwanden sie.

Allein standen Akio und ich auf der Ebene. Die schwarzen Schlieren, die sich über den Himmel ausgebreitet hatten, verflogen langsam. Ein frischer, fröhlicher Wind umspielte glücklich die Bäume und weckte sie aus ihrer Angst.

War das alles gerade wirklich passiert? Jotaro, nein, *Liwano* hatte Senshi umgebracht. Ich hatte das schlagende Herz aktiviert. Die Götter waren hier gewesen.

Ich sah zu Akio auf, der mich immer noch stützend festhielt. Wortlos strich er mir über die Wange und beugte sich etwas vor. Seine Stirn berührte sanft meine. Seine tiefen Atemzüge rauschten leise durch die Luft. Sanft spürte ich sie über meine Haut ziehen.

„Du hast es geschafft, Löckchen", murmelte er leise. Ich musste lächeln. Ja, *wir* hatten es geschafft.

„Woher hast du gewusst, dass ich den Schlüssel habe?", fragte ich ihn nach einer kleinen Weile.

„Ich wusste, dass er aus einem besonderen Metall ist. Das Armband deiner Eltern passte genau. Ich hatte es damals von Senshi gestohlen. Deine Eltern hatten mich darum gebeten und ich hatte darin ein Abenteuer gesehen. Ich hatte nicht gewusst, was es bedeutete. Doch als du es mir gezeigt hattest wurde es mir klar."

„Was, wenn du dich geirrt hättest?" Nachdenklich atmete ich langsam ein. Der Sauerstoff fühlte sich gut an. Ebenso, wie der Wind und das Licht, das zurückkehrte. Leicht legte Akio seine Arme um mich. „Ich habe mich nicht geirrt", lächelte er sanft.

Ich schluckte. Es hätte so viel schief gehen können. Doch darüber wollte ich jetzt nicht nachdenken. Dieser Moment des Friedens, der Freiheit war so schön.

Eine Weile blieben wir so stehen. Dann lockerte er seine Arme um mich und wir standen uns nah gegenüber. Vorsichtig strich Akio mir eine wild herumfliegende Strähne hinters Ohr.

Dann bewegte er sich zu mir vor und legte seine Lippen auf meine. Überrascht ließ mein Herz einen Schlag aus. Ohne darüber nachzudenken lehnte ich mich weiter zu ihm und erwiderte des Kuss freudig. Glücksgefühle verjagte auch den letzten Rest Angst aus meinem Blut. Ruhig schloss ich die Augen und folgte Akios zarten, großen Bewegungen. Seine eine Hand legte sich an meinen Hals, seine andere an meinen unteren Rücken. Im Takt eines wunderschönen Liedes spürte ich seinen Körper an meinem. Das Gefühl, dass seine Berührungen brachten, verbreitete sich in mir und ließ sich zwischen meinen Zellen nieder. Unsere Herzen schlugen im Gleichtakt.

Erst, als mein Herzschlag sich wieder beruhigte, lösten sich unsere Lippen von einander. Glücklich sahen wir uns in die Augen.

„Dein dritter Kuss, Löckchen", wisperte Akio grinsend.

$\mathcal{K}$apitel 14

Der Himmel war wieder aufgeklart und die Wolken lösten gerade das letzte schwarz von sich ab. Der leuchtende Strahl, welcher Fuji mit dem Himmel verbunden hatte, verblasste langsam. Oder war er immer noch da und ich sah ihn einfach nur nicht mehr?

Frische Luft wirbelte ausgelassen um Akio und mich herum.

„Was machen wir jetzt?", fragte ich ein paar Herzschläge später.

„Ich weiß es nicht."

Unsere Blicke trafen sich.

Ich dachte an meine Freundin. Wenn Dee wüsste, dass ich gerade in Japan einen Jungen kennengelernt und geküsst hatte, würde sie wahrscheinlich ins Koma fallen. Zu oft hatte sie mir gesagt, dass ich mir einen Freund suchen sollte.

„Ich glaube wir sollten nach Hause", wisperte Akio.

„Nach Hause", sagte ich nachdenklich und sah ihn an.

„Du möchtest zurück nach Schottland", stellte er fest und erwiderte meinen Blick.

„Dann sehen wir uns vielleicht nie wieder." Etwas traurig sah ich auf das Gras unter uns. Allein bei der Vorstellung, Akio jetzt das letzte Mal zu sehen, zerbrach etwas in mir.

Er atmete tief durch.

Wie aus dem Nichts tauchte Kirei in einem kleinen Lichtschein neben uns auf. Wie immer war sie zur richtigen Zeit am richtigen Ort.

„Du willst nach Hause, Jamie?", fragte sie treu.

„Ja, aber…"

„Du willst bei Akio bleiben, richtig?" Die Schlange sah uns schief an.

Verlegen blickte ich wieder in seine dunkle Augen.

„Ich habe gehört, Schottland soll sehr schön sein", meinte Akio schließlich zu Kirei.

Verwundert machte mein Herz einen Freudensprung. „Du kommst mit?"

Akio lächelte nur.

Mein Innerstes schickte ein freudiges Grinsen auf meine Lippen, die eben noch auf seinen gelegen hatten. Akio kam mit nach Schottland. Nach Hause!

Die weiße Schlange kroch durchs Gras und meinen Körper hoch, auf meine Schultern.

Zum dritten Mal begann Kirei golden aufzuleuchten. Schnell breitete sich ihr Schein über uns aus.

Nach Hause, dachte ich freudig und schloss die Augen.

Dann verpuffte das Licht und wir waren von der Ebene verschwunden.

Das Drehen ließ nach und die Farben sortierten sich neu. Langsam verblasste das Leuchten wieder.

Ich sah mich um. Wir waren an dem kleinen Strand vor Cove Bay. Hier hatte alles begonnen. Erst vor ein paar Tagen hatte ich genau hier die Schlangenhaut gefunden. Und trotzdem fühlte es sich an, als wäre ich seit Monaten nicht hier gewesen. Erleichtert atmete ich die selige Meeresluft ein. Wie ich sie vermisst hatte.

Der Himmel war bewölkt und es war nicht besonders warm. Erstaunt sah Akio sich um. So eine Umgebung war scheinbar neu für ihn.

„Komm", sagte ich und ging zum steilen Weg, der hoch zu meinem Elternhaus führte. Lachend folgte Akio mir. Beim Gehen wirbelten wir den feuchten Sand auf. Es hatte also vor nicht all zu langer Zeit noch geregnet.

Als wir oben waren wurde ich langsamer.

„Das ist Cove Bay", sagte ich stolz und ging weiter zu dem Cottage.

„Wie ruhig es hier ist", schwärmte Akio. Ich musste lachen.

„Stimmt, Stadtkind."

An dem kleinen Häuschen angekommen stoppte ich vor der Tür. Kurz schloss ich die Augen und atmete durch.

„Gehts?", fragte Akio und legte kurz seine Hand auf meine Schulter.

„Ja, alles gut. Hier müsste der Schlüssel sein", sagte ich und bückte mich zu dem bunt bepflanzten Blumentopf.

Vorsichtig wanderte meine Hand zwischen die Blumen entlang. Es dauerte nicht lang und ich richtete mich mit dem Schlüssel in der Hand wieder auf.

„Da ist er ja", murmelte ich freudig und öffnete die Tür. Ein heimischer Geruch strömte mir entgegen.

Zu Hause.

Glücklich betrat ich das Häuschen. Der Boden knarzte leise zur Begrüßung. Vorne zog ich meine Schuhe aus und sah dann in den Flur. Akio hatte recht: Es war ruhig.

Ich ging in den Wohnraum und hörte Akios leise Schritte hinter mir.

Alles sah genauso aus, wie ich es verlassen hatte. Nichts hatte sich verändert.

„Du wohnst hier wirklich schön", schwärmte Akio vor sich hin und unterbrach die Stille.

„Danke", grinste ich und war noch nie so glücklich darüber, in diesem kleinen Häuschen zu wohnen.

Akio blieb stehen und sah sich die Bilder an der Wand an. Grandpa und ich waren auf einem von ihnen zu sehen.

„Ist das dein Großvater?", fragte er bedachtsam.

„Ja, da war ich neun, glaub ich."

Akio schwieg.

„Ich würde gern wissen, was er gerade macht", meinte ich leise und räusperte mich. „Willst du was trinken?"

„Gern" antwortete Akio und begleitete mich in die Küche. Die Müslipackung lag offen auf der Arbeitsfläche. Die hatte ich ganz vergessen. Trotzdem ließ ich sie einfach stehen und holte stattdessen zwei mit Blumen verzierte Tassen aus einem der Hängeschränke. Ruhig füllte ich sie mit Leitungswasser und gab eine zu Akio.

„Auf uns", sagte ich und hob meine Tasse.

„Auf deine Familie", lächelte Akio und ließ seine Tasse leicht gegen meine schlagen.

Zufrieden lächelte ich.

Als wir ins Wohnzimmer schlenderten, bemerkte ich einen Zettel. Er lag genau dort, wo Sashiko mir einen vor ihrer Abreise hinterlassen hatte.

Vergiss das Geschirr, Jamina.
Ich werde wiederkommen. Irgendwann.
Dein alter Grandpa.

Ich musste grinsen. Grandpa hatte an mich gedacht. Dieser einfache Zettel ließ mich hoffen. Er würde zurückkehren. Bald. In ein paar Tagen. Oder Wochen. Oder Monaten. Vielleicht auch erst in ein paar Jahren, doch er würde zurückkehren.

Gut gelaunt ließ ich die Worte meines Grandpas liegen und ging zu Akio, auf die Couch.

Gemütlich kuschelten wir uns in eine Wolldecke. Gedankenverloren saßen wir ruhig nebeneinander.

„Danke", flüsterte ich endlich.

„Wofür?"

„Für die Zeit in Japan. Und dafür, dass ich dich kennenlernen durfte."

„Ich glaube, dafür sollte eher ich mich bedanken", schmunzelte Akio. Für einen großen Augenblick genoss ich seine Nähe. So sollte es für immer bleiben. Doch Zeit vergeht und das ist der Grund, warum ich diesen Moment um so mehr genießen wollte.

Leicht sah ich zu ihm auf und seine tief braunen Augen fanden meine. Ich fragte mich, wie oft ich diese Augen in den letzten Tagen angesehen und bewundert hatte. Wahrscheinlich zu oft, als das ich hätte mitzählen können.

Plötzlich sah ich aus den Augenwinkeln einen Schatten am Fenster.

War da jemand?

Endlich komme ich wieder dazu, in dieses Buch zu schreiben. Seit dem letzten Eintrag ist einiges passiert. Doch wenn ich die gesamte Geschichte der letzten Tage jetzt aufschreiben würde, bräuchte ich sicherlich einige Seiten mehr, als dieses Buch noch übrig hat. Vielleicht schreibe ich mein Abenteuer irgendwann mal nieder. Das Wichtigste ist erstmal: Ich habe jetzt einen Freund. Also einen festen. Das denke ich zumindest. Ich wüsste nicht, was das zwischen uns sonst wäre. Er heißt Akio. Jedes Mal, wenn ich ihn sehe, fühle ich etwas, was ich vorher noch nie gefühlt habe. Ob sich so Liebe anfühlt?

Er wohnt seit ein paar Tagen hier, bei mir. Sashiko und Dennis habe ich seit meinem Abenteuer in Japan nicht mehr gesehen. Traurig bin ich nicht darüber.

Dee ist schon wieder aus Deutschland zurück. Sie ist wohl doch kein Fan von der Arbeit als Au-pair-Mädchen. Akio und sie verstehen sich zum Glück blendend. Natürlich ist Dee vollkommen ausgerastet, als wir ihr unsere Geschichte erzählt hatten. Gleich wollen wir Canasta spielen. Vor einigen Jahren hatte ich es Dee beigebracht und seitdem spielen wir in der Schule nichts anderes mehr. Ich bin gespannt, was Akio zu dem Spiel sagt. Egal, wie er es finden wird, diese Ferien werden die besten aller Zeiten!

Ich freue mich unfassbar auf das, was wir noch erleben werden. Auch wenn wir das, was ich in Japan erlebt habe, wahrscheinlich nicht toppen können. Außer wir gehen Bungee-jumpen, aber dazu könnte ich Dee wahrscheinlich nicht überreden.

Ob ich jemals etwas so abgefahreneres erleben werde, wie in Japan? Diese Frage wird wohl nur die Zukunft beantworten können. Jetzt denk nicht, dass dieser Spruch kitschig ist. Grandpa hat ihn immer benutzt und wenn man über ihn nachdenkt, ergibt er absolut Sinn…

Dunkelheit

Liwano

Gott des Geschickes

Sie ging auf mich zu. Hier war es dunkel, modrig, eklig. Die anderen Götter hatten uns hier eingesperrt. Und so etwas nennt man Freunde. Selbst Aluna, die stets gesagt hatte, dass Seya immer auf sie zählen könne. Selbst sie hatte mitgemacht. Und selbst ihr eigener Bruder. Yuki war einfach zu beeinflussbar. Dabei waren damals alle so leicht auf ihren Plan reingefallen!

Sie ging weiter, bis sie direkt vor mir stand.

Wissend ruhte mein Blick in ihrem. „Wir hätten es fast geschafft", raunte ich verärgert.

„Hätte die junge Craig nicht diesen Stadtstreicher kennengelernt, hätte alles geklappt." Wut auf diesen Jungen schien in ihr aufzubrennen.

„Wir konnten nicht ahnen, dass sich die Beiden so sehr mögen würden", versuchte ich sie zu beruhigen.

„Doch, hätten wir. Zwei Jugendliche, die keine andere Wahl haben, als sich zusammen zu tun.

Natürlich verlieben sie sich." Frustriert machte sie eine große Armbewegung und sah zu mir auf.

„Ich habe mich auch verliebt." Meine Stimme war ruhig. „Schon damals, als du uns alle überzeugt hast, das schlagende Herz zu erschaffen."

„Du Trottel warst erst dagegen", hielt sie etwas amüsiert fest.

„Ja, doch du hast es trotzdem geschafft, mich dazu zu bringen, diesen Stein aus meinem Tempel zu reißen." leise sah ich in ihre glänzenden Augen. „Ich konnte ja nicht mit deinen hinterhältigen Absichten rechnen."

„Dachtest du wirklich, ich wollte ein Friedenszeichen setzen?" Sie fing an zu lachen, denn das war wirklich das absolute Gegenteil von ihrem Plan.

„Zuerst schon. Doch spätestens, als wir beide von dem, was zwischen uns ist, wussten, habe ich Verdacht geschöpft. So eine friedliche Absicht passt nicht zu dir, Seya."

„Danke für das Kompliment." Etwas Stolz flatterte durch ihren Blick. „Aber das bringt uns auch nicht hier raus."

„Meine Worte vielleicht nicht", begann ich bedächtig und vertiefte meinen Blick. „Doch ich habe schon eine Idee, wie wir von diesem Ort fliehen könnten."

Danksagung

Zwei Jahre später… Vor zwei Jahren habe ich die Idee bekommen, ein Buch zu schreiben. Und nach dem Schottland-Urlaub mit meiner Familie war es klar, wo diese Geschichte spielen sollte. Doch es ist natürlich viel spannender, auch über Orte zu schreiben, die man selbst nicht kennt. Also kam Japan dazu und ist jetzt der Ort, an dem sich der Großteil des Kampfes um das schlagende Herz abspielt.

Während den zwei Jahren sind mir Jamie und Akio unfassbar ans Herz gewachsen und ich kann gar nicht glauben, dass ihre ersten vierzehn Kapitel nun vorbei sind. Doch ich bin mir sicher, dass es nicht ihre Letzten waren.

Für diese Reise, die so viel auf und ab ging – und das nicht nur in der Geschichte – weiß ich nicht, wem ich zuerst danken soll. Zum einen ist es meine Familie, die die ganze Zeit hinter mir stand und mich immer unterstützt hat.

Aber auch meine Freunde waren für mich da. Und das auch, nachdem ich ihnen zum fünften Mal erzählt habe, dass ich nun endlich fertig mit Schreiben war und dann doch wieder etwas geändert habe. Selbst wenn ich unsere Canasta-Spiele während den Pausen ausfallen lassen habe, um an diesem Buch zu schreiben, habt ihr mich (theoretisch) nicht davon abhalten wollen. Ihr wisst, dass ich am liebsten euch alle hier auflisten würde, doch sind wir ehrlich: Dann würde sich keiner mehr diese Danksagung durchlesen wollen. ;)

Also danke ich vor allem meinen beiden besten Freundinnen Amelie und Livia. Ami hat das tolle Foto von mir gemacht und Livi hat sich, obwohl sie nicht gern Bücher liest, meines zur Prüfung durchgelesen. Für dieses Buch unerlässlich war auch Luisa. Ohne dich wäre ich nie auf die Idee gekommen, meine Geschichten aufzuschreiben. Und weil er es sich so sehr wünscht, erwähne ich noch Gerrit. Herzlichen Glückwunsch, du hast es in meine Danksagung geschafft.

Dazu möchte ich auch meinem Lateinlehrer Herrn Schumacher danken. Er hat mir netterweise die Beschwörungsformel übersetzt.

Und zuletzt ein großes Dankeschön an jeden, der meine Geschichte gelesen hat. Selbst, wenn sie dir nicht gefallen hat, freut es mich, ein kleiner Teil deines Lebens gewesen zu sein. :)

Finja Jungclaus lebt mit ihrer Familie im ländlichen Ostwestfalen. Sie wurde 2007 geboren und fand früh die Liebe zu Geschichten. "Das Dunkle im Licht" ist ihr erster Fantasieroman und darum etwas sehr Besonderes für sie. Wenn sie nicht gerade Bücher liest oder schreibt, verbringt sie ihre Zeit gern bei den Pferden oder mit Malen und Zeichnen.